龟年泼墨

周织民

倪凯源 著

团结出版社

图书在版编目（ＣＩＰ）数据

花开淡墨 / 倪凯源著. -- 北京 ： 团结出版社，
2018.2
ISBN 978-7-5126-6146-2

Ⅰ. ①花… Ⅱ. ①倪… Ⅲ. ①散文集－中国－当代
Ⅳ. ①I267

中国版本图书馆 CIP 数据核字(2018)第 034082 号

出　　版：团结出版社
　　　　　（北京市东城区东皇城根南街 84 号　邮编：100006）
电　　话：（010）65228880　65244790
网　　址：http://www.tjpress.com
E-mail：zb65244790@vip.163.com
经　　销：全国新华书店
印　　装：三河市东方印刷有限公司

开　　本：147mm×210mm　　　32 开
印　　张：12.875
字　　数：252 千字
版　　次：2018 年 2 月　第 1 版
印　　次：2018 年 2 月　第 1 次印刷

书　　号：978-7-5126-6146-2
定　　价：58.00 元

田识农

倪凱源

學習是進步的階梯

戊戌春天

做少年君子，写锦绣文章

——读倪凯源《花开淡墨》

陈漱渝

　　我家附近有一所中学，由于学生入学时文化课成绩偏低，学校的教学秩序显得十分混乱。有些初中生在人行道上扎堆抽烟，也有些男女生勾肩搭背谈情说爱；遇到刮风天凉，他们就躲进附近居民楼的楼道里。这时我不禁产生了杞人之忧：由于一些青年夫妇要做丁克族，我国16周岁以下的青少年在总人口比例中下降，如果这个群体的素质再降低，那国家和民族的前途岂不堪忧？

　　然而还是鲁迅提醒了我，同属青少年，有躺着的、有睡着的，自然也有醒着的、有前进的。后一类应该占据多数。前不久，北京市平衡教育资源，上文提到的那所中学挂上了某名校分校的牌子，那种有碍观瞻的情况也就在我眼前消失了。

据有关资料介绍，这本书的小作者还不到十八岁，虽然有些青春期的悸动，但整体上却是一位长辈心目中典型的乖乖女。她文科成绩特别好——有她这本厚厚的文集为证；理科成绩同样好，是各类数理化竞赛、计算机和机器人竞赛中的优胜者。鲁迅规劝学文科的人读点理科的书，读理科的人读点文科的书，看来这位小姑娘已经躬行了。最为难得的是她还参加了很多献爱心的公益活动。这符合国际潮流，是综合型人才的重要标志。我所谓的"少年君子"，就是不仅要有智力优势，而且也要有精神追求和道德优势。看来，这位小作者除开体育成绩稍逊一筹，其他方面基本都做到了。在她身上，我看到了国家和民族的人才辈出、俊采星驰的前景。

即将由团结出版社出版的这本书集中展示的是小作者的文学才华。她写周边的人和事，写阅读各类"有字之书"的感受，还用"心"去旅游——这叫读"无字之书"。出版这本书的意义，我体会有两点。

对于小作者本人而言是留住青春。鲁迅在散文诗《希望》中将青春分为身内青春与身外青春两种。身内青春是转瞬即逝的，不可能像身外青春那样随着时序的轮回周而复始。这部文集留下了小作者成长的屐痕，这在人生旅途中是不可重复的。即使小作者今后奋翅飞凌事业的绝顶，也未必能够再度写出这些洋溢着青春气息的文字。现在很多年轻人喜欢用手机自拍，制作成"小年糕有声影集"或视频在朋友圈转发，这是时代的进步。但用文字保存的人生有可能更加清晰、更加生动、更加丰富，因而也更加宝贵。

　　本书的第二个意义我以为是为广大中小学生提供一份写作范文。我从1962年到1976年当过十四年中学语文老师，深知学生要提高写作水平，当然要读古文或前人的作品，但有时阅读同龄人的作文可能更有启示意义；虽然我们不能要求这些孩子的文章有什么历史广度与思想深度，能具有什么历史感和实践指导意义。青少年有自己的生活视阈，也有自己的心灵世界和表达方式。他们的想象能力、感受能力，可能是成年人的作品所稀缺的。我觉得没有必要对这位小作者的文章逐一点评，说更多溢美的话；总的印象是题材广泛，观察细腻，描写生动，独具个性。她的文笔虽然老到，远远超出了同龄人的水平，但相对而言，我还是更喜欢她那些具有童心童趣的文字，比如写姥姥家附近的树，归家途中的坎坷小路，寒风中爸爸递来的围巾，衣柜中妈妈中年的旧衣。我特别爱读她用拟人化的手法描写的那只小闹钟："她穿着一件粉红色的外衣，两根矮墩墩的小腿支撑着胖嘟嘟的身子，圆乎乎的脑袋上长着两只大大的耳朵，像两把撑起的小雨伞罩在上面。憨憨的脸上均匀地分布着1、2、…、12这十二个兄弟，两个数字之间有五条小竖线，像小花猫的细胡子。"我想，这就是这位小作者的自我和个性。至于她那些谈礼教、谈张爱玲的文字，我并不反对，因为这反映出她对知识的渴求；但也不提倡，因为没有一定社会阅历的人，未必能读得懂这些作品，谈得清这些道理。

这是一个年近八十的人为一位年近十八的人写序。唐代李商隐诗云："雏凤清于老凤声"。年高固然可尊，后生尤为可贵。不过我们中间毕竟隔了民国时期，抗战时期，解放战争时期，新中国成立初期，十年"文革"……肯定存在所谓"代沟"，以上所云不见得全都正确。但彼此能有这样的交流机会，也的确是一种特殊的缘分。惜缘！

作者为全国政协委员、作家协会全国委员会委员、
中国鲁迅研究会副会长兼秘书长、中华文学史料学会副会长、
中国丁玲研究会副会长、中国现代文化研究会常务理事、
中国南社及柳亚子研究会理事。

自　序

在我不到两岁时，文字与我相识，从此与她朝夕相伴，如醉如痴，是我最好的零食和饮料，是我最亲密的闺蜜和玩伴，是我最放松的旅游和休憩。

我喜欢文字的呼吸声。那是一曲优雅的旋律，如同一只手轻轻抚着你的心弦，邀请你进入自己的内心世界，叩开那扇彷徨的门，满足自己的矫情无知；那又是如纤维般丝丝缕缕的线，插进生活的缝隙中，编织成一座桥，对岸是作者。无论他或她身份如何、国别如何、处境如何、年代如何，我都能紧紧握住桥的扶手，将那边的世界看个真切。

我喜欢文字的呐喊声。那是一首粗犷的歌唱，让你道出心中的所有的欢乐和忧伤，大声倾诉所有的成功和失望，尽情表达所有的愤怒与感激，把心房清理得净净的，把心绪梳理得顺顺的，把疲惫驱赶得远远的，把正能量积攒得满满的。

我喜欢文字的脚步声。那是一篇舒美的游记，带你走遍世界，欣赏山山水水，饱览风光旖旎，感受风土人情；带你走进历史，吟唱诗词歌赋，经历金戈铁马，感悟英雄圣贤；带你走向未来，探寻星空的深邃，发掘地球的神秘，感叹科技的奥妙。

文字记忆了我的成长，留下了我的心迹，收藏了我的亲情。为纪念我的成人礼，筛选部分考场作文、课余随笔、读后感、演讲稿等编辑成册，取名《花开淡墨》。由于学业紧张，时间仓促，水平有限，本书是个学习和描摹的过程，很不成熟，错误疏漏在所难免，敬请批评指正。

2017 年冬月于岱下

认识自我

　　倪氏小女，年十五，世代居住于泰山脚下。为人向来坦诚，性极直爽，不喜拐弯抹角。涉及颇广，琴棋书画无一不沾，但均不擅长，贻笑大方。好读书，不求甚解，每有会意，便可沉思悟道，欣喜万分。即及笄，阅读趣味愈盛。阅书极杂，上至哲学探究，下至使用说明书，皆可捧读。小说犹喜推理类，以松本清张、东野圭吾著作居多，故曾尝试以此体练笔，因理科知识颇少，不明密室杀人、有毒药品生物特性一类必要元素，直至实效告终，从此决心学好理科。常寄情山水，易被美打动，故常费纸张赞颂所见事物，但因文笔惨不忍睹而总不可还原。日常以简为乐，不喜逛街，对奢侈物品毫无购买欲望。喜穿校服，家母深觉其掩盖青春朝气而不许节假日穿之。做事热度退去极快，故常半途而废，后追悔莫及，收拾东西之技能亦不着边际，整理物品时常叫苦不迭，不忍丢弃，家母吹胡子瞪眼诘之，方整理完毕。

吾乃吃货一枚，食量与同龄少女比尤为惊人，且一遇吃则不顾形象，常落人话柄。亲旧若评余，应会伸食指、中指二指掌心向外示之。交友不论性别，男女一视同仁，不曾多想，若落人怀疑，坚信清者自清。家母尝教导"淑女"二字，深感禁锢，不以为意。个性张扬，乐于参加活动，常出错"丢人"，仍怡然自乐。青春期使然，内心敏感，泪点略低，但如六月天，来去自然。心理承受能力极强，遇训绝不软弱，改正较快，但若遇朋友诘问怀疑，则纠结万分，望有话直说，不善揣测人心。学习深信师嘱，若任务下发则不遗余力绝不打折扣。拖延症治疗中，万事开头难，有头绪做事极快。初中治学不甚严谨，深受其害。易冲动，故常遭遇训斥，然不甘示弱。作文时从不打草稿，信笔由缰，叙事累赘，用词不善斟酌，故考试常超字数，逻辑性不强，对文学热爱近乎偏执，尝用随笔替语文作业，一遇习作从不忧不够字数。深知阅读量太少，未曾放下书卷笔墨。近来以张爱玲书系为主，文笔模仿不至，总觉拙作矫情。

素喜助人。尝当志愿者结识无数趣人。爱旅行，全国省份已游大半，乡土人情颇得心，对传统文化怀有敬畏，汉家汉服望全国普及，为传统文化出力。不曾追星，不明偶像，对韩国不甚了解，敬佩日本文化传承之一方法，对动漫产业望洋兴叹。支持国产，期盼国产王者归来，秉承"家事国事天下事，事事关心"原则，常被斥心不在学习上，故改正中。字极难入眼，十分丑陋，虽练字数年，自幼功夫尚浅，万物皆弱。学业满目疮痍，

百废待兴，望可在天降大任之前，苦其心志，劳其筋骨，行拂乱其所为，

终背水一战，长风破浪。

写于 2015 年 9 月

目 录

辑三　**心在旅途**

辑四 | **指点江山**

辑五 | **雏鹰展翅**

岁月留痕

品味那些树

　　姥姥家附近有一片林子，用石头垒起的墙，高及腰部，将几十棵树包围。每年秋季，收下来的玉米秆会堆放在石墙角处，软软暖暖的，可以踩在上面玩。在我心中，那里是我的最爱，不亚于鲁迅的"百草园"。

　　那时候，总觉得那些树很高很高，仿佛与天齐平似的。树不算粗，六岁的我可以拦腰抱住。那里总是很宁静：春天，我们会对着树上冒出的几点新芽欢呼；夏天，可以听到风和树叶笑的声音，也是找小虫的好时机；秋天，枯黄的落叶像舞倦的蝴蝶，飘然飞落脚边，寻几片漂亮的夹在书里是无言的快乐；冬天，人迹罕至，雪厚到没过膝盖，在上面打个滚，团个雪球，打场雪仗——冰雪融化在笑声里。偶尔会有几只小生物驻足被我们发现：树上的一只小鸟，竟敢与我们对视；捡拾起一只毛毛虫，直接放到口袋里，我们甚至会把它养成蝴蝶。若是运气好，捉到一只伏在树上叫得正欢的蝉，欢天喜地地带回家"邀功"，不久便变成了鸡的美餐……所以上了小学，每当班里的女生看到一只小飞虫，尖叫声传入耳中时，我就一直不明白：不就是只虫子吗，有什么好怕的？

大人们总不愿意让我们到那里去玩，"那是死人睡觉的地方"——爸爸当时是这么和我们说的。以前都是这样，没有什么墓碑，没有什么十字架，甚至连棺材都没有，挖个坑就埋了，没有什么小土丘，就是一块平地。我可从不听劝，天天跑去。每次当姥姥从树林里把玩得一脸泥巴的我揪出来时，就会骂我：当心晚上被鬼捉去！我曾一直很迷惘：鬼是什么，有那么可怕吗？

随着年龄的增长，我惊觉离那个"我"越来越远。以前天不怕、地不怕的小丫头变了吧，我想。只是还常去那个杨树茂盛的地方转转、看看，但连拿片叶子都要仔细看看有没有虫子伏在上面的心情也没有了，也不再想躺在树下打滚——这可是我以前最喜欢的。

今年暑假回姥姥家，还是习惯走到那条小巷子旁的石墙边，却忽然发现：那些树不见了！

"树……去哪了？"我有些惊愕地问姥姥。

"哦，来了个人要买这些树，看着长得挺好，就都砍了。"姥姥的语气很平淡，平淡到难以置信。

"没了？"

"对，没了！"

有那么一刻我想大哭一场，想像看山老爹似的抱着树桩大哭。我的童年没有了，承载我童年欢笑的小树林也没有了！

"哦。"我却只出了一声。

平淡的语气，机械的转身。我忽然觉得有什么东西像那圆明园似的，烧灼般的痛。但最后又变成了淡淡的，仿佛离愁似的思绪——像是《山楂树之恋》中的那棵开红花的山楂树一样。

我爱的那些树，你们可好？

我爱的那片小树林，你们可还记得那个扎着羊角辫在树下玩耍的小姑娘？

写于 2013 年 9 月

十　年

拾起记忆的分秒，
十年远逝于不回头的光阴洪水里，
我变成崖岸送行的女子，
千万难。

——题记

前几日，下了晚自习，走在回家的途中，忽然听到身后两个女生的悄悄话："想起要在这条小破路上走三年，烦都烦死了！"我一愣，心中默算记忆的流年，竟有一丝难以置信，空气在一瞬间流得迟疑。我不禁有些恍惚：怎么会烦呢？在这条路上，我走了十年了。

忆起小时候对这条路的印象，便是爸爸蹬着那辆破自行车，送我去上学时金属摩擦的刺耳尖叫，吱嘎吱嘎响个不停。睡得迷迷糊糊的我，坐在后座上踢踏着双脚，看着脚下的土路和自行车轮，一起滚过一个又一个季节。前方传来爸爸"不要把脚伸进辐条里"的叮嘱，我胡乱应着，把脸贴在他后背上，享受透过棉衣的隐约几缕温暖。春寒料峭，柳树抽了新芽，随意垂下一两枝，透出丝丝缕缕的绿意，四季的轮回，春天的心跳，终于在这里找到了起点。我总是怔怔地望着那泛着新绿的枝条，直到汇入一片茫茫的车流，脚下由泥块变为柏油。

年龄稍长，我有了步行上学的权利。小路依然坑坑洼洼，北侧几棵白杨是那么高耸挺拔，仿佛插进云里，树上的蝉声喧嚣过整个夏季。"好再来"理发店的招牌闪烁着光，一头卷发的老板娘总是站在门口笑眯眯地与我打招呼。灼热的天气几乎霸占了整个季节，空气火龙似的在空中游动，孩子们大声喊着"一、二、三，木头人"，抱怨着又有人耍赖，吵成一团，汗珠顺着鬓角砸到地上。身旁，卖豆腐的大妈敲着梆子走过，遗落一串清脆的"梆梆"声。雨天，黑灰色的泥水爬满小路，其内几块暗红色的砖，等待撑伞的行人踏上。我们是从不怕弄脏衣服的，踩着水，飞跑回家，将那流动的时光溅在身上，在暴雨中欢笑直到感冒发烧。

秋意弥漫小小的街道。夕阳是一团橙红，懒洋洋挂在树梢，风从我们身边走过，轻声低语，引起叶子沙沙的笑，随即如帆船向地面航来。栅栏边的爬山虎逐渐呈现出黄绿相间的颜色，似汽水中泡着的青柠。一场秋雨一场寒，一场月考一场战。我们凑在一起，皱眉讨论着成绩。课业任务的加重令我们笑渐不闻声渐悄，飞花般的试卷与大把大把的空笔芯提醒着我们大考即将来临。无心留意天空中唯美清逸的湛蓝，耳畔淅淅沥沥的雨声，就这样被时光匆匆装订，伴着饱满而又葱郁的往昔隐形。

而如今，我猛然从深思中惊醒，抬头，与高楼缝隙中微笑的金黄的圆月撞了个满怀。曾经的曾经，岁月处处无痕却又处处留痕，像是路边的薄雪，其下睡着曾浅唱过的清欢。十年，白杨绿了又黄，松树因暴风被刮去的枝干终究没再发芽，红色的砖墙上爬满了爬山虎，雾霾天开始多得令人无法喘息，雪地里堆成的雪人偷偷"跑掉"；十年，门口修车的大叔一手油污，大叫大嚷各处乱跑的孩子换了一批又一批，门口的书法班终于也有了作品，黄昏时散步的人与狗都更加蹒跚，铁皮如邮筒的小卖部消失在时光的罅隙，老旧的自行车湮灭于时代的魅影；十年，我的发型从童花头变为高马尾，身高从一米二变成一米七，校服由蓝变紫、由短变长，枕边书由《安徒生童话》换成了《五年高考三年模拟》……十年是一个很令人恍惚的词，随处可见又遁于无形，镜头摇过来再摇过去，女孩儿细细碎碎的成长岁月密密地铺在这条不起眼的路上，闪闪烁烁地穿过时光的花影。小路铺展延伸，构成属于我的记忆广场。

忽然想到爸爸说过："二十年前这里是一片金色的麦浪。"流光容易把人抛，红了樱桃，绿了芭蕉。那我的成长呢？

我会坚持走完这十二年四十八个季节。

路在变，人在变，初心不变。

写于 2016 年 4 月

温　暖

　　凛冬已至，窗外翻飞的雪花告诉我，北风如一位猛将，毫不姑息地切割着行人的脸庞，震颤着最敏感的神经末梢，耀武扬威地刮掉所有顽抗的树叶，俨然称霸于这片土地。晚自习放学铃打响，在风声的催逼中，我加快了脚步。

　　缩着头走至人迹被风吹得无影无踪的校门，我伸长脖子寻觅着妈妈的身影，一阵冷风猛灌我的脖颈，逼迫我缩至本就不甚暖和的羽绒服内，我的心也随之降到了冰点。期中考试遭遇"滑铁卢"，看着以前我不屑与之比肩的他们的成绩直线上升，我甚至抓不住他们的衣角，就这样落入了深渊。眼泪又漫上眼角，我仰头看天，灰蒙蒙的，一如我的心境。

　　"在这呢！"熟悉的男声。我有些奇怪，只看见老爸三步并作两步窜过来，飞快地将一条围巾系到我的脖子上，丝毫不介意他跑来时的一身雪花。我感到一丝暖意。"明天我得出差，所以今天晚上就回来了。对了，期中考试怎么样？"他说话时带着浓重的鼻音，缩着脖子，手也冰凉，一看就知道感冒了。我正想加以问候，最后一句话令我无地自容。"不怎么样"，说着，我甩开他正欲提我书包和水壶的手，快步离去，丝毫不顾及他的感受，一丝暖意消失殆尽。

身后传来急促的脚步声，他跟跄了一下，滑到我身旁。一只手捂着胸口，一只手拉住我。"其实，也没什么大不了的。你中考成绩本来就不高，一点点地只要有进步就行。没事，我闺女那么聪明，怎么会学不会！"他沙哑又爽朗的笑声令我找到一点温暖，眼泪又漫上来，被我生生压回去，攥住他的手。我看向他，雪与白发绞缠在一起，眼角皱纹清晰可见。他的左手一直捂着胸口，骨节已冻得通红。我想开口问他为什么保持这样一个姿势，却惊慌地发觉声音已哽咽，就慌乱地咽了下去。

进了楼道，他忽然揉了揉胸口，拉开拉链，舒展开紧锁着的下巴，从胸口里掏出了一袋纯牛奶！我惊讶地看着他，不敢想象他是如何在如此寒冷的雪夜龇牙咧嘴地将一袋冰凉的牛奶放入怀中的。"在你校门口看见有卖牛奶的，温的，怕太凉了冰着你的小牙，就稍微暖和了一会儿。放心，'老爸牌暖气'，就是牛！"他拍了两下胸口，一脸自豪。我捧着那袋牛奶，眼泪成功脱离控制，手心里"老爸牌暖气"的温度直通心底，我终于感受到了一束束的温暖，从手心漫向心底，又涌向眼眶，喁喁叙说爱的絮语。

上楼，在暖意中望向窗外，大地一片纯白，如我澄明的心境。咬着喝空的牛奶袋，我默默想着：明天，我要在温暖中，走过这片茫然。

写于 2015 年圣诞节

你养我长大，我陪你变老

我从未觉得你会老去。

曾在乱翻相册时无意发现你的旧照。简单的马尾，朴素的服饰，你抱着一本书，满脸认真，直愣愣地看着镜头，透着一股青春的倔强与冲劲，青丝在脑后安静低垂。我有些怔忡地转过头看着厨房奋力剁骨头的你，眉心与眼角的细纹清晰可见。我故意忽视你头上早已发芽的白发，忽视你变形的身材，却不得不承认：你似乎变了。

曾在整理衣柜时无意发现一个包裹，那里面衣服的颜色斑驳绚烂，如同春日般明媚。我问你这是哪里来的，你笑着说这是你年轻时的衣服，现在没法穿了。我去看你的衣柜，黑、灰、蓝把所有的心绪填满，我竟找不到一丝鲜艳的颜色。我转头看向坐在沙发上缝被子的你，黑色的卫衣下，掩盖着岁月带走的轻狂与闪耀，你只静静坐着如同将所有娴静与温柔都倾注在一针一线上。我承认：你变了。

曾在与友闲谈时无意感受到你变化的态度。由于受到保守正统家风的影响，你不喜肌肤相亲。每当我伸开双臂凑近你时，你总是本能地很嫌弃地避开，或直接把我拒于千里之外。到后来，我便无意再去拥抱你。而如今的你却主动靠近，乞求般与当初被逼迫分床的我协商与我同睡，并兴奋地没话找话直至我厌烦。你常在我吃饭时欢喜地看着，仿佛是你在享受美食一样。有时你会唠叨着三年之后我就很少再能吃你做的饭了，随后轻轻叹口气，仿佛明天我就会飞往天涯海角。我不得不承认：你真的变了。

我忽然开始害怕起来：是否有一天，你会变得易怒敏感；是否有一天，你会变得迟钝耳背；是否有一天，你会变得健忘佝偻；是否有一天，你会变得言语不清；是否有一天，我将电话听筒拿起，却不知道"天国"的电话号码……想着想着，泪便如雨落下。

窗外树叶已被染成黄色，细雨微凉秋意已深。你在餐桌旁叮嘱我多加衣服，我答应，随手将一片肉放到你碗里。你感动地笑，欢喜地吃下。我走在上学路上，感受到你的目送。命运仿佛告诉了你，不必追。

妈，你不必追，我来找你。

既然你的青春因我而凋谢，那请允许我陪你变老。

写于 2015 年冬至

答案在风中飘荡

源：

　　展信佳。

　　最近的霾天越来越严重，污染颗粒们千军万马地杀了过来，顽固地攻击着人们的呼吸道。走在路上，三步之外的人便只剩些微的轮廓，远远望去，如同黑白世界中静默诡秘的兽。灰白的教学楼，灰白的天，黑得刺眼的光秃的树干，被禁止的课外活动，一切仿佛失去了生机，时间被凝固于一张黑白底色的胶片，像是索然无味的瓜子壳。我感觉自己仿佛也被困入迷雾淤塞的绝境，苟延残喘。

　　期末考试临近，我却越来越找不到方向：复习课上迷茫地看着老师一张一翕的嘴唇，完全听不懂她在说什么；每天的作业被打上连续的三个叉，看着上课从未醒过的同桌条理清晰地演算步骤，感觉心里有只小虫子在噬咬，我似乎能听见她无声的嘲笑。公式推导，方程式计算，我不想去理却又不得不去理。听见楼上文科班的嬉闹声，我很羡慕他们。自己像一个走岔了路的人，步履越来越沉重，却不可回头。我还需不需要坚持？我的未来在哪里？

我能明白家长对我的冷脸代表着什么。"这个成绩考虑专科吧。"他们这样说。每天晚上我把自己钉在书桌前哭着做物理题，企图从中寻求老师所说的那种顿悟。我不明白电流的走向，也不明白一颗射出膛的子弹到底能把给定的木块推多远，总之什么都不明白。今天晚上最后一节晚自习我疯了一般拼命地写给自己的话，写满了整整一张演算纸，流了满脸的泪。他们说我想得太多，心思太细腻，我就是矫情而做作，但我控制不了。每当事情出现，我的心上无数细小的绒毛一起疯狂地运动，我能想到许多他人不感兴趣但我却如获珍宝的情感与日常琐事——可是那有什么用？在这里，我就是个废物。

有件事让我每次想到都感觉头脑中好像有个东西在转。

什么是喜欢？

校园里牵手走的情侣不少，几乎每个人都带着我没有的笑容。有时我会希求来一个人陪我就好了，但也会被更大的罪恶感压得不能动弹。这样是对的吗？我到底算不算喜欢？如果有一个喜欢的人，我是不是就不会在乎他人的评价和嘲讽？

期待你的答案。

源源：

你好啊。

今天在收拾桌子时从抽屉深处翻到了这封信，从你的语气和用词中，我找到了我们成长的足迹。

为了回答你的问题我回了一趟学校。那时正是一场暴雨泻后，天晴得令人想流泪。我走向操场，门边的那棵大树依旧挺立，粗壮的树干上有一道一道学生们留下的印记，叶子依旧是繁茂遮天，枝条摇曳在水晶般澄澈的晴空中，我的心仿佛也在夏日的微风里荡漾，舒展的灵思在此刻活络。

此时我惊觉，你的问题大多数并没有答案。

我们曾在摘抄本上工工整整地写过一句话。"人总渴望被倾听和理解，却不愿孤单地去直面自己。然而有些事情终究需要每个人独自去完成——读书，思考，恸哭乃至死亡。"在学业的重压下催化了笔尖叛逆的生长，在情怀如诗的年纪里一次次失落、失望、失掉所有方向，从而撕裂所有渴望，任性而又令人羡慕。

翻看了你的所有笔迹，一点点成熟的字体却偶尔仍幼稚叛逆得令人吃惊。在那些文段中你像我回答你一样回复了以前的我们，如同一个青涩而微黄的苹果笨拙地学习，成长。前几天听讲座，教授在答疑时被问到了相似的问题，他的回答是：将一切交给时间，时间会给你答案。

所以完全不用惊慌啊，一切都很好。

在时间和经历的陪伴下，那些比天大的战战兢兢、如履薄冰都会化为一江春水，太多的绝望、猜忌都是自己成长的伤痕。心是罗盘，到处是重重迷雾，只能向前。将未来和希冀交给风吧，你只需要坚持前行，在时光坐标上认真踩下每一个脚印。待你坚持穿过谜一般雾一般的所谓绝境，一场大风会忽然将方向指明，路的尽头隐约可见。

没什么正确也没什么错误，人生难题并不是试卷，一题做完接着下一题，它们最常结伴，仿佛在说，人海茫茫中，人的问题就是海：一个浪来，接着又是一个浪来。心是罗盘，常常寻不到方向，不如不去想，一切交给风，令其开拓未知，至少你在努力。

一段时间后请抬头看风，答案在风中飘荡。

我不知我将去向何方，但我已在路上。

写于 2016 年 10 月

我的爸爸

说到我爸，我感到有些无法下笔，不是没什么可写，而是可写得太多，反而有了这种感觉。和他相处时，好像是没有令人"眼眶湿润"的举动。在我心中，"高大威猛""玉树临风""风流倜傥""才高八斗""学富五车"都与他不沾边，但想着想着，老爸给我的感觉就慢慢凝聚成一个字——"娘"。

一般人心目中，爸爸的形象都是"背影"，都"不善言辞"，浓浓的爱都包裹在行动里。可我爸有一个特点——特能说。也许是需要他现场发挥的时候太多，他任何时候都在利用各种时机教育我。上次我洗完脸后，忘了把毛巾挂在架子上，他就开说了："你看你，毛巾乱扔，毛巾这东西是得接触脸的，那么不注意卫生，小心黑头越来越多，女孩子得对这东西特别上心，要不然，那么嫩的皮肤被损伤了，后悔就晚了！你的学习也不够有条理，乱丢乱放，这怎么得了，我以前啊，每次考试都考第一，东西放的特别整齐，老师光夸我用心，你奶奶让我干的活我也很快干完……"后面那些东西都是关于他以前的学习情况的，然后就是对我学习的意见和建议，一般分为五大条，每条包含着八小条，每一小条中还有各种各样的注意事项，等等。如果给他时间，我相信他完全能三天三夜说不停。每当我耳朵被磨得快起茧子的时候，他的形象就变成了祥林嫂，叨叨叨，叨叨叨。并且他的每个句子中都有排比，有时还有比喻、拟人等一系列修辞手法，让人不服他都不行。脸上的表情是各种关切、着急加恨铁不成钢，当我在电视上看到他正襟危坐时的模样，再和他唠叨时的表情一对比——那差别是相当的大！

一般人心目中，父亲的形象是"严厉""认真"，可我的老爸，细心的让人没话说。我三岁上幼儿园之前，平时的衣食住行全部由老爸承担，他绝对把每件事情都做到事无巨细的地步。他特别会做饭，在做面条一事上"登峰造极"，因此我幼儿园到小学的早餐都是面条。打卤面、炸酱面、肉丝面、鸡蛋面样样拿手。每次盛面条，他都要把我的一份先盛好，放在桌子上晾着。每次不管什么面，我的碗里都会有一个荷包蛋。怕我烫着，他还告诉我一个吃面条的口诀：一挑二吹三张嘴。因此，上小学时早晨给我的印象，就是面条散发的热气与旁边老爸"呼哧呼哧"的吹气声。

最近，我的鼻子上"忽如一夜春风来"长了许多"红豆"，老妈不以为意，老爸却作痛心疾首状，不等我同意，便拟好了"战痘计划"。一开始用挤，但这种做法不仅疼，而且"红豆"越长越大。他便四处搜罗偏方，用碘酊，用酒精，最后找医生，可鼻子上还是"一波未平，一波又起"。前几天他又从微博上找到艾灰可以治，便又到处搜寻艾叶，烧成灰，依法和成泥状，然后小心翼翼地在我鼻子上抹了厚厚的一层，还问我有没有科学依据。前几天，他又开始嫌我黑头太多，逼着我用他的洗面奶，还拉着我讲护肤知识。痘痘破了，找医生消毒，他跟我说着"没事"，却在我冲生理盐水的时候"哎呀哎呀"地大叫，还乱蹦，搞得那医生以为他不正常，我也装作不认识他。你能想象一个大老爷们儿天天围着他闺女的脸转，这不和护士一样吗？

　　关于我父亲我不想用什么抒情，因为我也实在"抒"不起来。这就是我爸——一个在外面独当一面、在家里又绝对"娘"的人。

　　　　　　　　　　　　　　　　　　　写于 2012 年 3 月

夏 忆

那时的天总是很蓝 /
日子总过得太慢 /
你总说毕业遥遥无期 /
转眼间各奔东西
——题记

亲爱的倪凯源：

你，还好吧？

今天军训结束了，我们终于可以在教室里摇头晃脑，而不是在大太阳底下受烈日烘烤了，好开心！我们照了一张军训合照，在操场旁边一棵好大好大的树下，但太阳好像一直在和我作对，都三点多了还是相当刺眼，搞得我一直无法直视摄像机，眼睛眯成一条缝，我在拼命睁眼你能看出来吗？好羡慕那个戴墨镜的摄像叔叔，他的眼睛一定睁得老大，就和镜头那黑黑的"眼睛"一样。感觉自己丑极了！身旁的同学们都是相当安静，就我咋咋呼呼好像一阵风，我觉得一定相处不来。唉，四年，要待四年，好长好长的路啊！感觉就连音标都难于上青天，早晨要起得比太阳还早，老师从三个达到了七个……你能挺过来吗？为你加油！

不写了，眼睛好疼，呜呜呜……

11 岁的倪凯源

2011 年 9 月 7 日

亲爱的倪凯源：

你好吗？

上完下午第二节课，我们被匆匆拉出教室，来到你所说的那棵树下，通过一张定格的瞬间完成自己四年的学业。在等待的时间里，我们像往常一样聚成小团体说笑着，看着飞机拉线经过，婷婷和佳琦依旧在与良玉讨论某部小说，身旁美彤与金珠依然在为自己的男神尖叫转圈，阳阳和菜菜还在为一件事笑得前仰后合，男生们仍然聚在篮球场边评头论足，时不时打一巴掌吼一嗓子。我蹲在台阶上，任由王悦将我的头发左拧右合盘成麻花，远处依然有训练的体育生围着操场一圈一圈地跑。风吹过树叶飒飒地响，摇曳着去触碰蓝色的天空，我几乎幸福地醉在其中了。

出乎你的意料，大家都和你一样开心好动。班主任依然严厉得要死，其他每个老师都相当和善，愿意容忍你所犯下的错误。谢天谢地，我成功地走完了你嘴中那条好长好长的路，但我却更加空虚寂寞了。

那些蜜一样稠的时光是一只巨大的糖果盒，那些丰盈的日子的确会被季风带走，却将留给你芬芳的甜美。寄居蟹的爪印不是被抹平了，而是被成长的潮水舔去，并把那滋味留在心底。

至于那些过往的压力与彷徨，怕只是阁楼听雨的感伤；那些曾经强迫自己保持如履薄冰的心思，已经成了那风雨中最细密的晴空。当站在摄像机前，与伙伴们十指相扣时，我才发现一直以来担心的表情已是徒劳，我已不由自主地绽放出青春花影般的微笑。今天是多云，我望向晴空一下子想起了你。四年前的我们重叠成一片模糊的光影、一方模糊的时空，细碎的光影洒落一地的欢笑与点染着的泪光。我们携起手，一起穿过时光的花影。

于是，当强光下的眯眯眼含泪睁开，裙角不再飘荡，一张张的考卷终会如飞花般飘落，在一题又一题后，我终会收获满树的迷迭花香。

眼睛早已不再疼痛，心却注视着踮脚溜走的郁芊流年，忽地炽痛起来。

　　走下去吧。

15 岁的倪凯源

2015 年 5 月 22 日

我的小闹钟

今年春节，爸爸妈妈送我一个小闹钟，我可喜欢她了。我的小闹钟非常可爱。她穿着一件粉红色的外衣，两根矮墩墩的小腿支撑着胖嘟嘟的身子，圆乎乎的脑袋上长着两只大大的耳朵，像两把撑起的小雨伞罩在上面。憨憨的脸上均匀地分布着1、2、…、12这十二个兄弟，每两个数字之间有五条小竖线，像小花猫的细胡子。四个小针长得身高、颜色各不一样，红色的时针、黄色的分针像两根眉毛调皮地做着"鬼脸"，一会儿来个笑脸，一会儿来个哭脸……蓝色的秒针一会儿跟时针在一起，转眼又跑去找分针了，只有绿色的定时针静静地站着，看着他们表演……

我的小闹钟非常勤劳。她的三个针一圈一圈地不停地转着、转着，星期天、节假日也不休息，从不喊疲倦，也从不嫌枯燥，像三位慈爱的母亲，天天去"问候"每个数字兄弟，从不偏心。

我的小闹钟非常守信。她的身后有一个定时器，可以拨动定时针。托付她几点把我叫醒，就把定时针拨到哪个数字上，到时她就唱出"铃铃铃"的歌声，特别清脆，特别悦耳，从不迟到。每天清晨，我都伴着她的歌声起床，时间长了，我的脑子里也有了个小闹钟，无论睡得多晚，早晨准时把我叫醒。

　　我感谢我的小闹钟，让我养成了按时起床的习惯，也让我学到了要勤劳、守信，做一个正直善良的好孩子。

写于 2009 年 3 月

我的困惑

　　我有好多困惑：过年的时候，爸爸总是说，"我们小时天天盼过年，因为过年才能穿新衣裳"。我不明白，为什么非要过年才能穿新衣服呢，现在我不是天天都在穿新衣服吗？

　　爸爸最爱看老电影《喜盈门》，说它拍的真实。可我不明白，为什么电影上吃顿水饺还要藏着，我不是想吃什么就吃什么吗？我还不明白，为什么我最爱吃的烤地瓜，爸爸说小时候吃够了呢？

　　在老家后院有一座又小又矮的土房子，爸爸说他在那里长到10多岁。我不明白，那样的房子一家五口怎么住呢？

　　爸爸开车回老家走过一段宽敞的柏油路时说，"上初中走这段路，晴天一身土，雨天一身泥，只能让车子骑着我。"我不明白，为什么会车子骑着人呢？

爸爸说他们小时候看电影要跑出十几里，上体育课时男生只是摔摔跤，女生只是踢踢毽子、跳跳绳，从没上过音乐课。我不明白，电视上什么节目没有啊，为什么要跑那么远去看电影？我们校园生活这么丰富多彩，为什么他们会那么单调呢？

当我要爸爸给我解释这些问题时，爸爸笑着说："你当然不明白，现在从城市到农村，穿着讲究品位，吃饭讲究健康，住房讲究舒适，出行讲究方便，这都是改革开放三十多年翻天覆地的变化，是党的改革开放政策让老百姓过上了好日子。"我懂了，没有改革开放，中国就不会这么富足和繁荣，我们也不会有这么幸福的生活。我们一定要珍惜这样的生活，好好学习，天天向上，做一个对国家、对社会有用的人，以实际行动报答我们伟大的祖国、伟大的党！

写于 2008 年 10 月

民族团结一家亲

　　很小的时候，跟爸爸出去吃饭，爸爸点菜时专门点了几道清真菜。我问爸爸："清真是什么？都是一样的人为什么还要点不同的菜啊？"爸爸告诉我，客人中有个伯伯是回族，有自己的民族习惯，要尊重他们。爸爸还告诉我，我们国家有 56 个民族，虽然各有自己不同的生活习俗，但我们都是"一家人"。

　　我们班有个小女孩叫海格，活泼可爱，觉得她的姓氏挺有趣的，后来知道她是满族。我们一起学习，一起娱乐，一点也看不出是不同的民族。去年四川汶川地震，我看到受灾群众不分羌族还是汉族，亲如一家，相互鼓励，相互扶持，共渡难关；全国各族群众心系灾区，捐款捐物，大力支援。所以我知道，汉族和少数民族都是祖国妈妈的孩子，都是相亲相爱的一家人！

今年 10 月 1 日，在国庆游行队伍中"爱我中华"方阵、"团结奋进"方阵，显得特别耀眼。各民族群众分别穿着节日盛装，伴着"五十六个民族，五十六枝花，五十六个兄弟姐妹是一家"的优美旋律，载歌载舞，万紫千红，好不和谐，好不美丽。我们的祖国这不正是一个各民族亲如兄弟、亲如姐妹的大家庭吗？

写于 2010 年 11 月

童年杂忆

　　小时候，住在乡下，没有电脑，没有好看的电视节目，更别说超市、电影院了。现在想想，那时唯一可以供我消费的，好像就只有村子中心的一个小卖部。那个地儿不算大，半个门头左右，东西也不算多。可在那时，来这里买零食是一件非常"阔气"的行为。

　　我们村的地形令我现在都感到很"气派"。一条"大路"（马路）穿过整个村，北边是田，再往北就是汶河；南边是村庄，再往南就是一座无名的山。而那个小卖部旁边有棵大槐树，系满了红丝带，所以大槐树也成了小店的代名词。没有牌子，没有任何标识，可村子里的每个人都知道去哪买东西，我也不知道为什么没有大人引路，我这种路痴竟然也能自己找到它。小卖部的主人是个老奶奶，小脚，小眼，佝偻着腰，只记得叫她奶奶。小屋很破很小，屋里很暗，东西基本看不见模样，还时常能听见狗叫声。我记忆里那柜台很高，达到当时我的肩膀，我还必须踮着脚。而比我小十个月的表弟却根本连看都看不到，因此我还经常取笑他的"高"。每次去买东西，买完大人指定要买的一般还剩点钱，五六毛的样子。我们便会兴高采烈地挑自己的东西。当时我结巴，说话不连贯，而表弟却伶牙俐齿，于是我一般都会把他抱起来，让他攀住柜台，我们就像叠罗汉一样艰难地买点零食，然后由表弟算好账（当时我不会算）。通常要回家时，我们经常忘记大人们嘱托要买的东西，抱起吃的就走。那老奶奶喊，我们也不管不顾，直到快到家才想起来，便飞一般地跑回去拿。因此，现在买东西时我也常想起两个小孩飞奔在石板路上的模样。而一般去买东西都是在酱油和醋用完的时候，所以我们总是眼巴巴地望着袋子，希望能快点用完。弟弟聪明地想到吃饺子要蘸醋，于是我们就要求姥姥每天做饺子，直到吃到吐——现在想想真的挺傻的。

那时候的零食都是一毛钱一包的（"三无"，肯定的）。一般有话梅、奶片等物，我印象最深的就是泡泡糖。一般的泡泡糖是片状的，上面画的是一个小兔子在吹泡泡，旁边还有一些英文。味道却忘了，只记得里面有那种纸质的文身，全是卡通人物。有时印得拙劣，只有一个头和一双脚，我们只把它们小心的留下，寻思着有没有同样的。其中有一种图案我记得最清楚——因为它就是我们错题集封面上的卡通，我至今还记得初一拿到错题集时那种"相识"而"震悚"的感觉。每当我们用三毛钱买回三块泡

泡糖后，我们便会用图案各编一个故事，然后讲给对方听，想象力就是在这时开始萌发的吧。

上次回姥姥家，按照"国际惯例"，是一定要去小店看看的。老太太腰更弯了，可依然能有和蔼的笑容，一切都没大变。我惊讶地发现柜台只到我的腰部，东西照例还是一毛钱。我买了几块泡泡糖，却咀嚼不出快乐的味道……事物终究要发展，我们在长大，这里终究也要被遗忘。

现在想想，抱着一堆零食飞奔在石板路上的经历，怕是再也不会有了吧。

写于 2012 年 6 月

我的老师

　　我的老师名曰程熙然，昵称尧尧，时年五岁。略显孤僻却不失灵气，略显沉默却不失可爱。为何说他是我的老师呢？且听我细细道来。

　　一次在老家剥玉米，一家人围着一个大盆有说有笑。这时，一只"不法分子"偷偷进入了这个和谐的场面。只见那个"不法分子"——一只白乎乎的虫子渐渐从盆子里蠕动出来时，不怕虫子的我心里也哆嗦了一下。看着旁边那个玩得不亦乐乎的小家伙，他可是生在城市长在城市的，别说毛毛虫了，就是苍蝇也见得少，不知他看到那只虫子会如何处理。果然，他发现了它，首先用好奇的眼光看看那只小虫，然后问舅舅："爸爸，这是什么呀？"舅妈随着他指的地方看去，不由得"啊——"地一声惊叫起来。舅舅对他说："这是只小虫子，没关系的。"他继续盯着那只小虫，最后竟直接用手将虫子放在脸上，抚摸着它说："妈妈，快看，这是我的宠物！"除了舅妈，全家人都哈哈大笑起来。

看，能与大自然如此亲密地接触，他真不愧为我的"老师"。

一次，他来到泰安，去方特玩。可能一天的走走停停，使小家伙有些疲累了。出了门，来了一辆公交车，他们立即坐了上去。慢慢地，车上人渐渐多了。舅舅看到一个扶着栏杆的老奶奶，便对他说："尧尧，这个奶奶很累了，我们把座位让给她好不好？"没想到小家伙立刻大声喊："为什么啊？我也很累啊！为什么要让给这个老奶奶啊！她比我大啊！"引得车上的人纷纷侧目，有的还窃窃私语。舅舅可真是"无语"了！

看，能直白且那么大声地透露自己的心声。他可真算是我的"老师"。

可慢慢地，我发现，原来的我也可以当自己的老师。

原来的我，会为一枝折下来的花骨朵而哭泣；原来的我，会为一支棒棒糖而兴高采烈；原来的我，"能张目对日，明察秋毫"；原来的我，没有任何心事；原来的我，怎么疯怎么耍也不会被说成"2"，原来的我，能……

我知道，我的老师，有一天，也会开始苦恼，也会变得沉重，也会变得冷漠……

这，也许就是成长的代价。

写于 2012 年秋

十二岁的我

嘴拙。小时因鼻音浓重，虽天生好动却不喜说话，所有意思全靠动作完成。直到大班时与幼儿园老师甚熟，才敢开口嬉笑。又因遗传老爹语速快的特性，说话时无人能听懂其意思。而一年级学习拼音时更是让爹娘煞费苦心——总是将"b""a"拼起来变成"ma"的音。于是又沉默一个学期，靠较烂的画图与人交流。初一时因紧张竟在演讲时念错自己名字，使观众爆笑，两位老师更笑得前仰后合。学英语只听音，从三年级到小学毕业时的英语书上全是汉字（如brother旁边写为"补袜子"tooth brush 编译为"兔子不拉屎"等）。

拖拉。小学时六点能完成的作业非要拖到八点。因为中间加了抠手指甲、看"闲书"（老妈说一切无关于学习的书叫闲书，作文书、儿童文学等也算）、踢拖鞋等工序，使每天老妈都要喊"快点快点……"，但该同学"死性不改""我行我素"。五年级时语文老师换为一个严厉的女老师，每天有巨多的作业（在当时来说挺多）让该同学再不敢拖沓。

粗心。数学题十道可错七道，初一时曾犯下因计算失误得三十分的"滔天大罪"，但现在数学老师的严厉使该同学的心没那么粗了，但偶尔丢个正负号、少个数、错个题的概率也不在少数。目前该同学正在努力使自己的心细一点，但成效如何还存在于未知。

好胜。平时最爱比赛，比什么都行，只要有把握能赢。于是乎该同学在学校与同学比，在家里与表弟比。以前输了必定死皮赖脸地拉着别人再来一次，现在已略有些君子之心，对任何输了的比赛一般可以一笑而过。

固执。只要有某人说了一句没听过或没听懂的话，一定会拉着该人让她（他）重申一遍，要是意见不和，该同学则会叽里咕噜吐出一大堆东西，直到那人受不了为止。若有问题，一定刨根问底，先找同学，都不会了再找老师，直到自己明白这道题为止。

多事。每次一旦发现有抄作业等不正当行为且受到一定（三个以上的人）支持时，必定会溜进办公室。因此被冠名"最爱打小报告的人"前三名，虽每次都后悔发誓以后再也不去了，但每次都会毫无主见地被拉去当证人或当原告。并且经常"越俎代庖"，本不是该课课代表，却经常去老师办公室问作业并写作业。经常被冠名"吃饱了撑的"或是"无聊"等"光荣称号"。

没心没肺。小学时班里大部分女生成立"宝贝家族",七大姑八大姨地叫,只要欺负了她们中间的一个人,你就不会有好日子过。本同学就在遭受无数次的"迫害"后总结了一个道理:不能跟她们玩!于是乎,本同学成为男生中"砸鸭子""真人CF"阵列中的一名队员,最后和男生们玩起来了。但女生们怎会罢休,班里"绯闻"不断,却被我的大脑没心没肺地放进"回收站"然后粉碎了。初中时惊讶地发现男女生之间隔阂那么大,于是在无数次的孤立后成为"雌雄同体"(就是和男生之间界线小了点)。大压不倒,在月考失手的时候也没太悲哀。最大的打击是念错名字后,下台眼睛就有点想"出汗"。最后依然站了起来,可称"不死小强"。对零食抱无所谓态度,老妈给拿什么吃的也不反对。所以在某次二中运动会上,如果看到一个提一大袋子水果,顶着大太阳不打伞,混在男生堆里玩"大富翁",与那些打着伞聊着天吃着膨化食品喝着汽水的女生形成鲜明对比的话,Yes,你没有认错,那就是该同学。

古怪。具体事例有:喜欢收集用完或掉珠的五彩笔芯;半夜十一点多仍处于亢奋状态,早晨起不来;喜欢对着某只蚂蚁说话;曾经养过五只狗、一头荷兰猪、一盒蜗牛、一碗蚂蚁(因为放了点糖)、两只蚕等生物。虽然最后它们死的死、逃的逃,但该同学仍会再捕更多来养;爱空想……

鉴定结果：嘴拙＋拖拉＋粗心＋好胜＋固执＋多事＋没心没肺＋古怪＋打翻了的五味瓶＋"出汗"的眼睛＝十二岁的倪凯源

鉴——定——完——毕！

写于2012年9月

（仿伊莎的《儿子十二岁的成长日记》作）

不想长大

　　小学毕业时，没有哭没有闹，和往常一样嘻嘻哈哈地过完了一上午，到解散时才意识到要分离了，心中只有淡淡的忧伤。我怀念与朋友们一起玩耍的时光，吹泡泡、打水仗、捉蜗牛、玩魔方、折飞机、打模拟 CF、砸鸭子、玩翻绳，组合成了无忧无虑的"小神仙"形象。

　　我哭过、恼过，在校鼓乐队中待过，在捉弄人后笑得喘不过气来——哪怕后面有一场"暴风骤雨"在等待。看着满是红叉的试卷愁，得到一件玩具喜，捧着"英年早逝"的宠物鱼哭，受到一次老师的表扬而乐。就是这么简单，就这么快乐。

　　现在呢？渐渐长大的途中，把童真丢了，把玩乐丢了，只能在学习与考试之中游荡，没有人记起童年时唱的歌，也没有人愿意玩丢手绢、跳皮筋的游戏，更没有人会为无法看动画片而哭泣。蓦然回首，耳畔的歌谣，眼前的沙包，心中的童稚似乎早已远去，如飞花流水般，抓不住、留不住。我们手足无措，我们费尽心机，可该走的依然会走，只得在追逐后驻足。

总感觉从三四岁到十三四岁的路程非常漫长，十年像过了几十年，我们像已经三四十岁一样。小时候曾为几件玩具而高兴，为一串糖葫芦而满足，可现在仿佛不明白满足的意义，不知道满足需要什么理由，也不知道怎样会感到快乐，在各种无形的压力下，我们变得善于伪装自己，失去了自己的个性，白天在人群中时满脸笑容，可一旦自己一人时就会哭泣。真的，纵使旁边朋友成群，还会感到孤单，仿佛冬夜的寒冷。越长大，越孤单。

也许不记得年少时的梦，但它依然存在于内心深处，像是一件永不消失的物品，有时轻有时重，在任何时候都陪伴着我们。对，青春易逝，可相比之下，成年后的世界没有引导者，世事艰辛，校园里的"案牍之劳形"根本算不上什么。我不想长大，不想与任何觉得我有滔天大错的人多啰唆，想回到以前那无忧无虑的快乐时光，可生日蛋糕上的蜡烛与衣服、鞋子的尺码似乎都在暗示我：不可能，绝对不可能。

童年是单行道，有去无回，可青春永恒。只要在多年之后，我可以再抬头与旁边的人说笑"在我……的时候"能有一串美好的回忆，就足矣。

写于 2012 年 4 月

"熊"出没

暑假到了！各路"神仙"以及熊孩子们都被放回了家，那他们的安排是什么呢？是继续"鼓足干劲"开始"折磨"家人，还是发奋图强、力争上游？我身边就有一群"奇葩"类的熊孩子。

1. "上蹿下跳"类

这种熊孩子有个特点：精力永远旺盛！他们的大脑永远处在兴奋状态，一天二十四小时精力充沛。"奉命"照顾他们的人可就惨了，因为不久后，你就会发现你已经像一个玩具一样被他们从左边拉到右边，从上边拉到下边。如果你想看好他，只有两种办法：给他们玩具 or 自行注射"鸡血"。你想甩开他们？哈哈，不可能！他们会动用大人的力量，让你不得不"臣服"于他们。

2. "演技派"类

这种熊孩子属于升级版，他们会在你有糖果时一脸萌相地看着你，甚至眼中会闪出点点泪光，同时拉住你的衣袖，说"你最好了……你最棒了"一类让人听着起鸡皮疙瘩的话。可当你将糖果给他们后，"恶魔"就出现了，什么"谢谢"一概没有，直接主动将你屏蔽，拿着糖果走开，刚才那一幕好像根本没发生过；如果你不给他们，就会触发一系列必杀技能：嚎哭＋满地打滚＋叫家长＋说"受欺负了"。可当你被家长说得一塌糊涂时，你一定会发现一个小孩拿着一大把糖站在角落里"阴险"地看着你……唉，惹不起！

3. "唯我独尊"类

他们很骄傲，总是用鼻孔看人（尽管还没那个人一半高）。他们的父母总是很宠他们，甚至到了一个过分的程度。这种熊孩子认为所有的错都不在他们，因此经常做出一些让人极无语的事：在玩游戏时对人恶言相向，指手画脚，甚至把别人摁倒在地……每次当你充当和事佬时，他们就置之不理，把你推到山穷水尽之地。

4. "古灵精怪"类

这一类熊孩子会使用那万能的大脑做出任何你根本想不到的事：做一盆泥巴汤；把天线当作星球大战的控制器乱扭，造成电视一片雪花；把风油精混进脸霜；抓蛾子然后摁在作文纸上写几行字当作业交上去；把几只蚊子养在蚊帐里，然后观察它们的进食情况……他们用事实证明了，只有想不到的，没有做不到！但是，每次当他们实验失败……你通常就会变成他们替罪羊的"不二人选"。到时候……也许他们会自己认错，但大多数熊孩子都是爱跑票的好孩子，不到一小时，他们一定会供出你——尽管你什么也没干。

5. "前松后紧"类

这一类熊孩子在学生中占得比较多。他们通常在假期开始时想象自己能拯救世界，乱疯乱闹，直到开学的前几天才顾及他们的暑假作业。于是在开学前一天，全国用电量明显上升……很明显，熊孩子们的"功劳"不可磨灭！

6. "胆大逆天"类

地球上总是存在着一些奇异的生物。这种熊孩子的胆子逆天的大。他们会在刚学游泳时，一句话不说就猛地扎入深水区，导致教练差点当场崩溃；他们会在车技刚刚成熟时，直接骑车到大马路上（没人知道他们连刹车都不会）；他们也会将杀虫剂当香水往自己嘴里喷——尽管他们知道那是什么。在你看着他们时，请睁大慧眼，因为你根本不会知道他什么时候会直接解决了自己——在各种逆天的方式下。

各类熊孩子，让人欢喜让人忧。可他们总有长大的那一天，不是吗？到那时，我们的回忆才能更加完美、丰富。

感谢你们，熊孩子！

写于 2013 年 12 月

舌尖上的油条

——根据《舌尖上的中国》仿写

总有一些美食，不贵，却令人回味悠长，油条便是其一。在肯德基、麦当劳等洋快餐横行的年代，油条以它独特的风味与酥香的口感，千百年来稳稳当当地坐在中国老百姓早餐的"头把交椅"。在全球一体化的时代，从美国到新西兰，油条带给在外漂泊的游子浓浓的乡愁。而博文中学的油条拌黄瓜更是声名远扬。

现在是早晨六点钟，食堂大妈已开始了辛勤劳作。她们正要制作的，便是远销学校内外的博文油条。博文油条，属于中国第九大菜系——食堂菜，以奇葩的制作方法和令人"赞（tong）不（bu）绝（yu）口（sheng）"的口感流行于市，闻名遐迩。

"翡翠玛瑙"是其奇葩菜系中的最完美之一，由黄瓜、油条、蒜泥、醋与酱油调和而成。洗净并拍碎抹了药长得又直又长的黄瓜，搭配食用油精心烹饪的油条，真是一道绝妙佳品！蒜泥也极为讲究：取新鲜蒜瓣二三瓣，将其放入研钵中不断翻倒，让蒜瓣喷出蒜汁，再与石质研钵中所富含的矿物质相结合，给舌尖添上一抹独特的辣感。将其倒入容器中，将切成块的黄瓜、油条放入，使其中的淀粉与维生素相遇，在其中翻飞、升腾、旋转、升华，给人以丰富的口感，再辅以佐料少许，使黄瓜与油条结合咸而不腻，辣而不油，黄瓜的水分与油条的油分充分混合，从而制造出"美（sang）味（xin）可（bing）口（kuang）"的独特风味。

写于 2014 年 9 月

痕　迹

——写给中考

回首想来，我确实已与你告别。

记得第一次听到你的名字是在初一。看着一群完全不把她当回事的大声喧哗的小屁孩们，班主任向我们大吼："这么没纪律！你们还想不想中考了！"声音并不尖厉，可对我们来说却如刺刀穿过森林。没错，普通中等学校招生考试——中考，便是你的大名。我为你收敛心神，只是怯懦地握紧手中的笔，迎接在你之前的一场又一场战斗。我挣扎着不想靠近你，却还是被时间推到你的面前。

时光翻动记忆的书页，终于一切都静默下来。我已找不到属于你的任何痕迹。原本属于我们的教室被塞进了新的学生，教我们的老师也去了新的班级。我跑进教室，抚摸着我们留下的痕迹，却也是无奈地闻到了新的空气的气味。我开始迷惑：是不是我从未见过你？

走向操场，我怔怔地站在塑胶跑道上，看着一群初一的孩子练习跑操。他们笑着跳着，震颤着沉闷的空气，有几个圆圆滚滚的孩子，脖子上系着红领巾，推推搡搡。正是不知愁滋味的年纪啊，我曾经也是这样的吗？脑海中忽然闪现自己童稚的脸，一张张叠加，一张张成熟。我想起那双沾满墨水与颜料的手，那是我在做文化长廊；一双眉目带着利剑从镜片后射向我的脸，那是物理考砸后老师的训斥；一个带着满眶泪水的笑，那是朋友安慰我时不顾自己的勉强；一盒盒空了的笔芯，那是备战考试时的坚定；一沓沓试卷，那是无数个夜晚将自己钉在宽大书桌前的产物……

一张张试卷，一盒盒笔芯，一场场考试勾勒出了你的容貌。你似乎什么也没有留下，却又将所有回忆留给了我。我想起那句泰戈尔的诗："天空没有翅膀的痕迹，但我已飞过。"翅膀没有留痕，成长也是。你与我的成长穿织交错在一起，处处无痕却又处处留痕。你伴我四年，牵着我在湿润的沙滩上跌跌撞撞地行走，带我领略世之奇伟瑰怪非常之观，令我可以毫不犹豫地在追上你时拥抱你，离开你，然后又笑着去新的战场。尽管脚印已被浪花舔舐净，但又如何？

现在想想抱怨没有在桌子上留点痕迹，证明自己存在的自己实在可笑，小小的满足感怎可代表你的足印？有些事不必刻意去留痕，因为它早已成了心室壁上美好的花纹，比如亲情，比如爱情，比如你。

写于 2015 年 5 月

童年

是记忆中姥姥炊烟袅袅中的背影

是耳畔妈妈"回家吃饭"的呼喊

是老屋前枣花簌簌落下的寂寥

是柜子里五颜六色再也穿不上的衣裙

童年

是挂历上歪扭模糊的字迹

是雪地里打滚留下的浅印

是投入河中的石子溅起的涟漪

是平房上几乎触手可及的繁星

童年

是小卖部里买一毛钱糖时的欣喜

是姥爷怀里烤地瓜的热气

是过马路时牵着妈妈衣襟的拘谨

是树林中风和树叶笑的声音

童年挥着手向我作别

小时的玩伴纷纷离去

多希望谁能给我一张火车票

带着心中的怅惘

驶向梦想的彼岸

写于 2012 年 11 月

星　星

小时候，住在乡下

我常趴在窗口想

城市，是什么样子的

姥姥说

是有好多好多高楼的地方

是有好多好多路灯的地方

我心里怀着向往

可姥姥又说

我们这里有星星

是没有高楼遮挡的星空

——这，重要吗

终于有一天

爸爸说要带我去城里上学

我高兴极了

可姥姥的眼睛里

有欢笑，也有悲伤

走的前一天晚上，姥姥抱着我

在平房上看了一次星星

星星，颗颗又大又亮

我也在姥姥怀里

指了又指，笑了又笑

进入城市，学习繁重

我回姥姥家的机会越来越少

有一次，抬头凝望

看到漆黑的夜空中，除了月亮

只有几颗又小又稀的"亮点"

我忽然好想哭

突然想重新看到

那又大又亮的星星

和那如同镶着一片碎钻的星空

曾经的星星已不复存在

但又有新的东西

等着我们去接受

当你觉得厌烦的时候

请抬起头来

想想那片

已遗失的绚烂的星空

写于 2013 年秋天

珍惜相伴

"这几天我要出差，你姥姥来照顾你。"妈妈丢下一句话，将那个小小的老太太带到我面前。

说实话，我不太喜欢她。她的一言一行都透露着一种浓厚的乡土气息，令我避之不及。正处于叛逆期的我对于任何事的抗拒都异常猛烈。从早上，姥姥就开始收拾屋子，一会儿过来擦桌子，一会儿跑过去大声接电话，我不由自主地将拳头攥紧。她有一搭没一搭的问话也让我心烦，我极为敷衍地带过。但我不知道是姥姥反应迟钝还是如何，她对我的敌意迟迟没有任何回应。我如同一颗定时炸弹，渴望着随便有根引线将我点燃，好让我大声宣诉对她的不满。

机会终于来了。在一天晚上，我正在写作业，门外突然传来极大的音乐声，带着强烈的节拍感。我把笔一扔，从凳子上飞起来打开门，看见姥姥正在跟随音乐扭着身子，进行着广场舞的基本动作，那感觉如同一只笨拙的熊在"凌波微步"。我冲出门去对她恶狠狠地大喊："你烦不烦啊，那么大的音乐乱死人了！"她的笑容骤然凝固在脸上，透着一阵难以置信的神情：她也许不相信她从小看到大的外孙女竟会如此对她。"我……"她双唇翕动。没等她言语，我便粗暴地将她的录音机扫到地上，戛然而止的音乐声仿佛被我吓到不敢再继续唱下去。做完这一切后，我如同得胜的将军一般摔上门，回到自己的房间。

外面一片寂静。我有些意外。本以为姥姥会大发雷霆冲进来骂我一顿，然后我便可以继续厌弃她。可我等了许久，都没有盼到那个猛地拧开门大骂我不孝的小老太太，这反倒令我害怕起来。我打开门，看到小小的她跪坐在地上，抱着她视若珍宝的录音机，小声地抽泣着。我的心猛地翻绞成一团，我不敢相信我的所作所为。往日的矛盾和偏见化为巨大的歉疚攫住了我。我想去道歉，但那羞耻虚伪的心理却令我最终停下了脚步。

这时电话声响起。我看到她抹抹眼泪清清嗓子，跌跌撞撞地走向电话机。"哦，没事，都挺好，孩子写作业呢……"面对妈妈的诘问，她选择了包庇，却令我更加难堪。

第二天是妈妈回来的日子。她背起行囊不敢看我，悄悄地说了声"走了"，就离开了。我猛然想起一句话："曾经有一份感情摆在我面前，我没有珍惜，如今失去了才追悔莫及。"我望着她渐行渐远的背影，泪簌簌落下。

珍惜相伴，珍惜最终的爱。

对不起，姥姥，我欠您一句"对不起"。

写于 2013 年 4 月

我的姥爷

　　我的姥爷是一名"政治老师"。可别以为他是个老学究，其实就是面朝黄土背朝天的小老头一个。我至今不明白，学历"高达"小学六年级水平的他怎么会知道那么多。别人上课，至少带支笔，带个本，再有个讲台，衬托一下教师的威严神圣不可侵犯。姥爷呢，啥都不用，给他一瓶高度白酒，喝得迷迷糊糊，"嗯啊"一声，开始上课了。别看他平常特沉默寡言，一喝酒，话匣子就打开了。姥爷生于1950年，因为世代贫农，姥爷的父亲是地主家的长工。所以，按他的话说，根红苗正，生在新中国，长在红旗下，生活在党的关怀中，一生跟定共产党，特别崇敬毛主席，处处引用《毛主席语录》。

　　"毛主席教导我们：人民，人民，只有人民才是创造世界历史的动力……"，用今天的话来说，姥爷可谓毛主席的"脑残粉"。他深谙《毛主席语录》《毛泽东诗词》以及毛主席的其他经典著作,喝酒后大段大段背诵,抑扬顿挫,红彤彤的脸配上略带沙哑的嗓音,让人怀疑他是不是大诗人转世。可以说,姥爷是共产党政治纲领的"录音机"。

姥爷对他所处的时代很留恋,对于当前社会有很多看不惯的地方。"哎,现在看不起农民,毛主席那时候,农村是个广阔天地,在那里是可以大有作为的……""那时候,大炼钢铁,都吃不上饭,有什么好的!"我用刚学的历史知识毫不客气地反驳他。"毛主席他老人家说,世上无难事,只要肯登攀……"我们爷孙俩各执一词,展开激烈的辩论。姥爷的三个孩子从小听腻了,知道老爷子的顽固不化,只在旁边笑而不语。我爸说:"这是顽固派与维新派的政治大讨论。"我读的杂书多,也是我们班的辩论高手,自然觉得胜券在握,至少在引经据典方面比他有优势。可几个回合下来,我才发现我真是"图样图森破"(too young, too simple)。姥爷对《毛主席语录》的反复引用,搞得我目瞪口呆,只能甘拜下风。

因为老人们对毛主席的情结很深,爸爸妈妈带爷爷、奶奶、姥姥、姥爷去毛主席故居参观。在长沙,看到大胡子的外国人。老人家第一次见洋人,很稀奇,姥爷悄悄问我:"这人是马克思不?我看过画,马克思胡子就这么大……"他用双手在自己的下巴部分做了个表示"大"的动作。在瞻仰毛主席故居的过程中,姥爷简直就是个"主席通",引导着我,给我讲解毛主席的事迹。

所以，如果你到我姥姥家，看见一个老头，脸通红，语调抑扬顿挫且拉着一个小孩说"一定要好好学习，毛主席教导我们……"，那就是我的姥爷。

后记（妈妈的话）：看到孩子的作文，不全面但抓住了其中一点，从孩子视角描写了带有深刻时代烙印的父亲。作为他的孩子，随着阅历增加，对父亲则有更多的感触。

他只是个普通农民，但对生活总是抱着很积极态度，日子过得很紧凑。种庄稼不惜力气，肥料上得足，长得自然好；干一行爱一行，上班从不迟到早退。他喜欢种地，不愿脱离农村，看到丰收的粮食，他的喜悦由心而发。家里养着羊、猪、狗、兔子和鸡等家禽，他认死理，觉得忙忙碌碌、六畜兴旺才是过日子。他认为无论时代如何，土地是最忠诚的。

他注重教育，20世纪80年代末在日子过得紧巴的农村，靠种地供出三个大学生，在周围十里八乡颇有名气。"在困难的时候，要看到成绩，要看到光明，要提高我们的勇气"（《毛主席语录》），他认准只有读书才会脱离面朝黄土背朝天的命运。如今教育孙子辈依然是"好好学习，争取出国开开眼界、长长见识"。

他执拗、封建，虽出身卑微，但"头掉碗大的疤""冻死迎风站，饿死不低头"，没有具体的解释，只是醉酒后的口头语，对孩子的影响却很深远。成长的日子里，虽物质贫乏但精神富有。他的一些唠唠叨叨，随着年岁渐长，不再腻烦，反而让人觉得很有道理。

写于 2014 年 9 月

"已知 x 和 y，在区间内……"就在玫红色字出现在屏幕白板的时候，隔壁班级更大的声音准时到达了我们的鼓膜："对！哎——这个文章一定得抓住重难点来赏析！你看啊（停顿）这个'几乎'（超大声）B 项就错了！"一字一句清晰到听不见讲台上的数学老师在絮叨什么，大家不约而同地叹口气，一边努力集中精神，一边捕捉随着窗子在窗框上滑动而变弱的隔壁班主任的美妙噪声。

身处走廊尽头的教室，隔壁班的班风相比本班较为恣肆张扬，嗓门较大但仍配备了扩音器，直接导致一、二、三班联堂上语文课的现象，十分有趣。"隔墙有耳"不一定因为卑鄙，也可能是因为无奈。

普通讲课也就罢了，隔壁有时训话或拓展，会忽然有一句十分清晰地震我们一下，造成非同一般的艺术效果。一次正在做物理题，二班忽然传来一句："男女生的身体构造是不一样的！"在短暂的静默后全班爆发出狂笑。从此级部主任的形象因为"生理老师"的影响显得更加高大鲜活。"荆轲与鱼——肠剑！""我们就要抓住其最——本——质（将近破音的重音）的特点！"满脑子一堆堆的感叹号与语气词。遇到声音小的老师上课，后排就被笼罩在隔壁的魔音中了。

　　隔壁的同学们看不见，但从声音中也能找到不同的乐趣。英语老师读完型填空恍若在读一首五言绝句："C-A-B-C-D（得），D（得）-D（得）-B-B-C"；化学老师仿佛不太高兴，声音中带着几分冷厉，能脑补出和数学老师截然不同的面孔；生物老师刚在隔壁讲过的题又重新在我们班讲了一遍，似曾相识。比较难的是两个班同时上语文，班主任心平气和，声音较和缓；隔壁激情澎湃、热情洋溢，喇叭尽职尽责，集中精力排除干扰通常让人很疲惫。但在高二的洗礼中，北边建筑工地，南边"运动员加油"，窗外不时传来电钻声、尖叫声、电动车声、话筒声与议论声，凡所应有，无所不有，倒使我们达到了一种"电钻呲于前而色不变，熊孩儿疯于左而目不瞬"的境界，这些确也不算什么了。听见隔壁班班主任在夸喜欢的女孩子，自己也会变得明媚起来，隔墙也不一定糟心吧。

　　物理老师下了课拄着拐一点点挪到教室门口，隔壁物理老师也刚下课经过，二人对视一眼后，后者忽然一脸兴奋地一边喊"看谁快，看谁快"，一边欢脱地跑了起来。视听结合，教室内的我们笑出了声。感谢隔墙的老师，更感谢本班的老师，在音量与分贝的斗争中，都是谆谆的教导和深沉的爱。

2017 年 10 月

藏在心底的爱

穿行于风尘世俗，时光瘦了满怀心事，多少兰心如花般飘逝在雨中。岁月流蓝，浅唱清欢，在记忆中搁浅，在纸笺上洇染，流露出细枝末节的温暖。

前几日我去异国参加了一个夏令营。摆脱晨昏颠倒的时差问题后，我很快便被浓郁的异国风情所吸引，活动进行得相当顺利。一天早晨与妈妈通电话时，妈妈对我说："你说你姥爷好不好笑，我和他说你到国外去了，他竟然天天看国际新闻，还说说不定能看见你。"语气中难掩笑意。我同样在笑，心却被触动了一下，姥爷仅有小学学历，面朝黄土背朝天地生活了大半辈子，经历了不少波折，从以贫下中农的身份参与了土地改革后便"一生跟定共产党"，《毛主席语录》和诗词张口就来，因此对毛主席的话深信不疑。在家就常听他一本正经地说"万恶的资本主义国家"，平时一到《新闻联播》的国外部分便坚决不看。而就是这样一个"根正苗红"的人，却愿意为我去忍受他最不爱看的国际新闻，还希望能从中找到我，天知道他要看得多么仔细。这种对他来说"违背道德、违背原则"的事，因为我，他去做了。我甚至能想象到姥爷蹲在电视机前嫉恶如仇却又无比认真的神情，温暖与异域风情一起藏在心底。

我的家中有各式各样的发绳，有一部分张扬炫丽到不忍直视，均是鲜艳的大红与玫红，这些都来自老家村子的集市上。每至赶集，奶奶都会买一对带花边的发绳准备过年的时候给我，看我扎上，然后穿上一套她做的大红棉袄出去拜年。说实话，对这个环节我相当排斥，以一个青春期少女的正常审美来看这身装扮确实充满了乡土气息，如果给块手绢立马就能去唱二人转了！每次我都这样想。可奶奶坚信"小女孩就得穿红的"，于是自动忽略了其他颜色的选项。今年过年，奶奶奇迹般地没有拿发绳，但整个人特别低落。我虽然欣喜若狂，但还是问了几句，她像小孩一样嘟着嘴对我说："最近腿疼，上次赶到集上去，人家卖头花的都走了，我想你得难受了，今年没漂亮头花了。"我虽然觉得不可思议，但还是觉得心中暖暖的。一个我嗤之以鼻的环节竟会让一个老人煞费苦心，如同一项仪式，只求我一个勉强的笑和一句违心的"很好看"。看着历年被我扔下的掉色的发绳，温暖和鲜艳的发绳一起被戴在脑后。

我们通常会觉得日常生活平淡无奇，那是因为没有找到爱的缘故。就像《滚蛋吧，肿瘤君》中那个活泼开朗的熊顿所说的那样：坚信爱与被爱是世界上最重要的事情。我总是忘不了电影中当熊顿的父母知道自己女儿罹患癌症后他们的反应。熊顿妈妈面对女儿勉强的笑，以及熊顿爸爸在给女儿买零食时，终于压抑不住的颤抖的双手以及悲恸的哭声。在那一刻，电影院中的人无一不泪流满面。

其实，爱是个很调皮的家伙，她总会融于生活的柴米油盐中，但她又不能完全藏好，那一点一点的温暖便是你被世界温柔相待的证明。我们都是腼腆爱面子的，在面临那许多的关怀后总不好意思说出那一声"谢谢"或"我爱你"，特别是对亲近的人。那么就别动嘴了，用手、用心去让他们感受到你制造的细节、温暖与可心，趁时光未苟延残喘，你，未无可奈何，请让他们也感受一次属于你的春暖花开。

写于 2016 年春

有你真好

——根据中央台公益广告改编

亲爱的小女孩：

“没有花香，没有树高，我是一棵无人知道的小草……”我就是这株小草，身处在一个城市花园里的草坪上。我不是很引人注目，所以我默默无闻地在草坪上住了三年，直到——你出现的那一天……

一个周末的早上，一些老爷爷、老奶奶来到花园里练剑。我可是第一次见到，当然不能放过了，忙津津有味地看起来。可就在我看得高兴的时候，忽然，一只大脚从天而降，“哐啷”一声踩到了我身上，“好痛啊！”我难受极了。可那大脚的主人——一位西装革履的男子却无动于衷，嘴里不停地念着“要迟到了，要迟到了”大步跨着走去了。我想直起身子来和他理论。可当我费了好大劲终于直立起来时，他早已跑远了。这时，一个戴着眼镜的学生看着我们，说："这就叫'其实世界上本没有路，走的人多了，也便成了路'吧。"

结果往往没你想象的那么简单。正当我把气全都撒完时，几个孩子抱着一个球过来了。随后，他们大踏步又踩在了我的身上。这时，我听见一个孩子说："就在这儿吧！"什么？什么在这儿？我还没反应过来，他们就跑开了，接着便是猛烈的攻势：一会儿球砸到我，一会儿脚踩到我……他们足足踢了两个多小时，累了就一屁股坐下……"唉，他们一走，我就清净了"，我想。可没想到他们折腾了那么久，最后我连腰也直不起来了，我想哭，但草是没有眼泪的。

就在我极度崩溃时，你出现了，黑宝石般的大眼睛和红红的樱桃小嘴，真可爱！可我当时已经被吓怕了，只希望不要有人再踩到我身上来，只是闭上了眼睛。一双温暖的小手将我扶起，还用手指摸了摸我。我睁开了眼睛，看见你的眼神里有心疼和惋惜，我被这种爱陶醉了。可是你却转身跑了。跑什么呀？我心里空落落的。不久你又回来了，拿了一个牌子，上面写着"小草也怕疼"几个字，插在了我的旁边。望着那块带着稚气文字的牌子，我的心里泛起一股暖流……

有你，真好。

一株不知名的小草

X年Y月A日

写于 2012 年 6 月

书海拾贝

遇　见

我遇见你，是最美丽的意外。

我是一个迷茫的行者，在一条未知的路上踽踽独行。

我曾遇见一位公子。他是大园子里的二少爷，养尊处优。我常路过他的家门，金光闪闪的"贾府"二字与大观园内络绎不绝的人们，便可知他的生活是有多么安逸。后来却只是笑渐不闻声渐消，我默默地看他哭、笑、痴、嗔，那无瑕的宝玉也失去了光泽。最后一次见他，是在大雪茫茫的野外，他披一袭袈裟，抛却了三千烦恼丝，冲我淡然一笑，隐去了，空留白茫茫大雪一片真干净。物是人非事事休，当年吟诗作赋的女子早已香消玉殒，一曲《葬花吟》唱得人断肠，忆起昔日繁荣，才觉今日破败，祸福轮流转，是劫还是缘？我默默伫立在茫茫大雪中，无奈与酸楚就这样猖狂地侵入我的神经中枢，不知不觉间，我竟泪流满面。

我曾遇见一位老者。他名叫福贵，当过地主，当过兵，受过批斗，挨过饿，经历了不可想象的混乱的十年，如今带一头牛耕种，从此低至尘埃，安稳度日。他与我谈起那些年炮火中一片哀号的伤兵，"文革"时惨无人道的批斗，以及他早逝的妻与子女。他讲述时十分平静，让人不敢相信这竟是他的亲身经历，我喟叹于他的不幸，他却对我说：活着，活着就好。对平常百姓来说，生活的旋律不是抗争和起义，而是忍受，忍受那一份独属的苍凉，一份悲怆的呼唤，以及命运无情的嘲弄。与他道别，我感慨良多。

我曾遇见身世坎坷的孙少平，也曾遇见出身豪门的白流苏；曾遇见对心爱人歌唱的年轻人，雎鸠关关叫着从他头上掠过，也曾遇见住在撒哈拉的女作家，沙粒翻卷飞舞与风唱着一首无词歌。隐居瓦尔登湖畔的隐士，北固楼上叹古的词人，康桥边浪漫的诗人，公寓内哀伤的家庭教师……我一一走过他们的生命，欣赏着生命舞蹈的起因和高潮，最后无言的沉寂。回首，忧思，默吟。

将最后一页翻过，我仿佛看到一帘幕布以一种极其绚烂静美悲壮的态势缓缓降下。穿行于一个又一个世界，沉醉于一件又一件往事，叹息于一群又一群因时间的过错而错过的人们。我游离于书，却又流连于书，情不知所起，一往情深。

遇见你，遇见更好的自己。

书，惊艳了我的时光，温柔了我的岁月。

写于 2015 年冬

我读张爱玲

民国是一个很神奇的时代，一边伴着"亡国破家相随属"的飘零，一边却又随着新生事物茁壮成长的欣慰。在这样一个思想碰撞的乱世中，上海作为一匹"黑马"跃居成为中国最重要的城市之一。于是，一朵海上花随即出现。

她叫张爱玲。

张爱玲的样貌在那个年代并不算十分出众，但她的气质总能让人感觉她的魂魄早已冲出相片绕着雪山转了三圈。正是这种由内而外散发出的气场，令她的作品在上海滩文学界独树一帜。

张爱玲，原名张煐，其祖母为晚清重臣李鸿章之女李菊耦，祖父为晚清船政大臣张佩纶。母亲黄素琼自小受西式教育，父亲张廷重则为传统教育的典范。因此尽管郎才女貌，门当户对，但思想深度与人生差异也为这个看似幸福的家庭埋下了一颗定时炸弹。几年后，有了长女张煐，再之后是少爷张子静。一家人住在花园洋房内，过着奢靡又快乐的生活。

张爱玲在散文《私语》中是这样描述的："院子里有个秋千架，一个高大的丫头，额上有个疤，因而被我唤作'疤丫头'的，某次荡秋千荡到最高处，忽地翻了过去，后院子里养着鸡。夏天中午我穿着白底小红桃子纱短衫，红裤子，坐在板凳上，喝完满满一碗淡绿色、涩而微甜的六一散，看一本谜语书，唱出来'小小狗，走一步，咬一口。'谜底是剪刀。"

童年如同鲜艳的大红色，布满了中式气息。那时，黄素琼尚未出国，家庭其乐融融。唯一的烦恼便是家庭流露出的重男轻女思想。她在自传体小说《小团圆》中点了一笔：

"你姓碰，碰到哪家算哪家"。她得意扬扬。"我姓盛我姓盛我姓盛！"
"哥儿才姓盛。等哥儿长大了娶了媳妇，才不要你这种丫头！"

只言片语，交代了盛九莉（作者本人延伸）小时那气鼓鼓的神态。

然而好景不长。在张煐四岁时，一场大吵爆发，黄素琼赌气留洋，张廷重也不甘示弱领回家一个姨太太。生活瞬间溃不成军、落花流水。

"我一直是用一种罗曼蒂克的爱来爱着我的母亲的。她是个美丽敏感的女人，而且我很少有机会和她接触，我四岁的时候，她就出洋去了，几次来了又走了。在孩子的眼里，她是辽远而神秘的。"

一个不太负责任的母亲，一个因为女儿抓周抓到金元宝就气得说不出话来的母亲，在女儿眼里"美丽敏感""罗曼蒂克"。不过由于那时她太小，她觉得母亲在身边和不在身边没有什么不同。

"上船的那天，她伏在竹床上痛哭，绿衣绿裙上面钉着抽搐发光的小片子。"

母亲走了，私塾先生来了。严厉，苛刻，生活褪为橙色，逼迫着背诵生僻的古文，也许有怨气，但总的也算幸福。四年后，张廷重深感愧疚，写信请黄素琼回国。小煐的幸福日子开启了一个新的篇章。

"家里的一切我都认为是美的顶巅。蓝椅套配着旧的玫瑰红地毯，其实是不甚和谐的，然而我喜欢它，连带的也喜欢英国了，因为英格兰三个字使我想起蓝天下的小红房子，而法兰西是微雨的青色，像浴室的瓷砖，沾着生发油的香，母亲告诉我英国是常常下雨的，法国是晴朗的，可是我没法矫正我最初的印象。"

岁月如折子戏，光影匆匆变幻，思想上的不"门当户对"也导致了破镜终难重圆。父母终日争吵，最终黄素琼与张茂渊（张煐的姑姑）搬出去住。父亲更加狠地抽鸦片，终日沉醉于烟雾中不问世事。张煐因此更爱与母亲交流。"在母亲家里，一切都是新的。"生活变为晃眼的金黄，满眼的旧纸张、金银线，在阅读《红楼梦》的沉迷与弟弟背不出书的哀泣中，小煐度过了童年的一段时光。

故事起因极其简单：因小煐搬到母亲处住了两周，回家便遭到姨太太的辱骂。她被人结实地扇了一耳光，没等还手便只听姨太太高声尖叫"噔噔噔"跑上楼去。"她打我！她打我！"然后父亲下来了，小煐未及申辩便受了一顿打骂。之后，她被囚于屋后的小楼。在得了病差点死掉的那段时间，女孩的心日益变得冰冷。

于是生活由暖色调变为冷色调，绿色。

小煐此刻也许不是她了。一天晚上，她趁守卫不备逃出家门，住进了母亲家里。黄素琼虽然十分"罗曼蒂克"，但也对在女儿身上的支出颇为迟疑。"读书与嫁人你只能选一个。"于是张煐进了圣玛丽亚女校，而母亲在入学时随便将自己的英文名译成中文，两个字：爱玲。

如同每个艺妓在出道时便不会用自己原来的名字，《艺妓回忆录》中没人知道小百合原名千代，在张爱玲大放异彩之时，没人记得小小的张煐。赶不上春节大哭的孩子，在父亲书房内翻阅《红楼梦》的孩子，被姨太太打骂哭泣的孩子，生活中布满暖色的孩子，就这样慢慢消弥在暖阳里。

冷艳的绿色贯穿了张爱玲的少女时代。她有着天才般的睿智才华与超出寻常的冷静。她从来不听课，却总是年级第一，最终被保送去了香港，并逐步获得了全额奖学金。十二三岁她便初露头脚。"生命像一袭华美的袍，上面爬满了虱子。"翻手苍凉覆手繁华的绮丽色彩逐渐涂抹在她的灵魂中。

香港那时处于英国占据阶段，国际色彩异常浓厚。"罗曼蒂克"的母亲又一次出洋远行。异国他乡独居港大，对她本就孤僻的性格造成了一定影响。

1941年12月，日军偷袭珍珠港。经过8日到25日，香港政府宣布投降。

"十二月八日，炮声响了。一炮一炮之间，冬晨的银雾渐渐散开，山巅，山洼子里，全岛的居民都向海上望去，说'开仗了，开仗了。'谁都不能够相信，然而毕竟是开仗了。"

……

"巴丙顿的附近有一座科学实验馆，屋顶上架着高射炮，流弹不停地飞过来，尖溜溜一声长叫，'吱呦呃呃呃呃……'然后'嘭'落下地去。那一声声'吱呦呃呃呃呃……'撕裂了空气，撕毁了神经。淡蓝的天幕被扯成一条一条，在寒风中簌簌飘动。风里同时飘着无数剪断了神经的尖端。"

真正的封锁，真正的围城。她与朋友炎樱苦中作乐。到了25日时，港大已被炸毁。她匆匆收拾行李，与炎樱回到上海。

回到上海的她，是个穷困的女作家。所幸陪着她的除了炎樱之外，还有不羁的才华。不得不说黄素琼的投资有十分高的性价比，不然，便没有了漂泊与浪漫，只有大宅院四方的天空。

张爱玲的世界毫无四方可言，她是一只魅惑的蝴蝶，在霓虹灯的闪耀中穿行，寻找生存的意义。蓝色的伊莎贝拉，那只深蓝色蝴蝶，出现在了上海滩上。不同于学生时代冷峻又生机的绿，蓝中包含了太多的感情。她捧出两炉香，大噪上海滩。她实在是一个谜一样的女子，多种色彩的糅杂与经历的穿插使她构建出谜一样的文字世界。

"那是个潮湿的春天的晚上，香港山上的雾是最有名的。梁家那白房子黏黏地融化在白雾里，只看见绿玻璃窗里晃动着灯光，绿悠悠的，一方一方，像薄荷酒里的冰块。渐渐地冰块也化成了水——雾浓了，窗格子里的灯光也消失了。"

正如她本人给予他人的意想不到的感觉，她的蹿红也十分意想不到：直接窜上，一路畅通，一览众山小。之后，她接连创作了《倾城之恋》《封锁》《金锁记》《连环套》，字字珠玑，句句经典，却也引来了不少批评。傅雷曾用化名批评张爱玲的作品，对她各种恶毒的攻击纷至沓来。说她刻薄凉情、不守妇道的言论今日仍不鲜见。一般人会息事宁人，然后开心地过着自己的小日子。可她却微笑着盯着那些挑衅的目光，然后优雅地走向风口浪尖，拾起一朵紫罗兰。

紫罗兰的花语是爱情。

没错，这时候胡兰成——那个"渣男"出现了。有人惊诧于他出场极晚，张爱玲可谓未闻爱情先写爱情。高傲如她，却也有低至尘埃的时候。

胡兰成比张爱玲大十四岁，他很清楚如何设情网网住少女心。在与胡兰成恋爱的日子里，张爱玲的创作激情如火山喷发。随即战争爆发，身为汪伪政权的一员，胡兰成的身份与处境都十分特殊。于是，他离开了上海，离开了张爱玲，但他从未放手那张网。多情的男人总不甘寂寞。战争结束，他已有新欢，张爱玲遭遇一波又一波的口诛笔伐，全是因为他。可胡兰成毫无悔意，源源不断地接收着张爱玲的汇款。紫色的紫罗兰，紫色的爱情，紫色的张爱玲，随着战火与人心，灰飞烟灭。

然后故事结束了，尽管她的人生之路走了才不到一半。

"你死了，我的故事就结束了。而我死了，你的故事才刚刚开始。"对于她，他已经死了。

接下来的日子如同失了色的黑白胶片。留学美国、识赖雅、结婚、堕胎、写作、孤独终老。命运将华彩的乐章奏得太壮阔悲凉，以致到最后已无合适的音符可安放。回顾人生，红——橙——黄——绿——蓝——紫——黑——白。这就是她，张爱玲。

有人说他们不喜欢张爱玲，不喜欢她的文章，男士喜欢说"小家子气"来显示他们的豁达高尚，浓浓的男性荷尔蒙笼罩。张爱玲不是用来喜欢的，她是用来品的，如一杯烫手的苦茶，只待回甘。

"如果你了解过去的我，你一定会原谅现在的我。"她说。

所有的冷傲和无所畏惧均是用来保护自己脆弱的工具，没有谁生下来便是一块石头，一脸木然不说不笑，谁知道面具下有多少情非得已，有多少风雨飘摇？她的文字与动作，均躲藏在时光的剪影中，读透文章，先要读透本人。

有人说他们不喜欢文学研讨与分析，"一点一点抠弄只言片语多麻烦。"可我喜欢这个过程。在如浪的文潮中，用笔尖清点着每一只翻飞激昂的文字，终于碰到一支笔尖，探头寻上去，是穿旗袍的女子执笔的手。那时无须多言，一句"你也在这里吗？"足矣。

一笑琅然。

写于 2016 年春

借用：

1. 《张爱玲全集系列丛书》　作者：张爱玲

2. 《翻手苍凉　覆手繁华》　作者：杨莹骅　崔久成

月·遥·丝

——《春江花月夜》改写

　　我忘记自己是什么时候来到这里的，这里的景色略显单调，却永远看不腻。满目的莹白如同初春时在微风吹拂下轻颤的樱花花瓣，令人心悸，引人遐思。后院的桂花依然开着，有时一片金璨的壮阔，配着盘虬卧龙般深褐的枝干，竟也有说不出的美感。这里的风依旧静，人依旧稀少。我当初极怕这胆寒的寂静，久而久之也已习惯。时间一步一步踱过，一切却都是令人无可奈何的必然。

　　"啪"又是一声脆响。想必那个月老还在忙活。我走出宫门，望着满目的鲜红的丝线，纤细却又紧实，牢牢地握住枝干。老头须发皆白，眉头紧皱，望着一条线的断茬叹气，我凑过去，那条断线极其华美，上面满是缕金的纹饰。

　　"可惜啊，可惜。"

"这次又是什么？"我问不住叹息的老头。

"女也不爽，士贰其行。"老头回答。这好像是最大的原因。想来人间世情尚且脆弱，向之所欣俯仰之间，就算是朝夕相处也会情感决裂，更何况分隔两地呢？我心下惘然，叹息："人情靠不住啊！"

"也未必。"他引我穿过丝丝缕缕或松或紧的线，指着一根早已褪色的一条，"你去看看那条。"我随他所说径直走近，却被一种目光攫住，那感觉却不似针，而像是一种拳拳眷眷的忧思，缠绕而上，随我抚过线的指尖轻轻流淌，有丝憋闷，但却无所惆怅。我好奇，索性顺着线向下望去。

线的一头是一位男子。目光灼灼，眉间淡淡的离愁。迷雾渐渐消散，我看到他被笼于空灵的目光中，站在流淌的江边，身旁是片片花林，应是春天，芳草鲜美、野花缤纷，令久不知季节的我心生摇荡。沐浴于精美的月光，呼吸着花朵的繁香，可他却只是静静地看向我所在的方向。

线的另一头是一位女子，她立于高台，天色微凉，默默紧了紧自己的衣裳，眼神却是那样迷离忧思，丝丝入扣地融入了女性的娇柔。

她应是地处北地，楼下只有一棵新柳舒活着展示绿意，陪伴她的，却只是片片缕缕的月光。她的眸子中映出白亮的玉盘，专注地捡起地上的白茫，那眸中的湖却又是那么幽深，不见底的非空洞的惆怅。细若梦的游丝竟也载着如此重的力量。我的内心被巨大的美攫住，竟无法动弹。

老头见我怔怔的模样，轻抿了嘴角，向我眼前拂去。我只见一缕缕光承载着时间的风雨踽踽而行。唱着眠歌哄着孩子的她，大笔如椽倚马可待的他，默默捣衣抹汗的她，左右迁徙不定的他……而此时此刻，一束月光猛地收拢，我见那两张相似神情的面孔一闪而过，之后便是坟墓，静默在雨里，对他们饱满而葱郁的往昔守口如瓶。

我怅然，慢慢接过老头手中那本诗集。薄薄的诗舟承载积年的乱麻，正如纤细的红线系住亘古的相思。我们的时间停滞，而世间万物均在涌动，好的、坏的、新的、旧的，如滔滔江水滚滚红尘汇入心如止水的大海，永不止息。月亮永远照耀着大地，大地上的人们欢欣悲啼尽收眼底，如长镜头般来了又走，去了又回，划过一条痕迹，转瞬飘散如烟。可总有些东西留下，像是月亮一般永不消逝的跨越时空的美丽，又像是月光一般纤弱坚定的满树情丝。

一片花落到我肩头。金黄的桂子香飘十里，红线隐没在片片璨然的花中。老头拾起一朵桂花默默道："你刚来的时候觉得这月亮寂寞。一个人不寂寞，想一个人才寂寞。"清冷的月光化作绕指柔，依旧是入骨的相思，像浓浓的茶。那吴刚一直欲断尘缘，拼命砍桂花树，却又怎么砍得断？月亮是人间情丝储放的天地，是目光的中转站，看似如冰的人，内心中的浓郁情感却怎么能吐露半分？流水落花春去，风中明月依然。远处，兔子的捣药声"笃笃"，响得真切。

他瞥了眼我的手腕，将手中的红绳系到树枝上，自言自语"时候差不多了，我得去看看兔子干得怎么样，多抹点药在有伤痕的红线上，兴许能好得快一点，这个活儿可真够累人的。"他走进广寒宫，抖落一身落花。

我将衣袖撩起，凝视手臂上的红绳，四周依旧静，从未有过的蚀骨之情劫获了我最敏感的神经末梢。线的那端，是那个力大无穷射九日的人，是那个每年飞天的日子都会摆好糕饼等我回家的人，是那个懂我的人。

月老说得对，一个人不寂寞，想一个人才寂寞。

在满树芬芳的裹挟下，终于，我来到了那片长满鲜花的滩渚，遍观风云。

春还在，人已天涯。

写于 2016 年秋

心如潭水止　经典义自现

——读经典

　　"大数据"时代来临，碎片化信息大行其道，充斥着我们的眼球，传统经典被逼迫在社会的一角瑟瑟发抖。在我看来，这种现象的产生，始作俑者是尘世中浮躁的心灵。

　　泰戈尔曾言："历史是一堆灰烬，我们要把手伸进去的时候，说不定还有余温，我们的责任就是把历史的体温和我们的体温联结起来，去感受历史的魅力。"经典，有很大一部分反映了当时的社会情况，研读经典，是与历史的接触。读《红楼梦》找寻清朝奢靡的王公贵族生活剪影；读《巴黎圣母院》感受教会统治下或肮脏或纯真的心灵；读《资治通鉴》品味名人雅士一言一行；读《枕草子》欣赏深宫女官清谈人生经典，囊括了风雨飘摇的历史。

　　另一方面，经典的畅行必然因为其内有着经久不衰的品性。古人言"礼义廉耻"为国之四维，字字珠玑包含了人生的意义。但其意义往往不外现，初见品不出一二，直至翻至最后一页，庞大的价值观才会展露在眼前。可以说经典如茗，经历史处理不显眼地立在一旁，直至有一个愿意用一腔热血为之温暖的人，他们才会变得饱满丰盈。而如今盛行的通俗文学更像一杯可乐，初饮畅快，待放几天气色消失，就失去了其意义。"茶之爱，同予者何人？""可乐之爱，宜乎众矣！"苏轼的豪放旷达，李白的洒脱不羁，司马迁的忍辱负重，柏拉图的奇思妙答，若皆低至尘埃，岂不痛哉？经典，包含了典雅的品性。

"从前的日子过得慢，车、马、邮件都慢……"一首《从前慢》唱尽悲欢。经典之所以"水土不服"于当代，也是因为久远的生活方式与清雅生活态度已经受冲击远去了。精神荒芜了，不愿去花力气兀兀穷年追求内心平静，初心被抛却，熙熙攘攘均为利，"清欢"变为"浊欢"，自然好逸恶劳只求热闹，通俗大受欢迎。君不见曹雪芹为满纸荒唐言披阅十载增删十次，只见网络作家闷一天便可编出一长篇赢得满堂彩；君不见卢梭入森林深居简出，只见网络主播嘟嘴卖萌对热点趋之若鹜；君不见蒲松龄开茶馆几十年如一日收集鬼怪奇闻，只见各大媒体争抢眼球标题耸人听闻……"赤子孤独了，会创造一个世界。"傅雷在给儿子傅聪的家书中叮嘱。而如今入世者实在太多，愿意像从前那样用修行的方式对待自己的劳动，追求平淡的深味，简易中的精致的人，越来越少，尽管命运很少辜负这种选择，尤其在精神回报上。经典，隐含了淡泊宁静的态度。

"古者富贵而名摩灭，不可胜记，唯倜傥非常之人称焉。"司马迁在《报任安书》中写道。经典之所以成为经典，除了无可比拟的文学态度，还在于他们大多是从苦痛的漩涡中分娩出的。"盖文王拘而演周易，仲尼厄而作《春秋》，屈原放逐，乃赋《离骚》，左丘失明，厥有《国语》……"尽管如今经济条件越来越好，但忘记过去意味着背叛。先哲们经历的身心双重压迫与灵魂上的升华，浓缩与经典的一字一句。经典，蕴含着绝处逢生的气概。

如今我们争着甩去线装书与大块头书，追求片面的愉悦与舒适，仿佛适应了这个时代，却真的毁了这个时代。不可否认经典正离我们越来越远，他们的阅读方式与影响力也不比当今，但心不静，是病的起源。愿我们都不要像《浮士德》中的主人公，在过了大半辈子后，看着窗外摇曳的繁花觉得自己的人生毫无意义；愿我们走出半生，与经典相伴，与名家相伴，归来仍是少年。

静心诵经典，熟读子自知。

写于 2016 年 5 月

读书伴我成长

英国剧作家莎士比亚说过："生活里没有书，就好比大地没有阳光；智慧里没有书，就好像鸟儿没有翅膀。"的确是这样，在我生活和学习中，深深地感觉到书像阳光一样使小苗获取营养，像翅膀一样让鸟儿在天空中自由自在地翱翔。我爱读书，读书伴我成长，读书让我进步，读书使我快乐。

书是陪伴我的亲密朋友。三岁前，爸爸因工作忙，和妈妈两地分居，妈妈天天带着我，给我读童话故事、诗歌、历史人物，我呀呀学语的时候，就能跟妈妈一起看彩画，一起讲故事。从此，书成为我最好的伙伴，天天看各式各样的小人书、图画书，慢慢地认识了好多字。妈妈上班的时候，我自己在家看书，一点也不觉得寂寞，也不觉得时间过得慢，有时候妈妈回来了，我还在看呢！有时跟妈妈去单位，我自己坐在一个角落里，默默地一本一本地看书，从不打扰她。那时候，我能背诵好多诗，能讲《丑小鸭》《小红帽》的故事，知道《孔融让梨》《孟母三迁》，懂得宇宙星空、打雷下雨等自然现象，会说好多好多英语单词，妈妈的同事都叫我"小神童"，天天逗我给他们背诗、讲故事。上了幼儿园，我特别喜欢花花绿绿的教材，能背诵里面所有的故事、诗歌。每逢生日、节日，爸爸妈妈问我要什么礼物，我总是脱口而出："书，书，我只要书！"舅舅、姨妈、爸爸妈妈的同学朋友，都知道我爱读书，送我的礼物也是书，让我爱不释手。在我的房间里，到处都是书，家里的书架上，摆放的也是我的书，从《格林童话》《十万个为什么》到《西游记》《红楼梦》等四大名著，应有尽有。家里还专门为我订阅了《亲子》《幼儿画报》《幼儿智力世界》《小葵花》等多种刊物，使我获取更多知识，天天很充实，天天有进步。2006 年 3 月，凭着我的"博学"，经过一轮轮演讲、答辩、考核，我被授予泰安市"十佳泰山新苗"称号；2008 年，被评为"泰安市优秀学生"；2009 年，被评为"泰安市十佳泰山好儿童""泰安市十佳少先队员"。

书是开启我智慧的钥匙。上学后，在老师指导下，我的阅读能力有了很大的提升，读书更是如饥似渴。我阅读内容非常广泛，天文、地理、生物、历史、数理化，只要觉得有趣，总要一口气看完，只要有时间总拿着书看，吃饭时妈妈叫多少次仍不肯放下，上厕所也要端着书。一次，妈妈怕我看书太多，会变成近视眼，劝我说："孩子，慌什么，离考大学还远着呢！"我说："妈妈，读书不是为了考大学，书让我学到了知识，让我了解了世界，让我感觉到快乐。"的确，读书使我知道了世界的丰富多彩，知道了科学的伟大作用，知道了成功来自勤奋，促使我勤奋学习，积极地索取新知识，获取新营养。为了满足我的读书愿望，家里为我订阅了《小学生文摘》《小学生学习报》等10多种刊物，还专门办了新华书店、泰山图书馆、泰安市图书馆的借书卡，一有空就去看书。

正是由于养成了良好的读书习惯，开阔了我的眼界，使我知识面宽泛，思维敏捷，考虑问题全面，让我仿佛看到了银河外的星体，看到了明天和昨天，看到了人类的历史，使我的每一天都变得丰富与充实。正所谓"读书破万卷，下笔如有神"，我特别喜欢作文，每周总要写几篇日记，每次出去玩后总要写成感想，每次作文总要被老师画上一串串的红圈圈，我写的《我的小闹钟》《民族团结一家亲》《热爱祖国从珍惜一滴水开始》等作文参加了市里的征文比赛，多次参加演讲比赛，都获得了好成绩；我的数学、英语、科学，学起来也不觉得费劲，虽然自己是班长、少先大队委员，平时任务比较多，并且我还学习着舞蹈、书法、钢琴、国画等特长课，业余时间安排得满满的，但因为读书益智，我各门课程考试成绩总名列前茅。

书是教育我做人的老师。世纪老人冰心说过："读书好，好读书，读好书。"的确，读一本好书，可使人心灵充实，使人明辨是非，使人有爱心，使人文明行为，使人礼仪规范；而读一本坏书，则使人心胸狭窄，使人不知羞耻，使人自私残暴。通过读好书，我认识了雷锋、草原英雄小姐妹，懂得了乐于助人、集体利益，学会了给予和奉献；我认识了海的女儿、卖火柴的小女孩，懂得了怜悯，知道了爱心，感到了幸福；我认识了又盲又聋又哑的海伦·凯勒，懂得了坚强，知道了珍惜，学会了包容、豁达；还认识了像人一样聪明的笑猫，知道了处世交友要有选择，虚伪的人是不值得交朋友的……特别是一些书，我看了好多遍也不烦，每次都有新的收获，比如《钢铁是怎样炼成的》，让我知道了不管遇到多少困难，都要毫不畏惧地将它打倒，不要在困难到来的时候，选择逃避；《淘气包马小跳》系列，让我知道了无论你学习好不好，也不要失去人的高尚品德——勇敢、诚实、坚强；《女生日记》告诉我应该正确面对成长中的问题和困惑，健康地、阳光地成长……

书使我知道了真与假、善与恶、美与丑，引导我自觉追求真善美，做品德高尚的人，做积极上进的人，做对他人、对社会有用的人；在学校，我把集体荣誉看得高于一切，经常与少先队员参加植树、清扫垃圾、刷小广告的活动，认真开展路队、卫生、纪律检查的活动，维护学校形象。同时，积极参加学校承担的助残日公益演出、公安系统春节晚会，既当演员，又当联络员、管理员；在班里，积极帮助班主任搞管理，自觉为同学们热情服务，哪个同学调皮捣蛋，我主动与他（她）同位，以勤奋上进的形象带动他（她）、影响他（她），先后11个被列为"坏学生"的同学成为"好学生"；在家里，关心亲人、勤快听话，自己的事自己做，不会的事学着做，主动做自己能干的家务活，对邻居文明礼貌、热情友善，经常打扫楼梯，帮助传达室爷爷干这干那，他们都夸我"好孩子"。

每年寒、暑假，我都回农村老家待一段时间，带去自己喜欢的新书包、文具、图书，送给农村孩子，与他们一起学习、一起玩，把自己知道的告诉他们；还常去村里几位年龄大的长辈家里，跟他们聊天，给他们唱歌、跳舞……

如果说动画片是一种可口的零食，那么我更喜欢阅读——一种需要慢慢咀嚼的筵席。书是知识的宝库，是人类进步的阶梯，是我们快乐的源泉；有书，我们就不会寂寞；有书，就会充满欢乐。让我们热爱读书、专心读书、努力读书吧！

写于 2011 年 6 月

以态为宝　典范长昭

电影《功夫熊猫》中有这样一个片段：当强敌入境迫在眉睫时，终于被师傅认可的"神龙大侠"阿宝拿到了神龙卷轴。可当他打开号称记载着数千年来神龙大侠破敌诀窍的卷轴时，上面却空无一字。"传家宝"如同一个笑话。

为什么？我与阿宝一样迷惑不解。

女孩张煐，其祖父为晚清重臣之子，母亲也是名门之后，家中富裕非常，瓷瓶古画之类数不胜数。可张煐却在纸醉金迷的浪潮中漂到了父亲的书房，汲取了许多先人的智慧，最终走出昏黄颓废飘着鸦片的旧宅，在上海大放异彩，成为华美的旗袍裹着的张爱玲。张爱玲拥有许多物质性的传家宝，可这却成了她逃离欲望的垫脚石。态度与哲思，成了祖先留给她最有价值的物品。由此可见，传家宝不一定只短暂存留于物质，更可能成为不易被发现的精神珍宝。

犹太人算是世界上最聪慧的民族之一，犹太商人横行世界，珍宝不计其数。可犹太人的祖先留给他们最珍贵的传家宝却只有二字：读书。事实证明他们是对的。书中自有黄金屋，人们在读书时，往往会获得最珍贵的思想感悟。古语云，授人以鱼不如授人以渔。财富如鱼，犹太民族则通过书籍，紧握生财的钓竿，这算是最有价值的传家宝。因为此，"富过三代"乃成真。对财富的态度令他们无所畏惧。

回到开头，当阿宝心灰意冷众人逃离他身边时，父亲的一句话却突然启迪了他。他展开金色的卷轴，在金箔处看到了自己的镜影。"哪有什么秘诀，只是想做好而已，这就够了。"

原来如此，态度决定一切。

传家宝作为一个载体流传，无论是精神还是物质，都只是为了传给后人一个信息，证明家族的源远流长与永不言弃。因此，传家宝是否有价值，不在祖先，全在后人。镜影是祖先告诉阿宝要相信自己的力量，但当他不理解时，那什么也不是。同样，一个古瓷瓶，一句话，几枚勋章，优劣难分，古者富贵而名磨灭，唯倜傥非常之人称焉，值不值钱是一回事，值不值"传"又是一回事。只要古人的态度与风骨被后人铭记且继承，本心被后人称赞并发扬，传家宝就可濯去岁月的烟尘，笑于民族之林，推四海，传万世。对生活的态度永不过时。

明王阳明心学论，有态者大胜于物也。

祖先传下的传家宝，实则为一谜题，里面包含着加密的超越时间限制的无价之理。面对这份挑战书，你接受挑战吗？

写于 2016 年冬

所谓伊人　在水一方

——《诗经·国风·蒹葭》改写

（一）

轻柔的黄白色的蒹葭，

在你身旁轻轻颤动。

白露在草叶上凝成霜，

沾湿了你洁白的襦裙。

寻找那眼中似雾气氤氲的女孩，

可你在河岸轻然浅笑。

我笨拙地想找到你，

却发现道路艰辛而漫长。

我急切地想寻到你，

却发现你仿佛在水中央，

撑一只小船，对我浅浅地笑。

梦幻的黄白色的蒹葭，

在你身后映成光与影。

白露还未完全消释，

潮湿了你乌黑的秀发。

寻找那眼中似雾气氤氲的女孩，

可你在河堤默默凝望。

我执著地想找到你，

却发现道路险峻而高耸。

我不惜一切地想寻到你，

却发现你仿佛坐在石上，

洗一件衣服，与我默默凝望。

美丽的黄白色的蒹葭，

在你面前散开了头发。

白露未曾因你而无形，

汇合在你摄人心魄的眼睛,

寻找那眼中似雾气氤氲的女孩。

可你在水边含泪注视远方。

我疯狂地想找到你,

却发现道路艰难而弯曲。

我身不由己地想寻到你,

却发现你仿佛立在小洲上,

穿一袭嫁衣,令我肝胆俱裂。

(四)

天上的白鹭早已飞走,

叶边的白露也已干涸。

亲爱的女孩,如果可以,

能不能使我寻找到你。

亲爱的女孩,如果可以,

我一定以最快速度赶到。

不让你的眼泪,

掉到地上。

写于 2017 年夏

《父亲写的散文诗》读后感

一九八四年　庄稼还没收割完

女儿躺在我怀里　睡得那么甜

今晚的露天电影　没时间去看

妻子提醒我　修修缝纫机的踏板

明天我要去　邻居家再借点钱

孩子哭了一整天哪　闹着要吃饼干

蓝色的涤卡上衣　痛往心里钻

蹲在池塘边上　给了自己两拳

这是我父亲　日记里的文字

这是他的青春　留下来的散文诗

多年后　我看着泪流不止

可我的父亲已经

老得像一个影子

一九九四年　庄稼早已收割完

我的老母亲去年离开了人间

女儿扎着马尾辫

跑进了校园

可是她最近　有点孤单瘦了一大圈

想一想未来　我老成了一堆旧纸钱

那时的女儿一定　会美得很惊艳

有个爱她的男人　要娶她回家

可想到这些　我却不忍看她一眼

这是我父亲　日记里的文字

这是他的生命　留下来的散文诗

多年后　我看着泪流不止

可我的父亲已经老得像一张旧报纸

那上面的故事　就是一辈子

有个兄弟推荐给我的这首歌，一米八几的糙汉子听得泪都要落下来。

他想起他爸，性格很隐忍，小时候家中不富裕，养成了过度节约的习惯。有一次因为他爸存了好多用过的水，他和爸爸吵了一架，爸爸最后竟然哭了。"我对不起我爸。"他说，"我真不想看到他老的像一个影子。"那一刻我看到这个哥们儿的另一面。

自从诺贝尔奖被颁给鲍勃·迪伦，歌词成为诗的艺术形式被广泛地认可，这种剧情化的歌词（诗）配上音乐，相比起诗朗诵来无疑是更有味道。李健自弹自唱，纯净的嗓音，无疑给歌加了全新的诠释。

开头即回到三十多年前，以庄稼收割作为时令的符号，描写了夏夜一个父亲的沉思。有"修缝纫机的踏板"的日常琐事，有"孩子哭闹要吃饼干"的家庭场景，却有一种无助凝固在心中。去邻居家再借点钱去买饼干，满足孩子的愿望，让父亲心里沉重万分。"蹲在池塘边，给了自己两拳"的细节能让多少人流泪。

"老的像一个影子"，父母在我们年幼时咬牙奔波于生计，尽可能满足孩子的需求，到了孩子长大成人展翅飞走，他们逐渐活在儿女的记忆中。在白天与黑夜交织时，在岁月长河中留下浅浅的影子，一想到这儿感觉心都空了。

转眼即是十年，女儿长大了有了心事，父亲的心无端遐想与猜测。我想每个父亲都会经历这样的时刻，猛然想到女儿要离开，便不敢再想下去。每个婚礼上的女方家属都是难舍的吧，雪白的婚纱下是多少欲说还休的牵挂。父亲的日记朴实无华，却在三两语之间将其阐释生发。

没有人永远年轻，但永远有人年轻。逐渐衰老的父母如同《目送》中永远在身后的目光，即使背影告诉你不必追，却像磁石一样紧紧相贴，生怕消失。距离会越来越远，父亲老成一个影子，一堆旧纸钱，在时光罅隙中如梦般产生、消逝。斯琴高娃在今年很受欢迎的央视节目《朗读者》中，朗诵的《母亲》收获万千泪水，而父亲的日记不也如此吗？"旧报纸/上面的故事/就是一辈子"。一辈子，那么长，那么远，却又是那么短。

琐事中的美，细枝末节中的温暖，是父亲难以言说的浪漫情怀。

写于 2017 年秋

遗失的美好

人的一生仿佛一条大路，我们每个人都行走在上面。大多数人一辈子都在抱头狂奔，为了更好的前程，默默用背影告诉父母：不必追。现在的生活，只剩下"快"与"忙"，可若这样，人生趣味尚存几许？在你疲惫奔波时，也不要忘记路旁的风景。

马未都曾有这样一番话：人生境界就像三层楼。第一层楼是金钱和权利，属于人们追求的最低标准；第二层楼属于那些善思的人，他们的境界比第一层的人要高一些，也就是哲学家与诗人；第三层楼是那些看清一切凌傲四方的人。现在，第一层楼水泄不通，第二层楼寥寥无几，第三层楼却是空无一人。为什么？因为我们忙，哪管得上思想的境界？赚钱才是王道！嗟乎！可悲可叹！

"歧路"就像第二、第三层楼，专属"不务正业"之人。因为"不务正业"，齐白石没有安守自己木匠的本分，反倒在国画方面独树一帜；因为"不务正业"，三毛休学周游世界，变成了撒哈拉一朵美丽的玫瑰；还是因为"不务正业"，我们古代的史官文人们不去写赞颂帝王的句子，反倒创作了无数首动人的诗篇，成了我国古代历史颗颗璀璨的明珠……"歧路"之所谓"歧路"，只是因为与寻常路不同。每个人都有每个人的生活方式，我走得不如你远，但我却看到了最美丽的风景，那又何妨？更何况，当你"误入歧途"，让自己慢下来欣赏风景，说不定会发现"山重水复疑无路，柳暗花明又一村"，最终反倒走在了他人的前面，因为找到了捷径；若你善于发现，拥有那双发现美的眼睛，说不定会找到类似"桃花源"的绝境，那便是人上人的体验了。

特别喜欢这样一句话：慢下来，让灵魂跟上。带着心出发，欣赏沿途的风景，真可以说是人生最大的"不亦快哉"了！

写于 2015 年冬

生命是一袭华美的袍，
上面爬满了虱子。
——题记

你被父母唤作煐。

出生在大宅门内的你，活泼而又调皮，常常被父亲笑骂。曾经，无论父亲多么凶狠地训你，无论你多么调皮与"不争气"，都无法掩藏住父亲看你时难以隐忍的眼中满满的爱意。不久，弟弟出生了，你的地位一落千丈——因为那处不同的身体构造。你被过继给大伯伯，父母一下子成了你的叔叔婶婶，你的佣人何干也常常被欺负。对你来说，童年仿佛是掺了黄连的松子糖，苦涩盖住了甜蜜。不久，披着幸运外衣的厄运来到了你的身旁——全家移迁到上海，父亲升官却开始抽鸦片，母亲因受不了父亲的沉沦，一气之下远走他乡。你失去了与父亲欢笑的权利，也失去了与母亲玩耍的权利。昔日充满着欢笑的花园洋房也变得死气沉沉，毫无生机。

你到了上学的年纪。父亲守旧，给你和弟弟找了个私塾先生。因你的伶俐很快便能将先生布置的书背完，而弟弟常因年幼背不过而被私塾先生打骂，有时被打得脸肿到眼睛只有一条缝。每天晚上，总能听见弟弟抽泣当中的背书声，有时甚至到夜分。哭声像一把小钻头钻着你的心……你伤心，却又无可奈何。那一刻，我在你的文字中读出了无奈与失望。

终于，母亲留学归来，受不了这迂腐的教育，不由分说将你送进一座女子学校。填名字时，母亲草草地将她的英文名译成"爱玲"二字。从此，你从大宅门内走出。"张爱玲"这个名字是你以后一切荣华的见证。你感到激动、兴奋，甚至是受宠若惊——母亲为你做得实在是太少了。尽管母亲的举动极像是绑架，但也让你感到了无法言语的温暖。

没过多长时间，父母又一次闹翻，母亲执意搬出家外。这时，一个拐角已然矗立在你的心上——父亲不允许你出门学习，而你却执意。停下来，衣食无忧；走过去，前途未卜。面对此境，你坚定地迈开了步子，离开了父亲与弟弟，向母亲，也向母亲的时代跑去——多年后的事实证明了你的选择是正确的。

在母亲身边的日子是煎熬的。你不会削苹果，不会说英文，甚至不能找到与看清门牌号。你无法理解，你沮丧你哭泣——甚至是绝望。"猪"，母亲毫不留情地骂你，你只能擦干眼泪——坚定地，仿佛当时你做决定一般，顶着压力快速奔跑。那一刻，我在你的文字中读出了不服输和要强起来的渴望。你不能倒下，倒下意味着放弃；你不能后退，后退意味着失败；在无数次失败煎熬后——你如凤凰一般，浴火重生。

放下你的书，我释然。人生不就是历程吗？你人生中的一个个拐角，你袍上的一只只虱子，却恰是你成长最好的磨砺。这不才是你么？才是我们奋斗的目标——只要做出选择，无论多少艰辛等着你，也不轻言放弃，做一个强者，一个更强的人。

这，就是你——童稚的煐，亦或是华美的张爱玲。

读你，思你，品味人生真谛。

写于 2014 年夏

一个可爱的女孩

——读《绿山墙的安妮》有感

　　一次，偶然间去书店，见书架上有一个女孩，她立即吸引了我。我将她带回家，认识了她，并和她成了好朋友。呵呵，你别误会，这个女孩在书里。没错，她就是安妮·雪莉，一个可爱的女孩。

　　《绿山墙的安妮》是加拿大著名作家露西·蒙哥马利的代表作。这部小说一经问世就备受瞩目，作者也因此声名鹊起，连美国著名作家马克·吐温都盛赞："安妮是继不朽的爱丽丝之后最令人感动和喜爱的儿童形象。"甚至有许多慕名而往的外国游客都去加拿大爱德华王子岛探访安妮的足迹。唉，有那么多人为她着迷！

　　这个故事讲述的是，在爱德华王子岛上生活的一对兄妹马修与玛丽娜，阴错阳差地收养了孤儿院一个叫安妮的女孩，从此，兄妹俩的生活因为这个精灵一样的女孩的介入，发生了一系列意想不到的变化。她以天真快乐的性格，战胜了一个又一个困难，创造了自己的一片天地。

作者用生动细腻的笔墨，为我们塑造了一个个风格迥异的人物形象。

主人公安妮·雪莉天真烂漫，淳朴坦率，尤其爱幻想。在安妮的想象中，顽皮的小溪在水雪的覆盖下欢笑；会说话的玫瑰能够讲出许多有趣的故事；她的影子和回声是她的知心朋友，可以听她诉说心事……同时，她热爱大自然，热爱生活，对大自然的一花一草、一树一木都充满了爱。她待人真诚，无论对谁都有一种乐于助人的心态。她拥有天马行空般的想象力，想说什么就说什么，时不时冒出夸张的语言。她天性爱美，但她长着一头红发，满脸雀斑，这很令她苦恼。她总有些出人意料的举动，闹出一连串的笑话。但她又是一个自尊自强的女孩，虽自幼失去双亲，多次被人收养，但她没有放弃对生活的热爱，对知识和学习有一种狂热的劲头。凭借自己的刻苦勤奋，赢得了领养人的喜爱、老师的夸奖和同学的友谊。安妮就像是一个有着神奇魔力的小魔女，以她纯真善良、热爱生活、坚强乐观的形象走进了我的内心。

小说中的其他人物同样也令人念念不忘。

戴安娜，安妮最好的朋友，与安妮的性格相反，她温柔善良，漂亮文静。虽然戴安娜出身良好，家教严格，但从不嫌弃安妮，总是给予她默默的关怀和努力，是安妮心中的公主。

绿山墙的主人马修是一个憨厚、内向但有些木讷的人。他对安妮倾注了无私的爱，喜爱之情常常溢于言表，在安妮犯错时他总是细心帮助改正。

马修的妹妹玛丽娜严肃、古板，对安妮要求严苛。她虽然也很爱安妮，但对安妮却总是一副批评的表情。我们都看得出来，对比马修对安妮的爱，她其实是有过之而无不及。她只是把爱深藏在心中，不善于表达。

可以说，《绿山墙的安妮》是一部温馨甜美的儿童小说。作者以清新流畅、富于诗情的语言，将安妮的形象展现在读者的面前。她的天真、纯洁就像冬日里的一缕阳光，温暖着千百万读者的心。

通过这部小说，我学到了任何挫折都压不倒热爱生活的信念，要以乐观积极的心态面对生活。

假如有一天，你在某一地点看到了一个红头发、满脸雀斑、笑容灿烂、喋喋不休的小女孩，不要害怕，把她领回家吧，她将会成为你的一个最好的朋友。

写于 2014 年秋

琴弦中的渴望

——读《命若琴弦》有感

一千根琴弦，系着对未来的渴望。

喜欢这篇文章的开头。"莽莽苍苍的群山中走着两个瞎子，一老一少，一前一后，两顶发了黑的黑帽起伏攒动，匆匆忙忙，像是随着一条不安静的河水在漂流。无所谓从哪儿来，也无所谓到哪儿去，每人带一把三弦琴，说书为生。"不带任何感情的开头，仿佛只是一句无表情的寒暄，却带着一些无法明了的苍凉。老瞎子七十出头，心沉如潭，一心只想弹断一千根琴弦，从而使眼睛复明，小瞎子正值壮年，心中充满对世界的憧憬，拥有一切青年人的特点。一老一少，一前一后，一个心如止水，一个心浮气躁……

"咱这命就在这几根琴弦上。"对他们来说，琴是命，琴弦系着命与希望——两个人的心中唯一的希望：复明。"干嘛，咱们是瞎子！""就因为咱们是瞎子。"这句话看似心平气和，实际上夹杂着对命运的心酸。

为什么我是瞎子？因为你不能变成别的，唯一可做的，就是接受它，然后努力改变他。老瞎子虽然什么也不说，但他此时的状态足以证明他是个勇者。也许这就是人生。

也许琴弦即将集齐，但老瞎子的心越来越乱。只剩最后几根了，就剩最后几根了，到时候便能达成愿望了！我发现里面很可笑或很可悲的一点：没有一个人曾怀疑过药方的真实性，也没有一个人说过这个药方一定能治病而不是害人，但不论哪个人，不论是老瞎子的师父的师父还是老瞎子的师父都拼了命地去试，带着满腔热血去试，最终都"寻病终"。也许，是因为复明这条件太让人心动，太让人无所适从，使人失去了对物质的基本判断。但却正因此，才使每个人都拉紧了弦，拼命地去尝试，拉紧心弦，奏响心曲——只能如此。

也许每个人都为老瞎子而唏嘘，谁都能想象老瞎子用尽一生气力去追求的目标破裂后心墙的轰然倒塌。心弦断了，心曲毁了。这一根根弹断了的琴弦加上那根崩断的心弦，构成了老瞎子的坟墓。目标没了，想想数年的努力都化为了泡影，心血都凝集在这一张白纸上！老瞎子的命已经救不回了。哀莫大于心死，但老瞎子师傅的一句话其实早已说明："人的命就像这琴弦，拉紧了才能弹好，弹好了就够了。"的确，"药方"将心弦拉紧，给心灵定了一个目标，令老瞎子将每首曲子弹好，给山村带来了欢乐，这就够了。

　　有一个地方很值得人回味。老瞎子想：这孩子再怎么弹吧，还能弹断一千二百根？也许老瞎子的师爷是这么想的：这孩子再怎么弹吧，还能弹断一千八百根？老瞎子的师父是这样想的：这孩子再怎么弹吧，还能弹断两千根？相信琴弦的数目会从一千二变成一千五，一千五变成一千六，一千六变成一千八……数目永远变，心永远不变。

　　于是一切又回到了开始：小瞎子变成老瞎子，老瞎子变成了新的小瞎子口中的师爷……一切都是轮回，也是宿命。

　　为活着找个理由，只为更好地活着。

                                        写于 2016 年夏

没有人是一座孤岛

——《岛上书店》读后感

爱丽丝岛是一个以旅游为主要产业的小岛，岛上有唯一一家书店，由A. J. 先生经营。A. J. 先生是一位中年读书爱好者，由于五年前丧妻的经历，他固执而武断。他看书很挑剔，只进卖得动的书，他不喜欢的书更是一本没有——比如童书。祸不单行，他常年收藏的价值四十万美元的书被窃，这令他更加绝望，每日酗酒期盼早日死去与亡妻团聚。

这是《岛上书店》的开头，仿佛可以改名为《一个 loser 的故事》，加译文处理故事的方式十分平实，以至于只看前面一部分你会觉得这本书索然无味，但如同解谜故事，几个看似不相干的时间逐渐交织。

有一天 A. J. 醉醺醺地回家，发现一个小孩子，不到两岁，好像叫玛雅，看着他笑。玛雅不足两岁，是被母亲遗弃在书店的，她母亲跳入了冰冷的海里，再也没回来，A. J. 不情愿地照顾着这个小姑娘，却慢慢与她有了感情。"爸爸",玛雅这样叫他。他的妻姐伊斯梅,姐夫麦克尔,警察署署长兰斯,购书推销员艾米,就这样进入了他的世界。为了照顾玛雅,他开始改变作息,开始笑,开始进购童书。玛雅的古灵精怪让许多人都十分喜欢她。就在这个"有三个玛雅长,两个玛雅宽"的逼仄环境中,玛雅在全岛人的注视下渐渐长大。世事更迭,麦克尔不幸身亡,A.J.与购书员艾米产生感情。他们先办了一本"回忆录"的图书会,他还带着玛雅去看生病的艾米。艾米成为他的妻子,继续在爱丽丝岛经营书店。书中的大悬念到这儿才慢慢展开:A.J.与兰斯是好友,兰斯与伊斯梅接触时无意在她家的橱柜中发现了A.J.被窃的书,上面有蜡笔的痕迹。问题又浮出水面:为什么是伊斯梅?

最终A.J.得了脑瘤急需化疗,他曾经梦寐以求的死亡在这时微不足道。善良的艾米,已成为十四岁少女的玛雅,与将要离世的他,这时,伊斯梅向兰斯吐露了真相:玛雅是麦克尔的私生女,被她放在了书店。A.J.并未痊愈。他很快离世,留下的是他为玛雅挑选的短篇小说集。

每章的开头均是一部短篇小说的名字及A.J.的批注,乍看让人摸不着头脑,但作者巧妙地将小说与文章内容形成了有机整体,没有过于修饰的华丽辞藻,没有大难临头的死去活来,大多却都是对话,只是对话。玛雅与A.J.的交谈,警长与伊斯梅的交谈,都是美丽且无法让人回想的只言片语。毫无疑问A.J.是位好父亲,他不仅照顾女儿的生活起居,更在乎女儿的心灵世界。读到末尾我们才会恍然大悟：整本书其实都是那本推荐小说集。至于故事中提到的精彩的图书会，以及作家的见面会，则可让人窥见一二美国出版图书的体制。图书会让岛上的人们联系在了一起，也让孤岛们联结成群。

当时最吸引我的其实是腰封上的"每个人都有特别艰难的一年"，而非这个作者获得诺贝尔奖。可能因为被灌输了太多"可怕的高三"的理念，我对这种"微光"深信不疑。但A.J.的艰难、艾米的艰难以及其他角色的"艰难"地度过都是靠与他人形成一定联系，并从中汲取一定能量。这就是"孤岛"的联结。赤子孤独了，会创造一个世界，可普通人是孤独而寒冷的，高处不胜寒，那就抱团取暖。这种抱团取暖的特性，或许可以称之为"人性"的一部分。

氨基酸很容易便会被分解，但脱水缩合连成蛋白质却又另说。没有人是一座孤岛，珍惜身边的同伴，珍惜羁绊的力量，一切都会变得更好。

写于 2016 年冬

他们并不平凡

普普通通的两个套间，普普通通的七个年轻人，在如此奇特而又寻常的环境里却像二氧化锰与过氧化氢的化学反应一般，爆出了无数欢笑与眼泪并存的快乐故事，甚至以不可收拾之势涌出来、漫出来，使整个假期浸满了甜蜜与欣喜。什么环境有这种化学反应显现？当然是《爱情公寓》。

在泡沫剧与谍战戏相互交错的"假期黄金档"里，我们终于可以打开电视，无视"臣妾做不到啊"和"你表这样子"的肉麻言情剧的轮番轰炸，关注那几个卖萌耍贱的活宝，在电视前基本笑成了瘫痪……没有父母逼婚的束缚，没有房价高低的担忧，没有找不到工作的恐惧，只有朋友间的互相调侃，时不时的爆笑囧事，阴差阳错的狗血结局，舒适安逸的合租生活……身边的人们没有超级英雄，没有明星大腕，只有平常随处可见的小人物：老师、电视主持人、宠物店助理、龙套剧演员，甚至是卖跌打损伤药的江湖骗子。所有的好汉英雄全是臆想与意淫的结合体，抗战、古装、未来穿梭甚至是 cos 蝙蝠侠，每个人心中的梦都会被放大后展开，让人对这种喜剧呈喷饭之感。

《爱情公寓》并不是只给我们"乐"的欢快，亦给我们对人生的思考。当一菲的跆拳道队合力喊出"fighting"的时候；当展博终于敢于跳出"鸿沟"走出门，大家在后面含泪却微笑告别时；当子乔终于可以直面现实的时候；当曾小贤在除夕夜打破约定打开电视的时候；当大家在片尾含着眼泪挥手作别的时候……小人物的欢喜悲忧，朋友之间的患难与共，无法用语言表述用文字说明的东西，却在此刻在心底流淌、在眼角闪烁。令我最感动的是大家欢迎美嘉回来的时候，在无数次争论"放谁的照片"或者"美嘉喜欢谁"的搞笑情节后，美嘉最终在旅行箱里发现了大家的合影，无数欢快欣喜的回忆从眼中闪过，美嘉的眼中充满了泪水。转过身，发现朋友们正站在身后微笑地看着她……人的一生有这群朋友，足矣！

有句话说得好："没有孽债、婆媳和第三者，根本上不了黄金档。"可《爱情公寓》在播出段却依然排在收视率榜首，没有大人物，没有华美的布景，却在几个小人物的表现中升华。我们永远记得花瓣飘来的方向，每个人都是平凡人，而又不是。我们如此钟爱的他们，却好像在叙述身边的故事，仿佛总会在一瞬间产生错觉，某个人的背后仿佛有自己的影子。

光说自己平凡，人生中的欢喜悲忧，何时是平凡的呢？

平凡的人，仍然有不平凡的故事。

青春有你，此生无憾。

写于 2014 年冬

赏析六篇

赏析（一）

摘： 如果你告诉大人："我看见一幢漂亮的红砖房子，窗前摆着天竺葵，鸽子在屋顶栖息……"他们便无法想象这是一幢怎样的房子。你必须对他们说："我看见一幢值十万法郎的房子！"他们就会惊叹："多漂亮的房子啊！"

他们就是这副德行。我们不要责怪和埋怨他们，孩子对他人应当尽量宽容。

——圣埃克苏佩里

赏： 猛一看最后一句仿佛有些滑稽，但细想想确是如此。成年人生活在一个物欲横流的世界，他们的眼睛仿佛是商场中的付款机一般，脑袋中是"嗖嗖"飞过的标价牌。像《三傻大闹宝莱坞》中佩雅的未婚夫苏哈斯，别人无须开口问就知道他身上物品的价格——只要随便碰上些什么东西。看起来很好笑。

孩子则不同。他们有天真的心态，像一杯清酒，坦荡地面对整个世界。令人忧心的是，"孩子"长大后，数杯清酒被倒入带有浊浊雾气的大酒缸里，这时清者无法自清，浊者更加浑浊，整个世界、整个社会变得迷蒙而虚伪。我不想看到这样。那么现在，请孩子宽恕大人，原谅他们的世故与圆滑，有棱有角地活下去吧！请记住：没有棱角的人走上坡路很快，但在下坡路上绝对是最先滚下的一个。

赏析（二）

摘： 有一天夜晚，我独自坐在祭坛边的路灯下看书，忽然从那漆黑的祭坛里传出一阵阵唢呐声。四周都是参天古树，方形的祭坛占地几百平方米空旷坦荡独对苍天。我看不见那个吹唢呐的人，唯唢呐声在星光寥寥的夜空里低吟高唱，时而悲怆时而欢快，时而缠绵时而苍凉，或许这几个词都不足以形容它。我清清醒醒地听出它响在过去，响在现在，响在未来，回旋飘转，亘古不散。

——史铁生《我与地坛》

赏： 次元，空间，这些词是物理学家们的词，在作家们的辞典中是没有的。"唢呐声"带着些许的棱角与苍凉，让人不禁联想到了中国历史的底色。也许地坛是最具代表性的，脚踩大地，不像天坛那样充斥着神仙香火的浓重色彩。祭坛是祭什么的呢？我不知道，我也不想知道。暂且不谈什么装神弄鬼，但这种唢呐声也确代表了历史，代表了未来，代表了中国深厚浓重的色彩。"悲怆""欢快""缠绵""苍凉"，茫茫历史，每个朝代都有盛衰，每个君王都有心腹，每个人都有与之不同的迷茫。"这是个废弃的园子"，作者在开头长叹。整个人就像被废弃了一样。是多么孤独的人，才能有如此的意象体会？地坛地坛，大地之坛。青春、梦想、人生意义，也许就像那低吟高唱的唢呐声般，我感触不到，也许世界上唯一能感触到的那个人，已将世界折进一副轮椅，并带走了吧。

赏析（三）

摘：要是有些事我没说，地坛，你别以为是我忘了，我什么也没忘，但是有些事只适合收藏。不能说，也不能想，却又不能忘。它们不能变成语言，它们无法变成语言，一旦变成语言就不再是它们了。它们是一片朦胧的温馨与寂寥，是一片成熟的希望与绝望。它们的领地只有两处：心与坟墓。比如说邮票，有些是用于寄信的，有些仅仅是为了收藏。

——史铁生《我与地坛》

赏：因为"我"与地坛同被"废弃"的同病相怜，作者毫不犹豫地将地坛当成了自己的朋友，絮絮叨叨地聊个不停了。有些事情无法变成语言，不能与别人交流，只能自己一个人放在心里慢慢酿造，待岁月匆匆流过，日子慢慢消逝，最终剔除烦恼与苦难后，终将有一天会变成淡淡的流年，被当时死去活来的你笑着说出来。有些无法去说也无法去想的，最终会随着生命的消逝被放进坟墓。找不到比这更贴切的语句，就像找不到合适的语言一样。我们唯有知道，心在哪里，回忆就在哪里。

赏析（四）

摘：每一次告别，最好用力一点。

多说一句，可能是最后一句。

多看一眼，可能是最后一眼。

——《后会无期》

赏："当 / 一艘船 / 沉入海底 / 当 / 一个人 / 成了谜 / 你不知道 / 他们为何离去 / 就像你不知道 / 这竟是结局。"人一生中都会遇见数不清的人，有的与你擦肩而过，有的让你印象深刻，但最终都会葬在时光的茫茫长河，寻不到开头，也寻不到结尾。离别总是让人伤感的，带着几分依眷，几分不舍，那挥之不去的过往，回回想起，都有淡淡的惆怅萦绕在心头。然而，关于那些时光、那些过往，都只能让人一声叹：我们再也回不去了。没有谁能够陪谁翻山越岭，也没有谁能够陪谁抵达人生的极乐。红尘之中，每个人都是匆匆过客，很多人甚至来不及告别，就已经消失在茫茫人海，此生再无相逢，最终相忘于江湖。一生中的难以预料实在太多，缘分的来去也总是太快。像电影里一般，仿佛草草的流水账、周沫、刘莺莺、胡生、苏米……这样的小人物实在寻常，几乎每个都曾是你生活中的一角。经常看电视看到"殊不知，这竟成了永别"，前几天的MH370、MH17到台湾的客机，几乎每个人都在哀叹命运多舛。这句话是电影《后会无期》中的最后一句。是两个主人公未分开时的谈话。最终，江河载誉荣归，而马浩汉杳无音信。两人或许再不可能重逢。作家白落梅有一本书《世间所有的相遇都是久别重逢》。如果我们曾相遇，那么我希望十年、二十年后，两人若再次相遇，请你给我一抹笑，一句"好久不见"，足矣。

赏析（五）

摘： 凡是自然的东西都是缓慢的。太阳一点点升起，花一朵朵开，那些急骤发生的自然变化，多是灾难。

——毕淑敏

赏： 快，是我们现代生活的主流。快起、快落、快点，几乎没有一个

人愿意慢慢来，似乎慢了将被时代所抛弃。所有事物都未被禁锢在时间的牢笼中，都在缓慢且永恒地生长。也许我们也应该这样，将生活节奏放慢，将心灵释放，做到"缓慢且永恒"。大自然的规律是有踪迹可寻的。所以，让我们慢下来，一起去听花开的声音。

赏析（六）

摘：我喜欢悲壮，更喜欢苍凉。壮烈只有力，没有美，似乎缺少人性。悲剧则如大红大绿的配角，是一种很强烈的对照。但它的刺激性还是大于启发性。苍凉之所以有更深长的回味，就因为它像葱绿配桃红，是一种参差的对照。

——张爱玲

赏：有时候很喜欢悲剧片。从小读的童话故事，结局不外乎是"王子和公主幸福快乐地生活在一起"。小时候会觉得高兴，但现在只觉得"狗血"。而悲壮和苍凉是悲剧片或灾难片的主要特点。也许我们早已不满完美结局，令人哀叹却又记忆深刻的悲剧已成了一种流行。"壮烈""壮烈牺牲"仿佛一个人宰杀牛羊般，无论如何都带些血腥与力量。而苍凉的回味是绵长的，一片沙漠通常是故事的舞台。对照，强烈的对照也好，鲜明的对照也好，每一个对照都无关对错，而关生活。

理性的美丽

——读《跨越百年的美丽》有感

何为"美丽"？对如今的"颜控"们来说，脸好看就是美丽，作为千年来处于弱势地位的女性，漂亮便是一个女人最高荣誉、最大资本。多少年来凭着姿色与面貌被人津津乐道，被人消费，被作为"红颜祸水"戴上亡国头衔的女性数不胜数，却鲜有以仁德理性服人而名垂千古的女性伟人。"女子无才便是德"深入人心，而有一位女性却从大潮中逆流而上，在歧视与不公中寻得了自己存在的价值——她就是居里夫人。

旧木棚里一点美丽的荧光，是用一个美丽女子的生命和信念换来的，为此，她甘愿让酸碱腐蚀柔美的双手，让呛人的烟气吹皱她秀美的额头，对于一个颇有资本去享受青春的人，却坚决追寻理性的纯真。凭谁论短长，将浮名换了精修细研。她淡淡地生活，静静地思考，低到尘埃里，再从中开出花来。

常说"大而化之""不求甚解""质性自然"等词，自由随性的心态下也掩盖着散漫慵懒的含义。真正的伟人却不言一词，潜心进行她的研究。阅读课上看到一篇文章，说以武则天故事改编的某电视剧将女人与爱情捆绑在一起，暗示了女性即为感性的代名词，也或多或少感受了男权社会的不公，女人就应为人妻、为人母，然后安静地老去，这本身就是不公平的。事业的成功、伟大的发明，居里夫人做到了，然后像蛛丝一样轻轻抹去。这对人类历史来说，将是另一意义的里程碑。

谢谢居里夫人，给男性世界构成的科学界在粗犷中泛出了柔情，给以感性红颜为代名词的女性增添了理性的美丽。

写于 2015 年秋

闲来无事读欧·亨利

　　《阿甘正传》中有这样一句话：生活就像一盒巧克力，你永远不知道下一颗是什么味道的。因为如此，不到落幕的那一瞬，谁也不敢断定这到底是部悲剧还是喜剧。《冰雪奇缘》那个一秒钟变脸的汉斯王子，能让观众在看到正感动的时候忽然大骂：骗子！毋庸置疑，欧·亨利就是个善变的"骗子"，无时无刻的铺垫让读者永远猜不到下一个转折。

　　我从未见到过欧·亨利的画像，但在我心中，他应该是个胖胖的小老头，留着两撇小胡子，严肃中透露着戏谑和睿智。他的故事有些像夹心糖，让故事在按正常格局进行时笔锋忽然一转，立马又跌到了原点。《警察与赞美诗》中，主人公多次心急想入狱却求之不得，终于在听见赞美诗后良心发现决心做个好人。在我们一直感叹爱和上帝能改变世界改变浪子时，主人公却已经被拖进监狱享受免费住宿了。这种格局总是想让人大吼一声：

说好的不"坑爹"呢！不过我们真的无法评论这是悲是喜，毕竟他在末尾实现了他开头的愿望。于是，那个中间找到自己善心的主人公便一溜烟无踪影了。稍稍感叹一句：外国监狱的伙食真的那么好吗？

说到这里我们很难不想起《项链》，莫泊桑的名作。同样是漂移式的结尾，莫泊桑却处理的相当心酸，令人于心不忍。十年之痛为补一时虚荣，令一个爱美的女子变得憔悴而又寂寞。相比之下，欧·亨利的故事则轻快温暖了不少。《麦琪的礼物》中，那对愿为心爱之人放弃彼此最珍贵物品的夫妻令人唏嘘；《最后一片叶子》中，老画家倾尽全部心血画成的一片叶子令躺在病床上的安妮重燃对生活的希望，还有那对互相说着最美谎言的恋人，身处下层，却努力微笑，不让对方担心。可以说，莫泊桑是药，针砭时弊，令人痛楚彷徨；而欧亨·利是糖，捕捉着温暖，甜到忧伤。

写于 2014 年 8 月

书吧即饮吧

我平常不喜欢逛服装店，也不喜欢那些大型超市或者商场，唯独喜欢遛文具店和书店。一是因为那些东西我都能负担得起；二是因为只有买这两样东西时，我亲爱的财务负责人（我妈）才不会拿她那双能戳死人的眼睛瞪我。书店是我寒、暑假最爱待的地方，我可以淡定地从上午待到下午五点半。因为本来看书速度就快，我曾经试过用一天时间啃完两本《哈利波特》，然后晚上想到书中内容吓得彻夜未眠⋯⋯不过，我喜欢看书，喜欢泡书店，在书店泡的时间多了，越来越觉得这书吧像一个饮吧，装满了各种各样的精神饮料。

《大学》《中庸》《论语》《孟子》等国学经典名著，如一锅煲得浓浓的云南普洱，初看品相不佳，初品苦涩难咽，但一旦冲泡开，色泽褐红，口感醇厚，喝到最后，从舌尖到舌根弥漫着苦涩的清甜，让人回味无穷。

　　像《红楼梦》等四大名著，如饮茉莉花茶。从小看老人喝茶，闻着茉莉花春天般的气味，听老人讲着《西游记》，清肝明目，强心益肝。而像《三国演义》等，上百个故事全在一条线上，各种英雄好汉你方唱罢我登场，就像台湾乌龙茶，耐喝、有趣，不是那么涩，却有独特的味道。

　　读余秋雨、王开岭等名家的散文集，如品一壶西湖龙井，丰富的文化底蕴，经过长久的岁月积淀，有种陈年旧事的感觉，仿佛下着小雨的江南小城，淡淡的思绪离愁。色泽翠绿的茶汁在沸水的冲泡下上下翻滚，品过之后反倒有一种被抽空的惆怅，给人以淡淡的思绪离愁。

　　接下来就是比较亮色系的"饮品"了。张爱玲的风格华丽脱俗，仿佛是一杯带有美丽拉花的卡布奇诺，给人一种精神上的眩晕感，像是沉醉在奢华的唐王朝中一般。梭罗的作品则更像一杯美式经典咖啡，不带任何修饰的简朴，如他的《瓦尔登湖》，苦涩中终将有甜蜜，只是一点一点藏在里面，不会轻易露面。早期的三毛与欧·亨利、简媜极像，如一杯奶茶，有点甜蜜，有点温和，但又不失俏皮。简媜的描写极为活泼，欧·亨利的情节构思十分巧妙。如果说前面那些还略有加工的话，那么张晓风、龙应台的作品则应该属于一杯牛奶，透着淡淡的香气，微微的娴静感，包裹着浓浓的爱。毕淑敏、林徽因、席慕蓉应该属于这种分类。

　　然后就是我们比较喜欢的形式了。被老师严令禁止的漫画即是一种，不过我说的不是连载，而是那种绘本。安东尼和几米的绘本，给人以无比愉悦的快感，如一杯西米露，总有一种厚重感包裹在里面，让你明白"治愈系"这三个字的由来。郭敬明与韩寒的小说应该像一杯碳酸饮料吧——十足的酸，十足的甜，喝下去相当过瘾——但没什么营养，且不能多喝。而其他名人自传之类，就像果汁，花花绿绿，有酸有甜，不知道是不是添加剂与水完美配合后的杰作。

　　书吧即饮吧，一本好书如一杯好饮品，喝下去舒肠润脾，回味无穷。哪一种饮品是你喜欢的呢？

于 2014 年 9 月

反义词

　　英语课上，同桌指出我一个题的错误：写出 cool（凉爽）的反义词，我写的 hot（热），而正确答案是 warm（暖）。我又忽然发现了什么。热对冷，暖对凉，程度高对程度低，无可厚非，可为何世上会有"人间冷暖世态炎凉"一说？难道真的是因为老外的逻辑与我们不同吗？

　　我想也许是这样：处在极度寒冷中的人，若有一丝暖意也感觉是到了天堂；处在炎热沙漠中时，不需北冰洋的寒风与冰凌，也许一阵凉爽的风或一泓清洌的泉也能让人倍感惬意。反义词对反义词，冷冰冰的词语仿佛突然活动起来，事物的正确答案果真不止一个。

　　忆起曾见过张晓风散文中类似的一段话，讲的是她在给孩子上课，问起"爱"的反义词，大多数学生很快地答："恨！"而她笑而不语。她的答案是"漠然"。我对此震悚。本以为"恨"已是一个足以有杀伤力的词，却忘了恨你的人至少还对你有心，愿意大动肝火去恨你的人，只要你去挽回，你去求宽恕，听他最终一句："我可是毫不怪你啊"，心最终也可安稳释然。可若是漠然，全然忘却，了无怨恨，又有什么宽恕可言呢？无怨的宽恕，说谎罢了，心最终只可堕着，永无断绝之日。不愿为此用心用情，不屑为此费力费神，这才是最残忍的结局。一切都已断绝，心已生出老茧，正如那些江湖上漂泊的大侠，爱恨情仇一并经历，痴、怨、嗔、怒匆匆带过，最终一剑扫天下，永远"冰山脸"。忽然想到偶像剧，看到女主哭着对男主咆哮"我恨你"，然后掀桌扔物摔门一气呵成，我们就已心痛到不行。但若女主对男主淡漠地笑笑，说句"没关系"，悠悠飘出门外，我们不还得哭晕过去？这是彻底的剧终了。

这时便忽然觉得，有人恨还是一件很令人幸福的事呢。

写于 2014 年夏

简　单

　　你有没有这样的感觉？当你怀着崇敬的心情去看一位拍卖出几百万欧元著名大画家的一幅画时，却发现那幅画的线条简单得像简笔画，整幅画像是一个三岁孩子的信手涂鸦；当你带着极大的期待去拜读一位大文豪的著作时，却失望地认为这篇文章叙事平淡，用词奇怪且还有错别字（老师解释那是通假字）；当你满怀期待地欣赏一个大家刻的篆章，却惊讶地评论这还不如自己八岁时随手划拉的几根线条……这到底是为什么呢？

　　老舍的文章以前一直是让我觉得：这种文章凭什么能把作者称为"大家"？他写个词感情色彩错误就叫贬词褒用或褒词贬用，我干件同样的事得到的是六个大字"感情色彩不当"。老舍的笔触一直非常平淡，叙事清楚为止，很少用修辞，一旦用一点便会使语文老师激动地讲半天，好像这点修辞手法是他教给老舍的。也许是少年时期的逆反心理，我不太喜欢他——直到读了《济南的冬天》后。虽然这篇文章延续了此公语言朴素平淡的特点，但我却发现一个与众不同之处：用词精当。他的辞藻并不华丽，但恰到好处。有些玄妙，有些有趣，但更多的是无法用语言感触用笔尖写下的不可多得的感觉——那样的悠扬释然。每次我一读到那里，就会感觉心中某个地方被碰了一下，有点疼有点胸闷，随后脑中立刻闪现出一幅山地雪野图，整个人像是被一股小电流击了一下，有时甚至会觉得自己的灵魂在震颤、在狂喜，希望能在一瞬间冲出去绕着微微露着点粉红色的山丘转上三圈……

有时，某件事不知如何吐露时，就像关进了深深地窖。这时你读到一段文字，正符合你此时的心境，犹如有人掀开盖板把你拉出来，立刻眼前一亮，光芒万道——文字，真是奇怪的东西。一个个平凡的汉字，不同组合排列，表现的影像如此美丽，道理如此明晰，情感如此丰富贴切。

我好像有些明白了：真正的大家，不在乎文章辞藻的华丽，剧情的跌宕，而在于操纵文字的游刃有余，能一下击中你心里最柔软的部分。我心中对大家的定义也有了些许变化——一个能将平淡生活叙述清楚且能化干戈为玉帛的人。

因此，简单与平淡是经过喧嚣与浮躁后的沉淀。也许每一个大艺术家都是经过了一次又一次的描摹尝试，从而由简单变为复杂。但随着年龄的增长，一些事物看薄了、看透了、看清了，也就看轻了，于是一切的一

切又重归于平静，但这与从前最初的简单不同——没有了纯真与青涩，更多了一份宁静淡泊，从而又从复杂变为简单——或许道家的物极必反就这样吧。

　　"简单"简单吗？不，他们并不简单。

写于 2014 年 9 月

从国骂到涂鸦

前几日饭空翻看《鲁迅文选》，一方面是想寻找有关左联五烈士的更多信息，另一方面也想再次领略一下杂文的犀利。

看到一篇文题异常醒目的杂文——《论"他妈的"》。说实话刚看到这个题目时，我第一反应是消音和马赛克，接着读下去，我感觉到作者的厉害。周树人先生理智冷静地分析了"国骂"的起源，发展适用对象，最终依然上升到了国家安危层面，对"国骂"进行了全方位的认知与客观的评价。能将粗暴转化为文明，将愤怒转化为冷静，将下里巴人的粗俗变为知识分子的震聋发聩的人，怕也是有且只有他了。

既然说到这里，那我就浅谈一下有关涂鸦。涂鸦本是人在极度空虚时进行的一项无意识的活动，图案因人而异。像是张爱玲一篇小说里的男主角，闲暇时便喜欢画由一条曲线构成的外国女人侧脸，反倒引起一场美丽的误会，令一位苏联女子注意并有了交集。尽管张爱玲这个 FFF 团的忠实团员很少会让两情相悦之人在一起，但也从侧面说明了涂鸦对社交生活的促进作用。美国前总统小布什比较倾向于画人体部位，希拉里喜欢画圈，普京直接是乱涂，从这几个方面也不难看出领导人的个性。

作为一个已有三年近视史的"半残障"，我个人更喜欢画眼睛。很简单，两三笔足矣，但却能让我感受到一种只属于这一器官的魅力。曾经听同学说过有一西方画家作画能力甚佳，画中人无不如同镶在框中的真人，或站或坐，即将走下跳一曲华尔兹。等几百年后，科学家开始使用他们的现代科技破解这一谜题。通常冷冰冰的仪器一分析只有数据，无艺术结论，但这幅画却令人惊诧：答案在眼睛里，当科学家用放大技术窥探那双眼睛时，却发现那双眼睛内有成千上万个人。一双双与真人眼睛差不多大小的眼睛内竟画着无数个小人！当那些人面露喜色时，眼睛便呈现柔和喜悦；当眼睛内的人面目可憎时，眼睛则骇人至极。无所谓真假，每个人的眼中的确为一个世界，窥探人内心世界最好的渠道为眼睛，有人说"杀人不眨眼"，说冷酷无情，也确有其道理，由此，我便沉溺于眼睛给我的魅力。

愿来世给我一双慧眼，把这世界看得清清楚楚、明明白白、真真切切。

写于 2013 年夏

一代不如一代

　　翻阅所学古文，感觉古人也在崇拜着古人。"古之圣人，其出人也远矣，犹且从师而问焉；今之众人，其下圣人也亦远矣，而耻学于师。""古人之观于天地、山川、草木、虫鱼、鸟兽，往往有得，以其求思之深而无不在也。"我甚至都能想象到鸿儒们苦大仇深，如同"九斤老太"般絮絮叨叨，真是一代不如一代！回首历史，泱泱华夏，万国来朝，如今虽未没落到家破人亡的地步，却也是大不如前，说好听点叫各国平等，但各种传统经典均被它们觊觎。文明古国，礼仪之邦在他国遭受不屑的屡见不鲜。那么，一代真的不如一代了吗？

　　我想起初中时的一篇课文，题为《应有格物致知精神》，其中有言：我国古代所奉行的知识均是可"推之于四海，传之于万世"的。酒越陈越香，古代经典确实如在历史这片广袤海域里不断颠簸，经历风雨最终漂到现在的古舟，残破沧桑却仍有源源不断的动力。而如今的知识却如电子计算机一般，每天都有不同，每天均在进步，陈破被视为迂腐惨败的标志，不改革终是一废。我们的创造力不如人便是进步的一个硬伤。有网友云："同样是穿越剧，美国都是往前穿，中国都是往后穿，一个想不出历史，一个想不出未来。"我们所崇拜敬仰的古人们却也成了禁锢我们的枷锁，未来在程序化的前路中有一环被打破，墨守成规的我们若坚信"老祖宗的话总没错"便会乱了阵脚，失去方向。时代瞬息万变，残荷古刹、蚀影落花终是到了换季的时候，留我们自己品味。

"江山代有才人出，各领风骚数百年。"属于我们的辉煌也在眼前。在信息化的当代虽硝烟暂远，但挑战仍在继续。在与古圣人时代不同条件时，我们也能在另一片天地打出一条路来，让古老中国焕发生机。有人也可以指着我们挂在墙上写着明确生卒年月的像，痛斥着"一代不如一代"，那也真是我们的福分了。

写于 2013 年冬

自信谓之于中国

前几天看《明朝那些事儿》，讲到明朝时日本曾妄图侵略中国，但却因各种原因落败。当时的中国，朱元璋死了几百年，开国时的光辉早就不复存在。思想混乱、组织混乱、政权腐败、内斗频繁且多年没打过大仗的明王朝，和当时有不怕死的士兵、先进的武器（在他们看来）以及周密的战略部署的日本相比，令当时日本的"总司令"羊臣秀吉认为这一仗稳赢，绝不会有输的可能。他甚至能想象到明军被打得落花流水、抱头鼠窜的模样，结果却连大门都没进，光打朝鲜就死没了。为什么？作者给了一个很有哲理的答案——因为他们不懂中国人。

日本人的优点是认真，缺点是太认真，说白了就是有点死心眼。他们做事绝对牢靠——因为他们无论做什么事都得凭数据结果。但就是因为如此，他们这辈子也读不懂中国人。

我们的民族是世界上最坚韧的民族，毫不夸张。

所谓的四大文明古国，其他三个都换人的换人，文化变来变去，不是一族人捣鼓的，那些土地上的人们早已不是当初那批人马了。只有中国，不论哪族人来侵略、来征占，却总能被奇妙地同化，再野蛮的民族在进入中国后都会被这丰富的文化沉淀束缚、缠绕，最终心甘情愿地成为它的奴仆。统治王朝的主人，各种所谓"家谱"中的帝王将相不乏外族人，但我们总能在他们的旨意中看到一条：学习汉族礼仪。几千年来，有变化、有冲突，但我们的文化主体却延续下来。几千年来，无论什么样的困难都未将这个国家打倒，从未有人能真正地征服我们，如同从未有人能真正征服自然一样。林清玄曾在他的散文内说过："一个国家，不管他是如何度过他的日子的，苟延残喘也好，兴旺发达也好，但能撑过5000年，不得不说是很了不起。"我们的国家，绝对是一个充满自信的国家。

但是说"中国人失掉自信力了"，实在很牵强。"水能载舟，亦能覆舟"，"水"才是波涛涌动的浪潮形成的原因。明朝时期，日本用十五万大军洋洋自得地入侵朝鲜，在朝鲜军队逃的逃、跑的跑的情况下，明军仅派出一个李如松和两万来散兵，便令那所谓的"勇胜部队"溃不成军。朝廷虽然腐败，但老百姓却明白重要性，不靠朝廷照样能无往而不胜——因为骨子里那股坚韧、隐忍与自信。

几百年后的1937年，日本军再次攻入当时情况并不怎么好的中国。

当时日本武器、钱财、技能样样强于中国，而中国内地军阀混战，帮派横行，基本没有重工业，飞机破船基本没法用，百姓贪生怕死且人心惶惶，像一盘散沙。面对日本的航空母舰，日本认为打下中国就像一支精英特种队去打幼儿园一样。

于是他们告诉世界，占领中国，三个月足矣。

于是他们打了八年。

于是最后在无条件投降决议书上签字的是日本人。

日本人侵略中原后，才惊讶地发现，仅仅一夜之间，所有的一切都变了，割据的军阀可以团结一致，黑社会也可以洁身自好，普通百姓拿起武器保卫家园。

因为所有的一切，都已经牢牢刻入我们的骨髓——民族精神。

永远别想用一纸数据来丈量一个伟大的民族，一个自信而不自欺的民族。

以前如是，现在如是，将来也如是。

写于 2016 年冬

白玫瑰与红玫瑰

每个男人都有过这样的两个女人，至少两个：一朵白玫瑰，一朵红玫瑰。娶了红玫瑰，久而久之，红的变成了墙上的一抹蚊子血，白的还是"床前明月光"；娶了白玫瑰，白的便是衣服上的一粒饭黏子，红的却是心口上的一颗朱砂痣。张爱玲这样描述选择，红、白玫瑰，各有各的好，当你选择时，是否会感觉为难甚至无措？其实不论红、白玫瑰，抑或是鱼和熊掌，生和大义，都涉及了一个重大问题：选择。

几乎每个人都害怕选择，但他们又无时无刻不存在于我们身边，大到一个C4炸弹的拆卸剪线，小到一场考试中的一个选择题。作为学生，我们曾无数次地懊悔被我们划掉的一个选项，怀念也许可以得到的两三分，从而可能影响到下几场考试的心情，并为此丢掉了数十个两三分，然后继续纠结直到考试结束。不如学会放下，学会放弃争执得与失，也许结果会好得多。

有一种放弃如加了黄连的松子糖，苦中带甜。正如林徽因和徐志摩的爱情，一个是全才淑女，一个是风流才子，两个人看起来仿佛是绝配，但徐志摩显然忘了自己的身份，就像电视剧中演的那样去追求爱情，"就算与时间为敌，就算与全世界背离"而不惜一切代价。可林徽因没有。她背离了那个感性的自己，用理性否认了这一已让对方敞出去的感情。徐志摩也是痛苦的吧：在他心中，她是彼岸一朵花，红的太无瑕，那鲜艳明媚的一点红最终成为他心头的一点朱砂，本以为他有一天终将为那梦里的伊人涉江采芙蓉，却不想，抬眼间，与她又隔了蓬山千万重。可就是因为如此，林徽因才能更好地修养自己的才情，成为当时在文学界与建筑界首屈一指的女学者。徐志摩太浪漫，不明白生活的本色是平淡，才会造就最后的陆小曼。或许我们应感激林徽因的放弃，因为她在选择中明白了真理，才会造就美丽的康桥与美丽的诗集。

　　"舍鱼而取熊掌"是一种放弃，"舍生取义"是一种放弃。只有为生活留些遗憾，我们才能发现生活的美好。舍得舍得，有舍才有得，有时一种放弃也是一种成全。面对选择，不要惊惧也不要迷茫，放心地选取你觉得对的答案，无论是选择鱼还是选择熊掌，无论是选择生还是选择大义，只要问心无愧，明白放弃，足矣。

写于 2015 年冬

争

　　鲁迅先生有言："真正的猛士，敢于直面惨淡的人生，敢于正视淋漓的鲜血。"而在我看来，真正的猛士，应敢于摒弃浮华的人生，敢于正视生活的本质。

　　"天下熙熙，皆为利来；天下攘攘，皆为利往。"当今社会人心浮躁，"从娃娃抓起""赢在起跑线上"等标语随处可见，催人去争去抢，好不热闹。可我们常常忘记，人外有人，天外有天，可"最好"的头衔下埋藏着的却是压力的定时炸弹。何况每个人都是不同的个体，每个人的精彩表现在不同的地方，在"争"这盏聚光灯下，映出的是少数人的笑脸，大多数人的遗憾、委屈和压力。生活，需要在心中积淀沉酿成亲切的怀恋，过分争逐，反倒变了味。成就与压力向来成正比，像今年广州高考题，98分的孩子得了个巴掌，61分的孩子却得了个奖励。过负重压下，只有抑郁，而无成功，倒不如留些喘息的不争的空间给心灵休憩。

不争，方减心中负担。

当局者迷，旁观者清。在你争我抢一片混乱时，往往是不争者能心无旁骛，在山重水复之时寻求柳暗花明。《西游·降魔篇》中，正当各路大侠为"争"打得不可开交时，玄奘一人寻找解决方法，最终力挽狂澜将妖就地正法。正是因为他不争名、不逐利，才以大智若愚的气魄安定天下、普渡众生。有时幸运就是属于不争者。《格林童话》中，有一篇讲一个叫琴的女孩，总是在其他孩子哄抢面包店店主馈赠的面包时默默等在最后面，直到人群散去才移至桌前拿起最小的一块面包向店主道谢。最终，琴获得了店主藏进面包的银币。店主青睐琴的品格，一种不争的娴静，也是一种灵魂的香气。

不争，方寻柳暗花明。

浮士德在听见春天鸟鸣啁啾时觉得这一生过得毫无意义，想必这也是许多成功人士的喟叹。"人间有味是清欢"，与心灵品位有关。正是与世无争的精神所铸就。陶渊明采菊东篱不争五斗米，王羲之袒腹东床不夺名与利，这是一种勇气，一种超脱世俗的气概。况且无数功名利禄者却湮没于不可胜记史册，唯倜傥非常之人称焉。来时不争浮华专研深思，如夏花；去时挥挥衣袖不带云彩，如秋叶，这是人生最大的"不亦快哉"。真正不争的人，才是内心强大不受外界左右的人。走上那条人迹稀少的路，才是升华与超脱。

　　不争，方得人生真谛。

　　"争"是人界的普罗米修斯，为人类带来奋发的火种，却也打破了世间的宁静。不争始有远略，义不逐利，非自暴自弃而是与灵魂对话，从而创造出另一片天地。"无敌是多么寂寞空虚"，倒不如不想钱与名的"无敌"，更着重于内心世界的"无敌"，望长安、目吴会之际，可否能雪沫乳花，浅唱清欢？

　　争？不争！

写于 2016 年 6 月

格桑花开

——"感动中国"有感

不想让乡亲的梦，
跌落于悬崖。
门巴的女儿执意要回家乡，
坚守于雪山、
河流之间。
她用一颗心，
脉动一群人的心，
用一点光，
点亮山间更多的灯火。
——题记

你可曾想过放弃？在汹涌的雅鲁藏布江边，在这个闭塞的小山村里。你想让孩子们好好学习的梦，却在恶劣的环境中埋下了种子，并且以惊人的速度生长着、放大着，恣意蔓延着，使整个墨脱都有了暖意。你可曾觉

得厌烦？在日复一日年复一年的努力中，在一件件常规的事情的磨炼下，你始终像一个老妈子这也操心那也操心。可在看到孩子们向你招手向你欢笑的时候，这些又有什么大不了呢？

　　你有一个花的名字——格桑德吉。让人不经意地想起格桑花。格桑花，一种善良而又美丽的花儿，在西藏这片冻原上开出了属于自己的颜色，暖着门巴族乡亲们的心。于是，你从拉萨回到家乡，为那里的孩子们搭起通往山外的知识桥，却将自己和自己的家抛在了脑后。女儿央珍才两岁，你就把她放在爷爷家，自己一心扑在教学上。女儿叫奶奶"妈妈"，叫姑姑"妈妈"，却连你的容貌也记不清，想不起。你是她的母亲啊！这样舍弃小家而顾全大家的行为，每个人都能说，但却有几个人能做到？远在拉萨的亲人，孑然一身的落寞。虽有学生相伴，但真正思念家乡的时候，依然是触碰不到的痛苦在心头蔓延。这条路很长，可你走得无怨无悔。坚持着向前走，只为点亮孩子们心中的那盏灯。

　　寒、暑假期间的你，依然游走在乡亲们四周，为熄灭灯的孩子再次引燃火种。望着孩子家长那犹豫不决的眼神，轻轻搂住身旁头发蓬乱却依然低头不语的女孩，用不知说了多少遍的话劝着双方。终于，女孩的父亲带着些迟疑点头，你的眼睛倏然亮如晨光，女孩也轻轻抬起头，露出甜甜的微笑。"开学九月见！"你用藏语说着，一边迈着轻健的步伐向下一家走去，边走边回头向女孩招手——又留下一个孩子！

站在"感动中国"颁奖台上的你，身穿门巴族服饰，眼神透露出内心的不安与紧张。你从未想过要得到什么，只是一味地奉献与给予，也从未想过自己能站在这个大舞台上。当主持人询问你的梦想，你只是微笑着，用不算标准的普通话说："我希望孩子们能学业有成。"质朴的语言下埋藏着多少爱与希望！

　　格桑花开了。格桑花香飘遍了整个西藏，你——这个如格桑花般的女子也走进了我们的心房。

写于 2014 年 9 月 12 日

心在旅途

诗与远方

重庆

第一感觉是一种扑面而来的舒适。

川渝地区是从前的巴蜀之地，一群郁郁不得志的文人墨客在这里留下过绝尘的诗篇。气候潮湿，当地人喜食火锅，辣味弥漫，长江三峡之首——这便是我对重庆的全部了解。

下了飞机登上汽车，夜晚的重庆颇有香港的味道，高楼林立，舟子往来鳞次栉比。我们疾驰在高架桥上，一路看到了轻轨与大桥无数，其中有一座大楼被轻轨穿楼而过，太神奇了。作为北方人，习惯了走在路上的自由与踏实，遇到高楼在山上，出行全部靠高架桥的重庆山城，我们也是体验了一把十足的"异域风情"。

第一站是渣滓洞。自小便是受红色教育长大的，但对《红岩》却并没有过多了解，结合《纪念刘和珍君》中的情境想到"不在沉默中爆发，就在沉默中灭亡"的称号，我反倒觉得沉默也是一种坚毅对抗的方式，是生命最初的抵御。若不曾沉默，何来奋起之言？伴随着丝丝缕缕的记忆，曾经的奋斗、曾经的屈辱、曾经的对抗、曾经的梦想，还有那面洒着仁人志士们泪水的红绸被面与草纸做成的五星红旗，高呼着"自由""气节"，用紧咬的双齿一笔一画写出的诗稿，面对炮火仍不畏惧放声高歌的胸膛，长期伏在的满泪的枕上……一件件遗物唤出历史的芳香。

　　幸福，并感激着。

　　重庆市人民广场矗立着高大的牌坊。不得不说"雾都"的天气真是神奇，一天也不见太阳，有种低沉的压抑俯冲下来，趁他们在照相，我走进三峡博物馆，民国时期的重庆也曾是"陪都"，故邮箱、消火栓等旧物也先进了不少。它曾是古时商业聚集区，从刀币到铜钱再到"交子"述说着昔日繁华的商业。走出三峡博物馆，从观景台向下望，中轴线清晰可见，据说每晚广场上都聚着一大批人，不是跳广场舞而是唱红歌，天籁般的好嗓子。重庆的菜中全为辣椒，但却不算太辣，以麻为主，很开胃但也令人担心会不会上火，总结一句话就是：真的很好吃！

时间缘由，我们匆匆告别了"车在云内街在天上"的山城，向三峡进发。

三峡

"巴东三峡巫峡长，猿鸣三声泪沾裳"。

船顺流而下，一路两岸青山相对出，薄薄的雾笼着山顶，有一种恬静的美。除却巫山不是云，我也算是领略过吞云吐雾的气势了。一路上的景大同小异，坐了20多个小时的船，心想着可以换换景了，下一帧映入窗的却仍是一样的画，固执得有点可爱，足以让人痴痴地看一路，一抹色彩就像一首从未断绝的曲牌肆意铺展，江水翠绿如同镶在两山间的一块翡翠，与清风应和着。船就这样默默地行，我们也只是默默地与山对视。有时行到两山相接处，视野会豁然开朗。一道新水路从眼前铺开，间或浮一只白帆的小船，一上一下颇为可爱。左侧的石壁上随便地挂块小牌子，写着水中阡陌的名字。到了晚上，山上各家亮起灯光，远远的昏黄，似瞌睡人的眼。山黛色的轮廓时明时暗看不分明，耳畔是一片优雅的水声与机器轻微的轰鸣。闭上眼睛仰躺在床上，一晃一摇令人想到"外婆桥"。我在黑暗中静默，心中期待着啼不住的猿声与泪染湿的衣襟，但我不由自主地睡去。醒来时，万重山已与我擦肩而过。

自古文学作品便将江南奉为温婉的姑娘，撑着油纸伞走过美丽的雨巷。长江，他带着丰满的水汽与氤氲拂过中国大地，滋润了多水的江南，孕育了中华民族与黄河流域不同的别样风情。

在三峡的碧波上，我的心如小小的莲花开落。

屈原祠

这里是丹阳，现在也是秭归。

这里是楚国国都，也是那个偃仰啸歌的屈原的家乡。我戴上耳麦传来编钟与竽合奏的古琴谱——《屈原问渡》，仿佛有种神奇的力量，让急躁的心灵缓缓落下，天朗气清，惠风和畅。屈原祠高大的牌坊后矗立着一栋高大的纪念殿。国君曾经的风采如逝风中，唯留一左徒傲受世人景仰。

雄伟的建筑，淡雅的树，微凉天气，以及站在高处才能看到的温柔小湖。我走进一处庭院，精巧的雕花与古朴的石窗勾勒晕染出一片静雅，相比起大殿中人声鼎沸、川流不息的景象，我却还是更喜欢这里的清澈、孤寂、苍凉。黑色的石壁上镌刻着他的名作，没有扩音喇叭的喧嚷，只有与风的低吟浅唱。"赤子孤独了，会创造一个世界"，那个孤寂的赤子，那个皆醉而独醒的赤子，正是在这样一处无声的院落，遥望着大殿在暗夜中默默与孤独做着英勇的对抗。随即，他长叹，袖口一挥，愁绪配上衷心，一拂便是一个世代的辉煌，最终，豪气渐入愁肠，英雄沉思故乡，嚼然泥而不滓，饮一口汨罗，了却一王迷航，他就像一只小船，向一个方向航来，不管谗谄风浪，如同赌博般期待着云开雾散，在最后的顽抗中输给历史与现实，执着得令人心疼。

在屈原祠一处偏僻的庭院里，我找到了精神的故乡。

写于 2016 年 5 月

顶　峰

　　离考试还有两天的时候，突然听见大家在议论爬山，心中某处突然被点燃。我几乎没参加过什么私下组织的集体活动，这令我十分期待。我开始盼望暑假连带着燃起生活的希望，最后几天和打鸡血一样专心听了课做了作业。如果有拟态，估计那会儿我应该都要自燃了吧。

　　晚上十点集合，大家有说有笑地出发了，没有灯的路只能看见轮廓。走到山石处，气氛颇有些阴森，我们拿着手电筒战战兢兢，生怕一抬头看见一个白影飘过。郭姑娘浑身是汗，我的背也湿透了，Eating 和春雪的刘海都黏在了额头上，不过好在阴天还有风，若是闷热的夜，那我们可能就半路打道回府。桥上遇见了熟人，彼此都很激动，我们又受到了鼓舞，对登泰山的兴奋之感又多了一层。

　　在红门，我们买了登山杖及雨衣，Eating 还去买了一个鹿角头灯，我们都笑言不用怕找不到了。因为太想早点看日出，我全程一直在火急火燎地催大部队前行，但女孩们纷纷表示不急不急可以慢慢爬，我有点着急。正买票进山时，恰遇一波打的来的人正买完票往里走，一伙大汉人高马大蹦跶进了山，我的焦急又莫名添了几分。之后便是歇歇停停，春雪一路上在拍石碑，实际黑灯瞎火也看不清，郭姑娘的汗已经让她几乎变成了一只水牛，但慢慢地这条路明显变得更不一样。郭姑娘开始不舒服，说仿佛有只手在胃里翻搅，导致她走几步就要喘口气。我们心想只登到中天门坐索道下山就好了，谁知道索道凌晨五点才开放，她明显已经爬不动了，我们也不好勉强。可她一个人走下山，我们又很不放心。当时已经快凌晨两点，天晴了，预计四点多日出，我们只有两个半小时的时间了。最终还是决定送她下山，走到有灯的地方，到了一座桥，月亮在树的掩映下美丽如画，我在对队友的焦急与对日出的渴望的双重打击下情绪很失落。Eating 和春雪随着刚进山的佟同学一些人向前走了，只剩下我们几个人。看着郭姑娘拿着手电默默走过桥，脚步声"笃笃"，金灿的圆盘与黑色的树影构成两极世界。林深人不知，明月来相照。手电筒的最后一缕光从视网膜中逝去，我们伫立良久，谁也不说话，又默默转身向上前行。

　　没走几步遇见了绣球，整个人虚的如同一朵云彩，我拍他肩的时候拍了一手汗。本着人道主义的原则，我们和他一起行进，我反倒感觉有点绝望，绝对赶不上日出了啊。我试着提了下绣球的包，简直能让我的胳膊废掉，于是我执意为他拿包，但是他抵死不从——所谓男子气概。终于到了中天门，绣球从包里拎出了三大袋吃的，我终于明白他为什么如此之累了（下山他发了条状态：想要攀登高峰，必须舍弃无用的负重）。惊叹之余，我感受到了他母亲对他浓浓的爱。绣球的小食品最后送给了中天门的厨师，也算是物尽其用了。

走到许愿树已经两点半。我在脑中计算着日出时间，越算越绝望，队友要么体力跟不上无法提速，要么只顾聊天把日出放在次要位置。道不同不相为谋，我来就是为了看日出，看不到我会后悔，想到这我转头申请脱队，没人提出异议。我转头跑上两级台阶，心里的内耗把每个角落完全填满，竟感觉不到累。我只是机械地迈一步再迈一步，直到完全陷入黑暗。

十八盘是真的陡，漆黑一片，只能听见蝉鸣和陌生人的谈话声。一级一级的石阶，一点一点蚕食掉所有的信心与力量。静谧的夜直直地压下来，压得我喘不过气。或许是累的原因，我觉得自己宛若心理变态，脑中一直在将"登山日出"与"送同学下山"作比较，虽然我一点也不后悔，但目标已经完全变成了压力让我不断思索，我咬牙拼命向前，身旁喘着粗气的人们打着灯拉着手有说有笑。恰逢我妈半夜做噩梦吓醒给我打电话，她很奇怪以我的体力为什么行进五个小时才到十八盘，我大致解释了一下送同学下山的事，没想到我爹火了，骂我有病，"管别人干嘛""没出息""你自己目标达不成其他的都不算什么""你那么无私哪有人理你"……当他说到第三个"有病"的时候，我整个人就像垮了一样边走边哭边喊，妈妈急惶惶地按了通话结束键，把那个人的絮絮叨叨紧急截停。"精致的利益主义者"，我脑海里闪过这句话，默默把手机放回口袋，有种想向后一仰滚下台阶的冲动。心中所有的情绪像严重的溃疡，诉说着难以言喻的隐痛与思考。他说得也对，好多人都是为了目标能动心忍性不要命的人，但我却多了一层优柔寡断以及他眼里可笑的舍己为人，我果真没出息。我蹲下缩成一团低低地尖叫，把泪叫了出来。又有人超过我。这条路望不到头，没有支持没有陪伴，只有我，只有被赶超，只有失败，我揩干泪回头看了一眼，山下的霓虹呈现淡粉色，路围成几个方方的格子，上面有零星的车在跑。我想起中天门街道上的那个郭姑娘报平安的电话，发现我还是不后悔，那又能怎么办？走吧，向前走，路在前面。小城仍在山的怀抱里安睡，耳机里来了一句歌词："I'll alright to be alone"，路还在，目标还在。我的小腿在剧烈地抽搐，疼得我几乎站不住。绝望之下，我拨通了意粉的电话，他告诉我他到天街了，现在景色非常美，"一定来看看，太漂亮了。"谢谢他这句话让我又燃起了生活的信心，我拖着自己又爬了一段，腿忽然好了。"我下次绝对不爬山了"，我在心里默念。

来到有绿色扶柱的地方，我的汗糊了自己一脸，又盘了一下头发。上面有一座建筑，我心想跨过这里就快到南天门了吧，旁边有好多裹着军大衣睡着的人，我小心地辨认并绕开这些区域。走几步实在没劲，就把自己

甩在石阶上。旁边经过的人低低说了句"加油",我差点哭出来,我连脸都看不清,只能听见他们的声音或高或低,我瞬间感觉自己不是一个人在战斗。当迈过最后一级石阶,我下意识地往有灯的地方看。黄色的灯光下是三个大字:南天门!我高兴到大喊出来,自豪瞬间将我包围,把负能量全部清空。

"哎,娃娃鱼(我的外号)",在我向下看那淡粉色的城市夜景时,耳畔响起久违的声音。我们一起高兴地叫起来,兴高采烈地分享着爬山经历,老戴带着 Eating 的头灯有一种莫名的萌感,各种叫卖声吵吵嚷嚷,小泡很帅气地没穿军大衣缩头缩脑,我没忘了意粉的嘱咐,准备去"天街"转转。天已经快亮了,重逢 Eating 和春雪后,人间和天一样一寸寸亮起来。不得不说人真是奇怪,当时黑暗中获得的厌世情绪一下子消失,满脑子只有欢喜、兴奋以及自豪。想起几个小时前的矫情我简直难以理解自己。

"给点阳光就灿烂",说的就是我吧。当时的情绪实在太过丰盈,欲说还休,难以凭单薄的文字储量恰到好处地包裹住情绪。语言真的苍白啊。

随着人流爬上长长的几级台阶去碧霞祠,天已经快亮了,淡粉色与黑色互相交会如同三江口的景观。军大衣很沉地披在肩上,举步维艰。我生怕再剩下自己一个人,隔一段时间就环顾四周,看到 Eating 的头灯才放下心来。一块块大石矗立,已经围了好些人,石头旁是绝壁,前面即是云海,白蓝与淡粉交织,下方被云严严实实地遮住,而身后却还是黑影,人们端着手机等待日出，我身后的小哥用东北话扯犊子。已经出现了红光，所有人惊奇地叫起来。太阳好像在等谁，静止了好一会儿才露出半边脸，红艳艳配上白茫茫，让我想到咸鸭蛋黄，又上升了一点，云被映成七彩，天色一寸寸地变蓝，一阵热气扑面而来。回头是薰衣草般的紫，淡紫与蓝交织于整个天空，语言难以描述的美，看到的那一刻我脑中只剩下四个字：不虚此行。赤色的、小巧的、被云抚过的太阳，在云幕上微笑地俯瞰着我们，透着金边，我的眼睛受不了强光，只得透过屏幕看到其镶在茫茫的天际。黛色的石、碧色的叶，与厚厚的云层，四周是与我一样兴奋的人们。各种各样的口音混合交杂，来自无穷的远方的无数的人们与我同呼吸，没有比这更令人安心的事了，太阳就像是希望吧，只要它还在，那就是新的一天。

打电话询问其他队友的踪迹。小泡缩成一团，小翊在和老戴聊天，我试图用微信和绣球联系，他给了我一个完全不知道是啥的坐标。我们进了碧霞祠，磕了头许了愿。早起的道士正洒扫庭院或做着早课，石阶上站满了虔诚的游客。已经五点半，但还是很冷，黄色的龙旗飘扬着。磬响了一声又一声，余音袅袅，把心愿带到远方。在摩崖石刻处拍照时遇见了新的一批人，互相打了招呼，之后便合计着下山。Eating 和春雪决定坐索道，我觉得爬上来时黑漆漆的，不趁天亮去看看风景太可惜，就决定和一群兄弟下山。一阶一阶地下，双腿感觉能缩短几厘米，老戴整路一直在嚎"腿要断了""估计明天我得被抬着去领成绩"。众人皆笑其虚。意粉宛若不

食人间烟火的慎独君子，一路平举着伞下得飞快，完全不顾后面一群老弱病残。绣球颤颤巍巍，我们都对他说滚下来是最快的，顺带着砸几个，一起滚，能更快；小翊暖男分享了男神早晨吃早饭，因为太困头栽进豆浆里的趣事，我几乎要笑疯。抬头，蓝天、白云填在黛色的群山间，近景有绿色点缀，脚下是白花花的石阶，周围还有潺潺的水声，瀑布飞溅成银亮的珍珠。尚绿的绣球花怯怯地缩在石阶旁。目光前方是一块石刻，红色的大字"气势磅礴"。江哥一路吟诗，语调抑扬顿挫，真乃文青也。此时已二十五小时不睡的我感觉大脑都不是自己的了，整个人宛若要起飞，果真年轻也不能老熬夜。

下山回家已是上午十点。回想这十二个小时经历的种种，真是每分每秒都忍不住好好收藏，孤独、彷徨、迷茫、欣喜、自豪、平静，好像一生一般。美景留在视野里任回忆装裱，经历了一些事情，我想我的心态会更加平和吧。真的觉得有个目标真好，为了它拼搏，实现它荣耀。想起在书上看到的一句话："努力到无能为力，拼搏到感动自己。"泰山行是真正满足了我对"世之奇伟瑰怪非常之观，常在于险远"的理解，要是生命也这样，遇见人与事，黑暗中前行，苦尽甘来的天边一缕光，该有多好。

我期待下一个挑战的到来。

写于高二暑假前，期末考试后

细枝末节中的温暖

穿行于风尘世俗，
时光瘦了满怀心事，
多少兰心如花般飘逝在风雨中。
岁月流蓝，
浅唱清欢，
在素白的光阴里，
研磨出那些细枝末节的温暖。

PART · ONE

云南丽江古城中。正值浅秋，阳光并不刺眼，温柔而又和煦地洒在整片大地上。一家古色古香的店门前，坐着一个女人和一个稚童，他们无疑是这家店的主人。女人正如沈从文在《云南的歌会》中描述的那般，黑黑瘦瘦，手中的民俗鼓正在唱着有节奏的歌。他们只是坐在那里，轻拍着手中的小鼓，面带微笑，时不时眼神交汇，低头耳语，念叨着带着本地口音的歌。时光似乎已被这动人场面吸引而停驻，一片欢乐与祥和冉冉升起，那家小店的名字早已忘记，但这细枝末节的温暖却冲过汹涌而过的人群进驻我的心底。

PART · TWO

八月十五思乡节。正值把酒问青天之际，皎月却被天空丢失，雾蒙蒙的夜仿佛黑洞，吞噬了一切梦想与希望。操场上围着一群叽叽喳喳的女生，乌黑的青丝，藏蓝的校服，她们仿佛是一群黑夜的精灵。我悄悄地靠近，捕捉到了她们的话题——思念那远在青藏高原上的阿爸与娘亲。月是故乡明。我能听见她们微弱而又坚定的歌声，龙吟风哮般，将声浪卷至天际，又退入茫茫的黑暗，如海浪的起与落，又如那喧嚣的风儿在略略呜泣。不久，中秋的锅庄响起，所有人都站起来，随着音乐，用舞姿将思念传向千里之外的远方。远处的车水马龙、灯红酒绿仿佛已经冻结在冰河时代，留下的只是青春与欢乐中的喧嚣和色彩。燕然未勒，寒窗未破，远处教学楼的灯光还执着地亮着。人有悲欢离合，月有阴晴圆缺。但愿人长久，千里共婵娟。

PART · THREE

长途汽车停留在已锈得斑驳的小站牌前。夕阳西下，晚霞带来了不可言状的震撼。头顶一阵鸟鸣掠过，我抬起头，不顾耳畔姥姥絮絮叨叨地叮嘱与抽泣、注视那群始作俑者扑向那天边绚丽的火焰。如同一件小小的行李，已三岁的我被父母带往城市，开始崭新的生活。姥爷种了一辈子地，不善言辞，却能用手中任何杂物做成我最爱的东西。此时他那双灵巧的手却僵在半空一动不动，任由一件件行李被推上那辆即将远去的汽车。他始终没说一句话。终于，远处的花火褪去，被黑暗逼近的天光正一步步后退，那辆汽车屁股冒出一股黑烟。"你等等。"一直沉默的姥爷忽然蹦出三个字后拔腿就跑，带着不属于他这个年龄的速度消失在了黑暗中。五分钟后，他大汗淋漓地跑了回来，左手捂着肚子，右手急急从怀里掏出一个热气腾腾的烤地瓜，递给在妈妈怀里即将睡着的我。"好好学习。"他笑着对我说……我发誓，这是我这十四年甚至说是一辈子吃过的最美味的烤地瓜——满载着别离的不舍与温暖。

我是个极爱回忆与发现细枝末节的人。每当我感触到一丝温暖存于心中，只愿在红尘的褶皱中刻下平仄，任它们在文字里搁浅、在纸笺上泛滥……

打磨那颗因快节奏的生活变得粗糙的心，细细品味那细枝末节，世界会在那一刻变得安静而温暖。

写于 2015 年 12 月

登山记（其一）

又一阵热浪袭来。我抹掉头上的汗，心中的焦躁却抹不掉，将我的眉心拧得更紧。

我在中考中失利，家长是一副冷面孔，老师也没有好态度，家中的气氛如同火药桶，在同学们喜讯频报的情况下装了满满的炸药，令我压抑而又迷茫。好不容易逃出家门寻得有个"汉语桥"活动，却是陪一群美国人登泰山，这令本就不爱运动的我叫苦不迭。可国际友人在这呢，怎么能丢脸？我便一路拖着自己爬到中天门。

"怎么办啊……"一阵议论声吸引了我。走到一棵树下，我看到一群与我同来的志愿者正在劝一个女生，那姑娘容貌与我们无异，但大家却在用英语交流。"那是个华人，不会说中国话。她执意要把剩下的爬完，可她的其他同学包括老师都要坐索道，我们也很累，不想陪她了。"一个志愿者对我说。我又一次看向这个女孩，她的眼眸中带着些许迷茫，却又无比坚定，令我微微动容。"我陪她好了。"话一出，我有些后悔，毕竟我的英语停留在打招呼水平。可看到她很快乐地向我奔来，我便轻轻地握住她的手。

天气很热，还没到十八盘，我的衣服便湿透了。而戴安娜尽管也十分疲累，但却依然不止步地向上行进，时而看看我，给我一个微笑。"你不开心吗？"她忽然用很简单的英语问。我点点头，磕磕绊绊地对她述说我半个暑假的经历。她对我笑笑，抬头看着一级级的石阶，笑着对我说："我觉得你很好呀！"简单的句子，却给我莫名的感动。这么些天，从没有一个人对我说过如此赞赏的话，我的眉心慢慢地舒展开。

我们开始有一搭没一搭地聊起天来。从泰山的历史聊到喜欢的动漫，时而开心地大笑，一级级的石阶上砸下我们一滴滴的汗珠，一阵阵欢声笑语被清风裹挟着飘向远方。我们终于手拉手气喘吁吁地来到玉皇顶，看到"天街"上的牌坊，我们开心地跳了起来。山顶上的清风驱走我内心的焦躁，我从未觉得生活与拼搏如此惬意。

临行前，戴安娜微笑着向我招手，说："谢谢你。"我却愣住了。一直以来是我在陪她登山，她却给了我如此美妙的微笑；我帮助她完成了心愿，她却帮助我解开了心结。看来，帮助与愉悦是互动的。你在温柔地对这个世界的同时，世界也对你温柔相待。

谢谢你，也谢谢我自己。

面对她可爱的微笑，我也开心地努力向她挥手，伴着一个同样可爱的笑，送给她。

写于 2015 年夏中考后

登山记（其二）

"什么？去爬山？现在？"我惊得从沙发上滚下来，与地板来了个结结实实的拥抱。

那天是中秋，又恰巧是"九一八"，学校大发慈悲来了个大休。回家的我正准备扔下书包直奔电脑时，却看到爸妈换上了运动衣招呼我出门，心情那叫一个郁闷。说实话，我对运动深恶痛绝，平常在家都懒得挪步，更别提出门了。正因为如此，我的体育是班中女生唯一一个不及格的。可我懒得面对，面对身上的赘肉与一身的臭汗，逃避成了我怡然自乐的依据。

爸妈二话不说架着我出了门。一开始天光明亮，走在山间小道上听着鸟鸣啾啾别有一番初秋的味道。我愉快地蹦跶着，环顾四周，许多人说笑着行走，令小路如同聚会现场般温馨。可不久，天色便暗了下来。台阶一级一级望不到头，头顶的黑色被涂抹得越来越浓，刚刚令人觉得凉爽的风现在却变本加厉换了副模样，毫无止息地吹刮着。人渐渐消散，终于在到达十八盘时只余下我们一家在向上行进。

我慢慢地开始体力不支，叫嚷着要下山，钉在一块石头上不肯起身。爸爸走过来，一把把我拽起来："越休息越累！快走！"我实在是不想面对那一级一级仿佛通天的台阶，一片一片浓得化不开的黑夜，一阵又一阵激怒的风。九曲八弯的十八盘，爬到顶我还不得累瘫！可父命难违，我就这样勉强地拖着身子，攥紧栏杆，用力将自己向上扯，视线中只有一块块黑漆漆的石头与鼻尖一滴一滴的汗珠。

"南天门"三个大字矗立在眼前，我把自己扔在地上，大声地抱怨起来。妈妈靠在栏杆上，怔怔地注视着南方，轻叹："真漂亮。"我疑惑地回头，视线里撞见了一团柔光——是月亮！在强风的吹拂下它终于摆脱了雾的缠绕。在月亮与层层石阶下方，是依山的城市，霓虹灯的亮光此刻格外遥远，我竟有种莫名的感动。爸爸悄悄凑过来对我说："你虽然喊了一路的累，不还是成功了吗？直面看似宏大的困难，也是一种成长啊。"

我忽然想到高中课本里王安石的一句话："世之奇伟瑰怪非常之观，常在于险远，而人之所罕至焉，故非有志者不能至也！"

所以要面对，面对那些逆境与不堪。但这不是为了扬名立万，不是为了鸢飞戾天，而是一种想体验拥抱一个更大世界的欲望。

　　面对着柔美的月光，无边的勇气与战胜自己的成功，我终于笑了起来。

写于 2016 年 1 月 22 日

那一刻，幸福绽放

穿行于风尘世俗，时光瘦了满怀心事，多少兰心如花般绽放又飘逝在雨中。岁月流蓝，浅唱清欢，从丰盈的月光中，勾勒出一朵含苞欲放的幸福，在记忆中洇染。

中秋的夜，我与父母行于操场上。远方的泰山与浓黑的夜融为一体，月亮被一朵云吞噬，天空如同一个巨大的黑洞吞下了一切，赏月的心情大减。忽然，一阵歌声响起，声音低低的如龙吟凤哕，又如柔风抚过松涛，也抚过我心中的涟漪。循声望去，操场中央的草坪上围坐了一群身着蓝色校服的姑娘。奇怪，都已经放假了，又是中秋——一个必须团聚的日子，她们为何会在这里？我悄悄凑过去。

歌声逐渐明晰。是首藏语歌，带着我们不懂的属于高原的辽阔苍凉。演唱者们抱着双腿，轻轻摇晃，闭着眼睛，有些眼角还闪烁着细芒，陶醉在家乡歌的旋律中。我望向栅栏外，各种广告牌争先恐后地闪耀卖弄着它们的光，汽车喇叭声如尖刀刺进宁谧的森林。这尘世依然喧嚣，而她们却娴静如常。就在这静悄悄的操场上，我感受到了心底的一缕光。

"我想家了。""我也是。"她们对视，有几个流着眼泪倒在了同伴的怀里。我不由得望向远方，在青藏高原上，她们的阿爸阿妈一定也在面向东方思念着、盼望着。歌声依然不止，带着思念的力量传向远方。

远处突然传来音乐声。女生们忽然欢笑起来，拉起同伴们的手跑去。中秋的锅庄绽放在东方。她们携起手，笑着闹着，跳着敏捷的舞步，让人感受到了青春的蓬勃朝气。是啊，燕然未勒，远处自习室内的灯还亮着，她们的使命还没有完成。思乡的愁绪伴随青春的欢笑响彻云霄，月亮也因受到感染跳出包围圈，以柔和明亮的微笑注视着她们，也注视着我们。我感受到一种莫大的幸福与满足感，每个人脸上洋溢着真心的微笑。

幸福绽放于锅庄中。纵使受思乡所苦，纵使身处异地，但她们的相拥相伴与开心的笑容，让我真切地感受到了磅礴的美与由衷的欢心。时时刻刻亲如一家的欢乐，乡歌的美妙，青春的跃动构成了中秋的最美篇章。

但愿人长久，千里共婵娟。

但愿幸福长久，开放在汉、藏两族人的心中。

写于 2016 年秋

这也是一种美

花开淡墨

国庆节去苏州，人密密麻麻，挤成一片，令人毫无兴致去细细品味这个全国闻名的城市。随人流挤上一艘游船，行驶在京杭大运河上，两边绿树成荫，游船往来，一座座雄伟的桥横跨在水面上，的确有小桥流水、江南水乡的意蕴。我恰巧坐在前排，导游嘶吼的讲述几乎震破我的耳膜，百无聊赖，透过船舷，看河上一座座形态迥异的桥。

这时，小船经过一座桥。那座桥斑斑驳驳，满是岁月的痕迹，上面的弹孔依稀可见，两端还坍塌了小部分，显得很落魄，与"小桥流水人家"的美好闲适与安逸相差甚远。我瞬间想起了"童话里都是骗人的"一句歌词，没来由的讨厌这个城，仿佛缺了这个景，就缺了整个世界。

导游笑笑说："这座桥是当年打仗时留下的，看着挺那么，但也挺好的，残缺美嘛！"这一句话猛地把昏昏欲睡的我拉了回来，仿佛迅哥儿听到长妈妈说把《三字经》给他买回来后那种震悚与随后的狂喜。

"残缺美"，多么随意又充满韵味的词语。

残与缺，都代表着一个物体的不圆满，不妥帖。因此，我们讨厌他们，抵制他们，甚至是憎恶他们。可我们忘记了欣赏那幅残缺的画，寻找那其中的美感，而一味地去追求那圆满，那份实际意义上并不存在的完整。

物理题中的填空"不能避免"而正确答案误差，不就是物质某点的残缺显现吗？永远不能避免，只能慢慢向最上靠拢。π，这个无限不循环小数，从祖冲之那儿就开始延续，现在已到了第千亿位，却还有人在孜孜不倦地钻研，力图使这个小数停止无休止地轮回。可能吗？残缺的答案。

残缺使生命更有意义。"有没有第二个地球？""百慕大是怎么回事？"一个个问题的发现，也就代表了一个个问题答案的残缺。激发着人们的探索与求知的欲望。我们缺航母，我们自己造；我们缺飞船，我们自己造……没有残缺，世界就不足以被说成世界。

残缺也是一种美。

正如断臂维纳斯，少的是双臂，多的是灵动；正如静秋，少的是老三，多的是回忆；正如张爱玲，少的是关爱，多的是独立；正如三毛，少的是爱情，多的是自由。

有人说，让生命不留遗憾。可我要说：让生命留些遗憾。人生哪有一帆风顺，人哪有十全十美？只要向世界证明：我曾有血性地来过！这便算了无遗憾，已是极好。

人们通常只会注意那小小的瑕疵，而忽视整体的美好，宁可被骗，也不愿接受有残缺的现实。殊不知，残缺也是一种美，待你从另一个角度发现，从另一个地方探寻。当你经历浮华蓦然回首，一定能发现，生命中的遗憾是你最宝贵也是最美丽的记忆。

写于 2014 年 10 月国庆节后

我发现我错了

秋日的泰山。

把手中的书放下，我惊觉于大自然的奇妙：虽然早已过了立秋，但依然不见风的呼啸与落叶一地的金黄。太阳慵懒地洒着光。叶子已经开始泛黄，却只有淡绿和浅黄交错的模样，更像是一幅色调浓烈的油画。远处的小虫还在鸣叫，却不像夏天的蝉那般聒噪；太阳挂在天空却不像夏天那么刺眼。秋高气爽，天高云淡，一切都刚刚好。

突然，我在一片翠绿的草坪上发现了星星点点的金黄，不耀眼，却格外好看。跑过去一看，是几朵雏菊。饱满的花瓣，深绿的叶子，更显出花的几分鲜艳。向来不喜欢花的我也忍不住想摘几朵放入口袋。我蹲下身子，握住一枝开得正好的花的茎，一下子折断。听到"咔哒"一声，我的心忽然有些不自在，但马上被花开的娇艳与浓烈湮没了。我又摘了几朵。

回到家，想到用水可以让它们鲜活如初。便找了一个瓶子，灌满水，把那几朵花插了进去，由于一直被我用手攥着，那些花已经有点蔫，可这并不妨碍我欣赏它们。

爸爸走过来，"你不该摘它们。本来可以再活几天，这样会让它们很快凋谢。"我吐吐舌头，没理他。爸爸很爱花，惋惜地看了一眼，便走开了。"我才不信那么快凋谢呢"，我想。

终于，我觉得是我错了。

一天后，那雏菊已经耷拉下脑袋，呈现出一副颓废样，原来漂亮紧实的花瓣又松又软，一捏就掉了。又过了两天，花瓣掉了一地，瓶子里只有几根发软的茎。我只得落寞地将它们扔进垃圾桶，回忆着它们在山坡上的美丽与闪亮。

我没想到我的手比秋风还要可怕。

不应属于我的，果然不属于我。

从此，大小节日不再送鲜花。不是不愿享受它们的美，而是无法忍受它们的落寞。或者说，这是一个曾不珍惜自然的人对生命与自然的愧怍。

写于 2014 年 9 月 16 日

下雨天真好

说句实在话，我以前并不喜欢下雨天，我认为它非常烦人——也不知为何。一到阴天时，我就憋得慌。"牛毛""花针""细丝"使我感到无聊。管它怎么细、怎么密、怎么多、怎么轻，我总觉得雨就像个娇气的小姑娘，整天一撇嘴就"梨花带雨"和"林妹妹"似的黏人。要是雨大了，"小姑娘"便一屁股坐在地上"嚎"，手一划就是一道白，我最讨厌这种了。

可这次去云南，我又萌生了不同的看法。

从地理上来讲，云南位于中国南部，被北回归线穿过，因此天气不是一般的潮。可我最烦这种说冷不冷、说热不热的天气，还经常下点小雨，不是一般的烦。本来很有趣的省份，因为这个天气让我心中对它的评价打了很大的折扣。一下雨我就想生气。就说嘛，你要不热一点，要不冷一点，至少有太阳照着还好，可它不领情。"小雨淅淅沥沥、淅淅沥沥下个不停"，我怀疑这个句子就是专门给它写的。我可是个"太阳崇拜者!"我气呼呼地问妈妈:"太阳跑哪儿去了?""太阳在云后面,只要你不那么急就好。"妈妈回答我,又说,"你不觉得下雨很好吗?""好什么呀!下雨前,乌云那么多,无聊;下雨的时候,一直下个不停,烦人;下完雨,太阳还不出,多着急!"我立马反驳过去。这时,耳边传来爸爸的抱怨:"这可恶的雨,把我的相机镜头都弄湿了!"我顿时觉得心中更加厌恶,甚至有点想哭。

不一会儿,雨停了,我心中也轻松了很多。"看,彩虹!"刚擦完镜头的老爸忽然惊喜地指着天空大叫。我顺声音抬起头来,发现眼前真的有一道绚丽的彩虹!那彩虹像一条飘带在玉龙雪山间飘动,若隐若现,像一幅淡淡的小水彩画。这不是童话里才会出现的景象吗?

我被这幅景象深深地迷住了。我明白了,我不喜欢雨是因为下雨时,我的心里也在"下雨",因而觉得不好,但此时,心中的雨已经停止,阳光和彩虹照耀着我的心。"也许下雨没那么坏。"我想。

其实一切景物,都很美,只是我一直没发现罢了。

一抹微笑,一道彩虹,浮上了我的脸庞和心头。

写于 2013 年秋

南　北

　　一条河从高原蜿蜒滑下、延伸、划过，一块大地被分为两股不同的颜色。有人说"南腔北调"，这事还真不假。两者之间就隔着一座山脉一条河，一边是"大河向东流"的豪爽，另一边却是吴侬软语咬文嚼字的优雅。"一方水土养一方人"，我们是什么模样，南北就是什么模样。

　　我是地道的北方人，在一些方面有些受不了南边的芳邻。汪曾祺虽被冠名"中国最后一位士大夫"，但我的确不怎么喜欢他，始作俑者便是他描写的老家的茶馆。文中他笔墨潇洒、肆意飞扬，写上几段他家乡美食有多美味，便话锋一转开始吐槽，"不像他们北方"，从"米"吐槽到"饼"再到"葱姜蒜"，处处都是南方的好南方的妙，南方的东西多有味道，"不像他们北方"……我粗略估计了一下那篇随笔中至少有十处类似的话，字里行间透露着一种自豪与对北方的不屑。平常我看书都是心平气和，唯独那一次义愤填膺恨不得从书里把那个后面边写着字边夸夸其谈眼神诡诘的老头儿拽出来和他理论一下，北方和他什么仇什么怨？你高邮的了不起啊！光你那儿东西能吃啊！你认为北方人都那么野蛮啊！最后静下心来想想，写篇文章就能激起一个人（可能不止我一个）想削他的欲望以及无数南方人的共鸣，他"架桥"（作者与读者沟通用的文字桥）的技术也是绝了。

中国是一个大国，幅员辽阔。若说整个国家是一部乐章，那南北方便是变奏部分。北方的莽莽黄河与厚重气息如上阕，那么南方的款款秦淮与清新淡雅如下阕。豪放派与婉约派的并接，奏鸣曲与小夜曲的杂糅，焦墨与柔水，黄沙与绿地，坚韧与柔嫩的随意拼组，竟成了"中国"这两个明切深重的大字。

无论如何，我们都是一家人。

写于 2013 年夏

井底哲心

少走了弯路，
也就错过了风景。
——题记

　　夜凉如水，嘈杂已歇，对面的灯一盏盏地睡过去，最后只空留一隅光明，瑟缩在逼狭的墙角。墙上的挂钟指针毫不留情地指向了10，杯中水已流向梦境，向来叽叽喳喳、争论不休的电视频道也都沉入了梦乡。不知疲倦之物，仿佛只有不停在撞击灯管的飞蛾与手中勤耕不辍的笔。身旁凌乱地堆着《中考必备》《决战中考》等资料，上面密密麻麻如群蚁排衙的一笔一画，诉说着一支笔芯鞠躬尽瘁、死而后已的心酸历程。涂完如鬼画符般的最后一个字，扔下笔，我叹了口气。

　　也许是因为越长大越孤单，临近中考，我却忽地迷茫起来：这是什么？

我学这些有什么用？勃兰克斯在《人生》中提到人生就像挖掘坑洞，可我认为自己好像掉入了一个黑暗的空间，找不到方向，寻不到目标。仿佛人生就是由"小学——初中——高中——大学——研究生——博士"这样一条由流水线作业的方式来了结自己的一生。随着阅历的增加一层层被动地下坠，唯一的光明便是抬起头如迅哥儿般看"四角的天空"，那便是我向往的自由。而我现在能做的却只是苦熬，一层层破除枷锁并毫无意外再次被锁住。我开始对那片天产生无尽的遐想，拼命巴望着自由与独立。都说"少年不识愁滋味"，可少年那酸楚的愁，个中滋味更与何人说。

悬想之际，耳畔传来大脑送予我的王安石的一句格言："世之奇伟、瑰怪，非常之观，常在于险远，而人之所罕至也，故非有志者不能至也。"恍惚间，心正慢慢地静如河水。我的奋斗与加倍努力，不是为了超越，不是为了功成名就，而是为了一种欲望，一种想体验更大世界的欲望！所谓的自由与梦想，建立在多少辛酸之上。我忽然为刚才的我觉得好笑，将那些可怜的小悲观投射成大世界的模样，仿佛一个个穷酸的文人墨客，以物喜以己悲的迁客骚人。我还有韶华，我还有时光，怕什么？正如那些辛苦埋藏了17年的蝉，只在一夏渲染。我不正如那蝉，正处于最枯燥也最有意义的铺垫阶段？这将是我的梦开始的起点——在一逼狭的书桌前。

想到这，我忍不住笑起来。这就是所谓的"青春期"吗？来时狂风骤雨，仿佛自己被世界抛弃，去时风和日丽不留一丝痕迹。这也是我不成熟的体现吧。那么我更将磨好羽翼，将上天馈赠予我的时间不被虚度，我能在冲出井口一鸣惊人之际无怨无悔。

　　不觉再抬起头看看刚刚我睹物思怀的天：嗯，今天月色很好呢。

　　　　　　　　　　　　　　　　　材料作文《坐井观天》

　　　　　　　　　　　　　　　　　写于 2015 年 6 月

专注宁静

"非淡泊无以明志，非宁静无以致远。"南锣鼓巷居民们的行动，体现了人们在尘世喧嚣中对宁静的追求。

"天下熙熙，皆为利来；天下攘攘，皆为利往。"司马迁面对浮华的人世发出喟叹。许多人心甘情愿地坠入钱权的泥沼，在声色中忘却自己失去了内心的追求。在科技发展愈加迅猛的当代，"宁静"的追求被逼狭在时代的一角瑟缩着，忘记了灯红酒绿外的点点滴滴。这样真的好吗？

专注宁静，专注于内心之事。在得知自己获得诺贝尔奖后，有的作家会觉得烦恼，甚至是恐慌；他们认为奖项夺走了他们写作的专注力与生活的自由度。我们关注一下莫言就知道了：无数的采访与见面会，老家高密变成旅游胜地，生活逐渐浸入杂音，面世新作品少之又少。对于许多人来说，得奖意味着名利，也就意味着成功；可对作家们来说，心灵的宁静无疑更为重要。

专注宁静，专注于内心之情。"古者富贵而名摩灭，不可胜记，唯倜傥非常之人称焉。"内心之情的专注，能帮助我们守住心灵一方净土。屈原专注忠诚，怀瑾握瑜而自令见放，创出流传于千古的《离骚》；魏征专注谏心，多次冒死针砭时弊，得到了明君唐太宗的赏识；张謇专注救国，在考中状元后毅然创办实业，开辟了中国民族产业救亡图存的新天地；邓稼先专注科技，"文革"时期燕然未勒奋而钻研，终使蘑菇云在罗布泊空中绽放……无数的先哲仁人专注内心对一腔热血的忠诚追求，令中华民族屹立于世界民族之林，筑起一座永不倒下的丰碑。

专注宁静，专注于内心之本。傅雷在写给儿子傅聪的信中强调要保持赤子之心："赤子孤独了，会创造一个世界。"就像今年习近平总书记提出的"不忘初心"，这是宁静的本源。一个人只有内心足够强大，坚持内心的根本并矢志不渝，才能获得足够的力量来抵御外界的杂音，从而获得内心的宁静，孤独，创造世界。动心忍性增益其所不能，是对人能成大事条件的最好诠释。

"既然目标是地平线。留给世界的只能是背影。"外面议论纷纷恶语相向，谁怕？外界功名利禄诱惑无数，谁恋？——我有内心的宁静，便已足够。回望历史，我们很容易能得出这样的结论：在时间面前，华服褪色，钱币生锈，喧嚣涨落，人生浮沉，而只有宁静的品质像珍珠一般颗颗缀来，

通古贯今莹光无尽，令无数至人、神人、圣人虽死犹生，永垂不朽，昭示着时代的最强音。

淫慢不励精，险躁不治性，宁静方流传。

写于 2015 年 9 月

"战后"反思

就像是收集龙珠召唤神龙似的，每次我爸妈吃完晚饭下楼遛弯总能在路上遇见一科老师，他们总会在回家后把老师对我的评价传输给我，而且我总能发现尽管老师们措辞不同、口音不同，但对我的整体评价不谋而合："挺有潜力，但就是不好好学。"

我爸妈对我的评价是："能让那么多老师对你态度如此一致，这也是一种本事，闺女。"

我无语凝噎。

从初中到现在我的状态一直是"不学无术""不求甚解"。有能力时不争第一，没能力时保底即可，导致我一直属于那种考试前不论有没有把握都完全不会紧张的一类人。学到的东西可能只有 70%，但我可以全部发挥出来，所以初中时候成绩还一直保持在那个足以让我心平气和地玩下去的水平。但到了高中我发现一切变得不一样起来。对手更加强劲，但个人等级与耐性一直从未提升。对我来说这简直就是修罗场。况且我的逻辑与理解能力尽管不算太弱，但记忆能力堪比奥尔茨海默症患者。期末考试前学完我感觉自己从未学习过这一部分。然后自然就没有然后了。记的东西多了也杂了，理科更是"物理难懂，化学难记，数学有做不完的题"。我承认，我想过推开，得过且过。耗时间攻坚，还是因难关阻塞，都是障碍赛。

"她只是看起来不努力。"这句话适合同桌。

"她只是看起来很努力。"这句话适合我妈看我。

"她不努力。"这才是我自己。

我发现学习效率高了便会有许多便利，但奈何我集中力量的道行尚浅，除了写点东西浪费纸能集中注意力，其余的保持时间都不长，别人是课下仍能坐如钟，我是没等下课便疯如猴。所以为了能给自己凑出更多可以放开"玩"的时间，我必须在效率方面进行升级。

何为反思？此为反思。

写于 2016 年 7 月

你把月光带给我
——写给同桌

初识你，是在初一的第一节课上。

一直连贯的自我介绍环节突然被打破，教室里被诡异的沉默填充。我疑惑地抬头，望向讲台上低着头一言不发的你，班主任鼓励了多次，你却仍是满脸绯红的轻云，以沉默代替回答。这就是与你的初见。

初三时，我与你以性格互补为由成了同桌，这令一向活泼的我感到如坐针毡。你那强大的冷冽气场扑面而来，令我感到身旁坐了一座冰山，我与你打招呼，你只是默默看我一眼，便接着去算你的题了，大夏天的我竟感受到了一丝凉意，从此不敢多言。你以为我"刀枪不入"，我以为你"百毒不侵"，就这么平淡地相处着。

一个午后，我长期的弱项物理终于"不负众望"很麻烦地拖了我总成绩的后腿，面对物理老师眼镜后射来的利箭，我鼻子中的pH值终于小于7，回到教室便趴在桌子上开阀放水。所有人都在用心写作业，四周一片静寂，我感到自己仿佛迷失在孤岛上，五分钟后，我感到右臂被戳了一下，抬起头，看到的是你拘谨羞涩的脸，手中拿着一包纸巾，试探着在空中匀速前移。我抓住那包纸巾，你轻轻地笑了一下，拍拍我的肩，随即继续你的计算，我感到一丝温暖在心中弥漫，沉醉于你的体贴。

以那包纸巾为契机，我有了与你接触的机会，此时我才明白我知道的只是冰山一角。你的温柔体贴、你的善良、你的爱笑，都隐藏在了羞涩寡言的面具下。此时我感觉你仿佛是月亮，外表平淡清冷，内心却给人以温暖柔和的触感，光芒不烈甚至容易被忽视，但却从未离开过，只有在天色渐暗时才能看到你的光明。我与你熟络，如同游戏一样解锁你更多的表情，写题时的认真专注严肃脸，化学做实验时将毛玻璃弄碎后小小的尴尬，以及在与我交谈时流露出的快乐的微笑。你也开始频繁出现在我的生活中，上课犯困时右边小小的笔尖，体育课上握着的那只手，写作业时竞速的紧张感……我渐渐变得同你一样细心努力，我们一起拼凑、勾勒出了快乐的模样，一起携手，穿过时光的花影。

谢谢你，月亮代表我的心。

写于 2013 年 7 月

童 话

我的心里矛盾极了，
像有两个小人在打架。
——小学生作文

似乎从出生，零就陪伴在我左右。

伊非人却也真实存在，我不知该用男"他"女"她"还是动物"它"，但就在那里，在我的意识中，指引着方向。零如同柔光般空灵无瑕，告诉我该好好学习，该诚实守信，那时的陆还极小，小得提不出任何异议。我依靠零获得了家长的称赞，得到了老师的鼓励，我喜欢零。我常下意识地在脑海中勾勒伊的形状。

可逐渐地，什么发生了变化。

年龄渐长，我觉察到我的陆发育十分迟缓，身旁同伴已有许多能让他们的零和陆并驾齐驱了。有天下雨，老师没带伞，她走进教室问正在整理书包准备回家的小学生们谁有多余的伞。我看向同桌，她的桌洞里有两把伞，可她不闻不问，偷偷将其中一把藏进书包，拿着另一把走出了教室门。我被她的举动震住，默默递出我的伞，一路淋回家。我和妈妈气愤地说了这件事，妈妈看向我，目光中有一丝焦急。

我目睹了大家抄作业，目睹了考试作弊，目睹了无数与规则与零教我的相悖的事情。零总告诉我不要理他们，你只要做好自己。可当我看到那些人因为钻空子而超过我时，我还是陷入纠结与迷茫。陆就在这时细滋慢长。

大人讨厌零。他们不喜欢我在可作弊的时候自己答题，不喜欢我不会说好话套话拍马屁，不喜欢我多干活、多帮助，甚至不喜欢我遵守规则。我不愿干的事情他们替我干，当我对此生气时，"我们都是对你好，你怎么不知好歹""大家都这样，你不干你就吃亏"，在他们眼里，我越来越傻，越来越不听话。"你小时候多听话啊。"他们常说。

变的不是我，是要求。不是我不听话，是话越来越不能听。

陆长大了，大行其道，身旁是欢呼与助威声。在大人眼里，陆的不按规则是懂得变通，善拍马屁是知道把握机会。以陆为主掌的那些人多风光，他们身后是被凌辱得奄奄一息的规章制度，零始终拉着我的手看着他们，我不知道还能不能回去。

"失势一落千丈强"，喜欢陆的人们对我的态度总是忽冷忽热。只要我有什么立马围上来，当我某方面不如他们，立马连说句话都成了能让他们恶心的事情。陆的算盘十分迅速，看见那个人的一瞬间，指标立马弹出来，几乎没有延迟。遇见事情先找漏洞钻空子，看着别人走正道哈哈大笑："傻瓜！"零牵着我沿正路向前走，我却忍不住回头看路，再仰头看看在前面欢快跑着的他们。没有遗憾？不，有。

我开始害怕。小学作文里正义总是能战胜邪恶，而如今黑白颠倒翻滚成了暧昧不清的灰色地带。零总是在压着陆，陆送进我脑中的处事原则在两三秒后就会被零抹掉，周而复始。我害怕陆会越来越强大，害怕零会不再有力气。心中的天平被拨来拨去，摇晃的指针却从不给我确定答案。

真希望能归零，一切臻于白。

却是不可能再实现的梦。

写于 2016 年冬天

【辑四】

指点江山

全民"悦"读 继往开来

近期，《中国成语大会》《朗读者》等多套宣扬优秀文化的综艺节目出现在观众视线中，获得了一致好评。面对此景，我们不禁要问：此类节目为什么会火？

我们常说"中华文化博大精深"，此言非虚。泱泱华夏五千余年，传统文化是民族长盛不衰的力量源泉。随着"熙熙攘攘皆为利"的社会之流的侵蚀，传统文化乃至阅读都被轰轰烈烈的大数据逼进社会的一角瑟缩着。当我们被海量信息充斥大脑但心灵空虚时，打开电视，迎接我们的不再只是灯红酒绿的五彩世界，古韵与诗音以方块字的形式款款行至眼前，"人间有味是清欢"的恬淡，"大江东去浪淘尽"的豪迈，"寂寞梧桐深院锁清秋"的寂寥，夹杂着墨香扑面而来，配上解释与涵义，人被这种久违的"清流"感动，也使灵魂沾染上诗书的香气。诗书不再是阳春白雪、曲高和寡，

· 207 ·

丹青留下的不再是明日黄花。由此可见，节目之火，火在继承传统之心。

"汉字里墨香温存的一笔一画，是爱传承的表达。"除了节目文字本身的独特魅力，还有其传递出的难得的情感。《朗读者》中，斯琴高娃阅读贾平凹的《母亲》潸然泪下，一言一语令人泫然；《诗词大会》中，乡村教师教孩子诗词，人民警察谱词写诗，清洁工娓娓而叙，没有渲染，却足以温暖人心。此类节目真正将文字作为情感的载体串起人与人共同的记忆，打破人与人之间的桎梏，真正使"全民阅读"不仅是一句口号，"全民悦读"不再是一个幻想。由此可见，节目之火，火在传递情感之心。

朱熹《观书有感》中有一句："问渠哪得清如许？为有源头活水来。"以传统文化为源头，以现代设备与节目创新为活水剂，社会文化的方塘终于不再囿于池底的污泥。多彩多姿的场景，高科技结合的观感，主持人串场的玩笑，选手嘉宾们的唇枪舌战，既满足了现代社会的"快"，又实现了社会正能量的"实"，此景不火，更待何时？而异彩纷呈的此类节目的出现，不仅带来了经济效益的源泉，更带来了社会效益的发展。家长与孩子坐在一起学习，家风更加高尚；枕边多了几本散文杂记，阅读更加流行；诗书陶冶情操，现代科技辅助，寓教于乐，社会风气更加正气昂扬。由此可见，节目之火，火在继往开来之心。

"腹有诗书气自华"。愿我们在正能量的指引之下，走向一条辉煌的道路。

写于 2017 年秋

以礼为药　为文明疗伤

　　清明节踏青，众人相约去泰山。黛青色的山峦逶迤绵延，像一条巨龙自如地盘卧于水晶般澄澈的蓝空，配上在微风中舒展摇曳的嫩绿，我的心都要融化在一树繁花中了。远处忽然传来嬉笑，一大汉腆着肚子、戴着墨镜、皮鞋锃亮，正在试图攀一株细弱的杏梅，高处猛得扯下一枝，痛得花簌簌落瓣，树下的小孩又叫又闹，"再来一次！再来一次！"我仿佛听到了树的叹息，好心情烟消云散。不仅是因为"受伤"的树，更是因为受伤的文明。

　　一直以来，五千年华夏文明是我们的名片，礼仪之邦孔孟之道是我们的骄傲。然而我们的文明在这个金钱至上的时代，被摧残得伤痕累累：从为金钱落马的高官，到"宁可在宝马车里哭不愿在自行车上笑"的拜金女；从倒地不起无人敢扶的老人，到路中央血淋淋无人上前救助的女童；从异国他乡洋相百出的"有钱人",到沿街乞讨或者大街小巷乱摆摊的"穷人";从防不胜防诈骗的"套路",到越来越多碰瓷的"老赖";从"老实"不再是褒义词,到"诚信"被人嗤之以鼻……这些人生价值迷茫、道德意识浅薄及人与自然冲突等现象,无不让文明受辱,让国人蒙羞,让世人侧目。

辩证唯物主义告诉我们,物质决定意识,意识反作用物质。历史也充分证明,传统文明比物质财富更有生命力。实现中华民族伟大复兴中国梦,必须增强文化自信,不断提升软实力,以健康的文明引领发展,以社会主义核心价值观推动进步。因此,首先就要为受伤的文明疗伤。

读史明智,一本本线装书简记录着医治文明的良方,历代先贤为我们留下诸多的文明遗产。儒家五常以"仁义礼智信"教化民众,管子以"礼义廉耻"作国之四维。《左传》载:"礼,经国家,定社稷,序民人,利后嗣。""礼,国之干也,天之经也,地之义也,民之行也。"梁启超说"中国重礼治",钱穆说"中国的核心思想就是礼"。从中可见,"礼"是促进我们不断完善自我走向文明的根本之道。当前,针对受伤的文明,"礼"乃最好的疗伤药方。为此,要做到明礼、知礼、守礼。

"明礼",就是要明确礼的核心要义和重点范围。《论语》讲"道之以德,齐之以礼,有耻且格""文质彬彬,然后君子"。对个人而言要自觉践行社会主义核心价值观,通过明礼,知道不义之财不取,违法行为不做,损害公共利益可耻,维护自身形象可贵。对于我们学生,有人说"好少年

＝文明＋价值＋爱心＋力量”，要懂得感恩老师、感恩父母、感恩一切帮助我们的人，明确什么该做、什么不该做，尽可能追求自我完善，然后推己及物，影响他人，乃至改造社会。

“知礼”，就是要发挥礼的教化作用和引导作用。要让更多的人知道礼、传播礼、执行礼，做到“非礼勿视，非礼勿听，非礼勿言，非礼勿动”。通过新闻媒体、网络平台等多种形式，加大宣传力度，用好人好事影响人，让清风正气教育人，让优秀传统文化鼓舞人，不断弘扬“正能量”，唱响“好声音”。司马光《资治通鉴·汉纪六十》载，“教化，国家之急务也；风俗，天下之大事也。”讲的就是这个道理。同时，要加大对不讲道德、不守秩序、违法乱纪行为曝光、声讨和鞭挞的力度，织密道德之网、法律之网，高举处罚之器、惩戒之器，让社会丑恶现象没有市场、不法之徒无处藏身。

“守礼”，就是要践行礼、护卫礼，以个体的文明集聚为集体的文明。要从自己做起，从小事做起，从身边做起。弯腰捡起垃圾，红灯亮时停住脚步，公共场所安静排队，别人有困难时主动伸出援手，承诺的事必须办到，等等。以健康的思想、礼貌的举止、优雅的言行，润物于无声。著名社会学专家郑也夫先生的《文明是副产品》中提到：礼，既是全民族拥有的共同价值财富，更是每名社会成员需要身体力行的点点滴滴些微小事。当前，特别要强调诚信，《管子·枢言》：“诚信者，天下之结也。”无人扶老人救小孩，骗子老赖众多，是诚信的缺失。要加强自律，教育大家不可一味追寻本心，时时刻刻看到自己身上的担当，将心比心，换位思考。同时，建立诚信档案，提高失信成本，让失信者付出高昂代价，形成"言而必信，期而必当"的良好风气。还应该加强约束和打击，新加坡的文明可以说是"抽"出来的，张家港的文明可以说是"罚"出来的，只要形成人人喊打的高压态势，就更容易营造《韩非子·守道》中"法分明，则贤不得夺不肖，强不得侵弱，众不得暴寡"的法治局面。

著名国学大师南怀瑾曾说过："一个国家，一个民族，亡国都不怕，最可怕的是一个国家和民族自己的根本文化亡掉了。"每个炎黄子孙要借鉴历史得失、传承精要文化、领悟古老智慧，无论身处何地，重拾华夏之礼，坚持克己复礼，让共同的"礼"文化在血管激荡，相同的"礼"文明共振共鸣，激励每个人为实现中华民族伟大复兴中国梦而努力奋斗。

受伤的文明，有药可医。

写于 2017 年春

莫让信任成为奢侈

前几日散步偶遇一报刊亭，对其中一本书爱恋甚久，一摸口袋却惊觉囊中羞涩，心念徘徊。报刊亭老板似乎看穿了我的窘相，笑言："想看就先拿走吧，钱改天给我就行。"我内心一惊。随着年龄的增长，猜疑的剧增，面对久违的信任，我竟不知所措。拿好手上的书，我连连道谢，不是因为可欠的款项，而是她予我的无价的信任。

曾记得有这样一句话：何为奢侈品？一切你得不到的东西，有可能是一辆跑车，也有可能是一晚安眠。现在，信任无疑成了这个世界的奢侈品。随着科技的发展与人们生活水平的提高，我们却不能正视一个陌生人。许多人无限的许诺，予以人无限的信任，最终却随意践踏。"一言既出，驷马难追"这句古话却变得越来越难以做到。有人因英雄流血又流泪伤了心，因谎言破碎愿望落空碎了心，因人言可畏怵了心。社会信任赤字日益明显，

对此，我们该如何应对？

湖南"最美老爹"，因三子意外身亡而债台高筑，关键时刻，他没有选择逃避这法律上没有规定的款项责任，而是与老伴一起省吃俭用还债。地震时的小英雄雷楚年，却在六年后因诈骗他人财产被法办，空口无凭地乱打诳语成为小英雄被送往监狱的"黑色通道"。试想，若小英雄雷楚年愿意将自己的诚信与他人的信任当成一份财富来面对，他的人生又会如何？社会的赞誉和信任已然是一个公民不可逾越的底线。

想起少时童言无忌，最喜欢的便是勾住小指喊一句"拉钩上吊一百年不许变"，这便是人生最初的许诺，获得的人生最初的信任。没有信任是极可怕的，一个转身，也许只够能相信自己了。个人之间尚且如此，那整个社会又如何？

一杯清水滴入一滴污水而变污浊，一杯污水却不会因一滴清水而变清澈。每一朵雪花都理应为雪崩付出代价，每一个人的冷漠与逃避都理应为社会信任的崩塌承担责任。如若每个人都像曾子那样言必信行必果，为稚子之诺磨刀霍霍向猪羊，那么还会有如此惨烈的社会信任缺失吗？

打破坚冰，严于律己。莫让许诺化作随风云烟，莫让信任成为这个时代难以消费的奢侈品。

材料作文《曾子杀彘》

写于 2014 年 12 月

缺了钱，还缺什么？

近年来，一些景区捐款箱内的善款，被一些小孩子伸手拿走，景区就组织这些孩子写以"德"为题的作文。联想到从阿克农神庙的一块砖刻上的中文"丁某某到此一游"，到上海地铁里随地大小便大声吵闹等劣行，"熊孩子"似乎在用他们的行动一次次刷新底线。针对此事，我们不禁发问：除了捐款箱内缺了钱，作为孩子监护人，家长还缺什么？

首先，他们缺了一种对自己负责的意识。常说"三岁看大，七岁看老"，折射出的少时品行能影响他们一生。周恩来少年立志为中华之崛起而读书，成就一代伟人；马克思在作文中写要干一件"为全人类谋福利"的大事，百年后多少人面对他的骨灰洒下热泪；古时的孔融让梨，更是传递出了美好的道德品质。因为是孩子，处于启蒙阶段，更要小事化大，帮助他们培养对自己负责的意识，扣好人生第一颗扣子，不然谁知道未来是多几个小

偷还是多几个圣人？对自己负责，如树根，奠定一棵树的高度，决定着一个人走多远，登多高。

其次，他们缺了一种对他人负责的观念。捐款箱内的钱通常面额不大，但箱子的背后却是无数挣扎痛苦亟须帮助的灵魂，孩子看似玩闹的举动却可能毁灭一些人生的可能。曹文轩在德国打碎了一个玻璃杯，他将碎片扫起倒入垃圾桶，却惹得房东老人大发雷霆，宣布不再将公寓租给他。究其原因，老人说"你的心里没有其他人"，并小心地挑出玻璃碎片装入一个新的垃圾袋，上面写着"小心划手"。简单的一举一动，令曹文轩羞愧万分，也令我们羞愧。对他人负责，为他人多想一步，就这么难吗？对他人负责，如树干，成就一棵树的伟岸，决定一个人的健康人格、社会形象。

最后，他们缺了一种对社会负责的态度。独生子女时代造就了一个个自私的小霸王，家长无限的溺爱也令他们横行霸道无所畏惧。然而，没有人是一座孤岛，孩子总有一天要长大，面对社会诸多的磨难和艰险，家长不可能是永久的保护伞，对社会负责，不仅重要，而且必要。"我国人民素质普遍低下是基本国情"，若要建设真正的强国，复兴中华民族，一定要全面提升国民基本素质，不然 GDP 飙得比天高，国民却一个个粗气粗言，举手投足尽显暴发户气质，这种富裕也不会长久，只会愈发惶惑民心，"毒奶粉""过期疫苗"大行其道。对社会负责，如树冠，支撑一棵树获取阳光雨露，决定一个人是自私还是博爱，是利己还是利国利民。

综上，我认为景区的做法十分恰当。面对"熊孩子"我们向来不当回事，而一篇作文既是惩罚，又是警钟，提醒孩子们负起他们应负的责任。另一方面，作文以"德"为题强调树德重视立德，才可修身齐家治国平天下，才可唤起国人对道德行为的良知。

"十年树木，百年树人"。国家进一步发展，一群群知错就改的"树苗"茁壮成长，社会大环境给予正能量，再加上舆论的支持与适当的警醒告诫，未来将掌握在我们手中。

写于 2016 年 4 月

收心与梦想

　　弓箭场上的角逐向来十分精彩，运动员们通常具有极发达的上肢，挽弓如满月，然后放开，让箭跑得比风还快。

　　一个动作是向后拉，一个动作是向前放，一个弹性势能转化为动能的过程包含了丰富的人生哲理：先收再放，方可长久。

　　收是练习的重点，也是最难的部分之一。弓弦有极限的韧性，必须使用很大的力气并需持久，等待时机，这如同收心，也包含实现目标的准备。人都有着好逸恶劳的劣根性，面对目标总是懒懒的，常被许多事情打扰，因此只用了七分力，力量比不过阻力，只得导致目标悠悠地飞远。因此必须专注，忽略一切风吹草动，用全部的精力投入一件事，感受并享受肌肉撕裂般疼痛感，阻止一切试图懈怠的心绪。这清心寡淡的心绪背后，是多少难以想象的禁欲熬煮，是加诸一人之身的悄无声息的战役。

接下来便是放。然而放向哪里？这就是梦想。"人没有梦想和咸鱼有什么区别？"就像把弓弦拉断，找不到靶子，迟早是僵持脱力乃至放弃。在望尽天涯路的悲戚与衣带渐宽终不悔的转折点站立的梦想，常常使人收获灯火阑珊蓦然回首的喜悦，缥缈却坚定存在，如同电场，又如同重重迷雾中的靶子，在远方静候，那支铆足了劲的箭射穿靶心。

收与放，最近的和最远的。

写于 2016 年 4 月

求同存异　做好自己

一个农场中养了许多小猪。有一只小猪十分苦恼，因为它是绿色的，它的与众不同遭到了全体粉色小猪的耻笑。于是，它将自己漆成了粉色。

在我看来，绿色小猪是悲哀的。它在社会的浪潮与缤纷中失去了自己，成为无人问津的芸芸众生中的一员。做自己，很难吗？

很难！"不求同"者答。他们通常内心摇摆不定，极易随波逐流失去自己的看法。就像那些 20 世纪 60 年代的"黑人群体"，他们中的许多萎缩在美国富裕社会的一角，轻易地接受了"黑不如白"的谬论。"哀其不幸，怒其不争"的马丁·路德·金，终于在一位黑人妇女的抗争后呼吁"黑人们"争取平等的权利。不在沉默中爆发，就在沉默中灭亡。"不求同"者的沉默，终因爆发而挽救。

简单！"不存异"者答。他们通常内心坚定，不能容忍任何相悖的言论。战国时的楚国大夫"背绳墨以追曲"，使一代忠臣屈原留下千古绝唱后愤而自沉汨罗江；清时盛行文字狱，不仅滥杀诸多无辜，更是将新思想扼杀于摇篮中；如今微博上的"键盘侠"们，稍有不合便是一场恶战，伴随人身攻击与污言秽语。这就是他们的生活。"不存异"者的激愤，令世界浮躁而激动。从某些方面看，他们也失去了自己。

哲学家黑格尔曾言："存在即合理。"因此，每一个思想无论成熟与否均有存在的价值。求同存异的迷人就体现在这里：包容性。少数者应有勇气不被社会改变，不像开头的绿色小猪，应做一个独一无二的自己；多数者应有宽容不令社会激愤，不像那群粉色小猪，应在坚持自己的同时也肯倾听他人内心的声音。世界从来不是一张纸，那是一个立体的环境，善、恶均有对立面，不仅仅只能存留一个声音。

庄子说："定乎内外之分，辨乎荣辱之境"。其实做自己并不是很难的事情。我有与社会不同的观点，那是我的骄傲，不应该刻意打压或故意改变，成为花园里千篇一律的那种花。我认同社会观点，那是我的选择，我有责任在山巅鼓励向上的人。悟言一室之内还是放浪形骸之外，是庙堂江湖忧民忧君还是雪沫乳花浅唱清欢，都是人生的阐释，都是做自己的典范，都有存在的价值。

求同存异，你明白吗？

做好自己，你可以吗？

写于 2016 年 11 月

装好人生的"GPS"

　　人生在世，每个人都需要一台"GPS"来进行个人定位，找好自己的位置，找准自己的位置，不仅是日常生活中有自知之明的一种态度，更是为人处世中蕴含的一种智慧。

　　找准"位置"有利于个人的进步与发展。王献之是王羲之之子，从小受父亲耳濡目染，酷爱书法，苦练几年后自以为已与父亲相差无几，便写一"大"字，洋洋自得拿去给父亲过目。王羲之注视良久，笑着摇摇头，在其"大"上加了一点变为"太"。王献之不解，拿去给母亲看，母亲端详了一阵，笑道："只有这一点方遒有力，像你父亲的手迹。"王献之恍然大悟，明白了自己的定位，便苦练书法，终于在磨穿数块砚台，磨完数十缸水后成为了能与父亲比肩的书法大师。正是因为王献之知晓了自己与父亲之间差之千里，正确定位自己，才会因此发奋，不懈追求，成为一代名家。

　　找准"位置"有利于定下与实际实力匹配的目标。有这样一则寓言：森林学院中共有跑步、跳跃、游泳、飞翔四项课程，只有四项课程全部及格才可毕业。猎豹擅长跑步，兔子擅长跳跃，鸭子擅长游泳，鹰擅长飞翔，可他们对其他科目一窍不通。于是，猎豹因为练习游泳呛到半死不活，兔子因为练习飞翔摔断了腿，鸭子因为练习跑步心力交瘁。而鹰仔细审视了自己，明白自己的长处与短处，定下了"要飞得最高"的目标。最终，鹰以飞翔课满分破格毕业，而其他动物却因练习其他课程时状态不佳，直接影响到擅长科目的测试，被迫留级……有时找准位置，不自傲自卑，学会放弃，方能成为人上人。

　　找准"位置"有利于完成自己的梦想。东汉末年，英雄辈出。诸葛亮大智若仙，曹操大智若鬼，鲁肃大智若愚，而刘备却是大智若怯，处处示弱，最典型的例子莫过于曹操煮酒论英雄。当时刘备势弱，为防曹操谋害，主动到后院种菜，亲自浇灌，以为韬晦之计。一日，曹操煮酒与刘备论天下英雄，刘备大谈袁术、刘表等人为英雄，唯独不说自己，当曹操言"今天下之英雄，惟使君与操耳"时，他又吃了一惊，手中所执匙箸，不觉落于地下。试想，若刘备一开始便锋芒毕露，让曹操注意到他，怎么会有"操遂不疑玄德"，又怎么会有后来三足鼎立的局面？

　　《孙子兵法》有言：知己知彼，百战不殆。只有找准自己的位置，并且知晓他人的位置，才能如邹忌与齐威王一般"战胜于朝廷"，如曹刿与鲁庄公一般"遂逐齐师"，才不会如仲永那样"泯然众人"，如霸王那样被困垓下，遗恨千古，长使英雄泪满襟。

　　装好一台"GPS"，找准"位置"，我们的人生坐标将更加鲜亮。

　　　　　　　　　　　　　　　　　　　　写于 2016 年 11 月

给自己一副担子

　　"上帝给我们一副肩膀，就是教你来挑担子的。"面对责任，叔本华如是说。有的人认为，讲责任太沉重，担责任太劳累，不轻松、不潇洒。殊不知，责任是我们生活中最美妙的乐章。

　　讲责任，体现着生命的价值。"天地生人，有一人当有一人之业；人生在世，生一日当尽一日之勤。"人不是上帝派来消化面包的工具，只有敬业乐群才能使自己的生命不算虚度。"当一天和尚撞一天钟"，如果我是一个和尚，我的责任便是撞钟，那么我如果尽心地将自己的事做好没有添乱，也算是实现了生命的价值，何来"漫不经心"一说呢？

　　讲责任，映照着人生的意义。古人曰："匹夫自有兴亡责，肯把功名付水流？"勇敢地担负起自己的责任，人生才能充实，人生才有意义。米兰·昆德拉说："一个人身上的担子越重，就越能感受到生命的充实与快乐。"任何人注定要承担一部分责任，创造一部分价值，担起生活的重任。实践证明，担子越重，脚印越深，步子越稳。一代风流才子徐志摩，创作了无数美妙的诗句，却没有什么家产——原因就在于他过于浪漫。艺术家的内心通常是一块面包、一朵水仙花，而徐志摩却把他的面包也换成了水仙花，盲目追求，不知温饱。他知晓爱情，却不知一切长远的爱都必须渗入责任，渗入柴米油盐的平淡生活。正是因为他始终不懂责任的重要性，导致他两次婚姻都以狼狈落幕，也未曾俘获他的"女神"林徽因的芳心。徐志摩的一生可谓太过自由，未曾负过什么责任，仿佛一只无头苍蝇，至死未有什么英绩，倒也算罪过了。

讲责任，映照着社会的承认与赞誉。一位国有企业的总经理，平均每天工作十六个小时以上，在国内外市场竞争异常激烈的情况下，带领全体职工苦干实干，不仅使产品在国内站稳了脚跟，还打开了国际销路，在世界上一些国家的销售业绩甚至超过了本土品牌。许多国外记者采访时问他："为什么要如此拼命工作，利润不是归国家所有吗？"诸如此类的问题，老总坦言道："责任感的驱使，对企业、对职业、对国家的责任。"与之相似的还有日本著名漫画家岸本齐史。近日，岸本齐史的作品连载十五年的《火影忍者》迎来大结局。对此，网络上一片叹息声，无数人如同追忆童年般迫切期待着看到大结局，掀起一片波澜。对此，作者本人却表示没什么感受。"我十五年一直保持着每天十二个小时的工作，我认为这样才算对读者负责。"试想，若他们消极怠工，不对自己的事业与成绩负责，怎么会获得如此大的功绩？又怎么会受到社会的一致认同与赞誉？

责任是一副担子。扛起它，我们才能真正长"大"；扛起它，我们才会拥有充实而有价值的人生。

写于 2016 年 6 月

你，本来就很美

纵观当今娱乐圈，八卦不息，绯闻不断。一个个号称"从未整过容"的女明星却有清一色的锥子脸大眼睛，仿佛流水线上批量生产的商品。各种"最美""最清纯""最可爱"充斥眼球，让人视觉疲劳的同时，也引起了我们思索：何为真正的美？

近日台湾一档综艺节目，推出了"揭秘自拍照后的真人"栏目。大屏幕上的"美女"们瘦得不忍直视，肌肤若纸，下巴尖得似能戳死人，或嘟嘴或剪刀手，美萌至极。可当这些自拍的主人亮相时，所有人都被雷得外焦里嫩："这应该算'网骗'！"有网友评论说。我们每个人都在说外貌不重要，但在目前，我们都或多或少地拥有"外貌协会"的属性特征，"帅即是正义"也成了社会价值观中暗扣的一环。马云曾因"太丑"而被公司拒绝，甘肃一警察因"脸上长痘"而被取消了职务。每个人都认为自己拥

有不完美的容貌，于是用化妆磨皮美白瘦脸等方式为自己涂脂抹粉，保护自己生长在石缝中的自尊心，并不惜为此掩盖本我，抛弃初心，小心恣睢的过活，"乡为身死而不受，今为所识者美我而为之"。正如那个名叫"东施"的女子，弄巧成拙反遭人哂笑，但我们忘了：美，仅仅局限在外貌吗？

"美"是我们本身一种正常的心理需求。自战国时齐臣邹忌便频频问"我孰与城北徐公美"的追索，并因此得道，授之君主。可真正的美，不是鲜艳的彩饰与艳丽的服装，而是内心的优雅与气质。古人云"腹有诗书气自华"，只有真正明白"美"的真谛才可谓之哲人。中国工程院院士王德民因酷似吴彦祖而在网上走红，引起众网友追捧。是博脸走红，还是靠学问立世？王德民显然是后者，他踏实地做学问，才貌双全，是对"美"的最好诠释。鲁迅有言云：肯以本色示人者，必有禅心与定力。自然地展现内在，保持人生的本色，便是"粗头乱服"，也将"不掩国色"。

又将视线转回那个被嗤笑了千百年的东施。其实若以本色来论，东施也许不比西施差到哪儿去，只是因盲从与照搬而显得生硬，反倒凸显了其不足。若东施肯给人生化妆，保持自然本真的自己，对容貌稍做修饰，确定适合自己的美，说不定也能成为不亚于西施的一枝独秀，艳压群芳。人生如戏，生旦净末丑粉墨登场，东西南北中扮亮人生。一千个读者眼中有一千个哈姆雷特，一千个佳人的心中有一千种独特美，有些事就像平面镜成像一样，看似时大时小，实则绝无二致，关键在于角度。要论真正的美，必须不被搽在表面自欺欺人的脂粉所迷惑诓骗，却看到他的筋骨与内心。

个人美的有无，媒体舆论的氛围是不足为据的，要自己去与灵魂对话，产生共鸣。

请坚信：我就是我，颜色不一样的烟火。

写于 2015 年 4 月

Just do it（放手去做！）

这是一个允许我们做梦的时代，我们每个人都在叫嚣着"我要改变世界创造未来"，沉浸在由庞大与空虚织成的幻想里，挣扎着徘徊着不愿意醒来，可当这被美丽包裹的泡沫破碎时，我们又该何去何从？

古人云："祸患常积于忽微。"细节往往是决定成败的关键因素。可遗憾的是，在互联网与科技日益发达的当下，社会变得空虚而又浮躁，碎片化的信息与一蹴而就的心理侵略了主流方向，踏踏实实、任重道远等中华民族的传统美德却早已被逼仄到了墙角，"不要在意这些细节"成了这个时代的流行语。殊不知，"治大国若烹小鲜"，连"治国"这种事关几亿人民的大事都能与"烹小鲜"这种如此简单连家庭主妇都明晓的细节相连接，那所谓"梦想"的实现，不也是一件件小事、一点一滴的细节所关联的吗？

有一个理至易明的小故事：一位国王要去攻打敌国，临行前，他发觉自己战马的马蹄铁有一枚钉子松动了，但他并没有在意。直到上了战场，那颗钉子终于坚持不住掉落，随即马蹄铁脱落，马跌倒，国王摔死。将士群龙无首，军心溃败一发不可收拾，结局不言而喻。有梦想是好事，但若将其束之高阁只有空喊，却不会有任何进展。只有积跬步，才可行千里；只有积小流，才可成江海。一枚钉子大吗？一个国家小吗？可就是一枚小小钉子，却成为了太平洋彼岸一只蝴蝶的翅膀，只待其微微颤动，便可成为压垮一个国家的最后一根稻草。曾国藩曾说过："看这山，望那山，一事无成。"如果没有实践的链接，再大的目标、再好的方向都不过是一片浮云。

一首歌这样唱道："我想改变世界，改变自己；改变生活，改变朝气。"可在我看来，做人要想成事，必先改变自己，再"改变世界"。扫一屋事小，扫天下事大，只有将一屋扫干净，注重细节，追求完美，你才可能有"扫天下"的雄心胆识，才会有正确的行动与方式。"空谈误国，实干兴邦"，只有将一切归诸脚下的路，才可能通向梦想的彼岸。

正如近日辞世的老先生汪国真的诗所云：既然选择了远方，便只顾风雨兼程，没有比脚更长的路。坚定信念，勇往直前，总有一天，你会在蓦然回首时，找到你处于灯火阑珊处的梦想。

行动吧！路上春色正好，天上太阳正晴。

写于 2016 年 10 月

敢问路在何方

　　这是一个充满机遇与挑战的世界。主流社会中的每个人都踏着先人的脚步走着先人走过的路。他们有鸢飞戾天者，有明确的目标与梦想；也有行尸走肉者，如和尚撞钟般挨过一天是一天。这是所谓的"希望本是无所谓有，无所谓无的"的注解吗？我想不尽然。

　　最近诺奖公布引起一片哗然，村上春树大热门再次陪跑，幸运也不再眷顾才人辈出的神州大地，得奖的竟是德国的一位家庭妇女而非职业写手。大家议论纷纷，指责诺奖委员会，有些吃不到葡萄说葡萄酸的意味。而我去翻看了那位作家的文章。不算太瑰丽，却也十分精彩，即使隔着语言文化这堵墙，经过了翻译家的二次创作，也不可掩埋其神韵。作者完全是挤时间在写作，有时要等到深夜三个孩子睡下才可匆匆写上几笔，亦可创造出如此伟大的成就。而她本人在接受采访时却表示，她从来没有过获奖的设想，只是平常时间的调味。真可谓"无心插柳柳成荫"，一个无所谓有的希望为她开辟了蹊径。

王国维在《人间词话》中提到，世间之成功者，必有三段历程："昨夜西风凋碧树，独上高楼，望尽天涯路"，此为其一；"衣带渐宽终不悔，为伊消得人憔悴"，此为其二；"众里寻他千百度。蓦然回首，那人却在灯火阑珊处"，此为其三。世间万物何不如此？一开始十分迷茫，没有希望，如同没有路的大地，不知所起所落，人生浮沉雨打萍。而后是一厢情愿，一往情深，身处绝境却也无怨无悔，仿佛抓住黑暗中的一点光亮，心中燃起了一线希望，脚下的路渐渐明晰，即使前方再难再险也坚决不放手。当到了最后，自己走出了一条路，困难时期的愿望显得那么微不足道，谁还会想起那个引自己走出绝境的希望呢？这便是做人的真谛了。

荀子说过：不积跬步，无以至千里；不积小流，无以成江河。世间万物均有一个远大的目标，只有将其落实到行动上，才可能一步一步走向成功。若朝三暮四，只会大喊口号的话，目标怎么可能实现？只增笑耳。

敢问路在何方？路在脚下。

鲁迅先生，后生说得对吗？

（材料作文"其实世上本没有路……"）

写于 2015 年 4 月

"省"之我见

"吾日三省吾身",这个"省"体现了曾子的智慧。

学会"省","省"是做人的重要标杆。明朝方孝孺曾说:"人之持身立事,常成于慎,而败于纵。"避免自己"纵"的最好方法即是"省"。我国在唐朝时曾是鼎盛一时的大国,全世界都佩服万分。但自宋朝开始,皇帝们渐渐丧失了自省的能力,很少有像唐太宗那样善于纳谏的君王,到了清朝更是狂妄到了极致,洋洋自得地闭上国门变成一个"世外桃源",但最后却被我们自己发明的东西撞开了国门。若是这些君王能够"三省",略略思索一下,也不至于国破家亡。由此可见,"省"是多么重要!

善于"省","省"是发现问题的最好方法。三国时期的诸葛亮,运筹帷幄于千里而临危不乱,屡屡立下奇功,原因就是他善于省。胜不骄败不馁,认真仔细地分析着地形、位置,时刻反省着上次失败的原因,最终才能做到"攻无不克，战无不胜"。

乐于"省"，"省"是提升自己的最佳途径。蒋介石曾是"省"的典范。蒋公有一个"反思本"，每天都要在上面记至少三条自己这一天的错处，并带在身边，时时记录，加以注意。多年之后，"虽欲言"却"无可进"，他也在这种严谨认真的作风下办成了一件件大事。

学会"省"，善于"省"，乐于"省"，从细节展现人生智慧。

写于 2014 年 4 月

从大工匠谈起

　　随着社会主义核心价值观的普及，"工匠精神"一词愈加深入人心，面对如今市场上各种粗制滥造，我们不禁要问：什么是真正的工匠？

　　工匠之成，在于"工"。只有对自己的事业具有不懈怠追求探究的冲劲与魄力，才能工至卓越。格力集团董事长董明珠诠释了这一点，面对国货中常见高能耗空调的局面，董小姐不畏浮云遮望眼，一心钻研低能耗空调。在她的努力下，格力空调品牌不断改进，终于以"每晚只耗一度电"成为空调业翘楚。动车高铁车间有一师傅，初中学历，其貌不扬，话也不多，但是他手下打磨制造的转轮却创造了百分之百合格的神话。70多岁的化妆师杨树云，一辈子只做一件事，塑造了1987版《红楼梦》经典人物形象群。他们靠的就是这"干一件事就干好一件事"的坚韧。工于不懈，工于卓越。

工匠之成，在于"斤"。只有胸中有分寸有斤两，才能踏踏实实做人，勤勤恳恳做事，为人心诚，做事不打折扣。德国一条马路要修好几年，与我们只用几个月相比仿佛慢了许多，但德国的路修三年能用三百年，而我们速成的"豆腐渣工程"未等使用便报废。六十分商品凭借量堪胜六十五分乃至七十分的商品，但绝对比不上九十分的商品，六十分与九十分之间隔着时间与诚心。国家如今就是需要这种肯花时间与精力干好一件事的勇气与毅力。

工匠之成，在于"匚"（fāng，古代一种盛放东西的方形器物）。只有时时保持半开门状态，不闭门造车、墨守成规，才能紧跟时代潮流，真正将"中国制造变为中国创造"。一件工业品若是脱离市场便很容易湮没于时代的洪流，而如今一些微信微商，将自身产品优点与新兴互联网经济联合，不曲意逢迎大众口味，却也打开一扇门静静等待，收获颇丰。一动一静，创新经典，有机结合。工匠精神就是追求卓越的创造精神，精益求精的品质精神，用户至上的服务精神。

其实在这个世界上，我们每个人都是工匠，只不过材料是自己，操作者也是自己。我们在自己人格的塑造与完善中，需要永不懈怠、热爱生命，需要心诚目明、踏实稳重，也需要保守初心、勇于开拓。在工匠身后的每一件工艺品，都是工匠本身人格魅力的体现；同样在我们身上的每一个闪光点，也都是自己的完善与修补。在修修补补中，我们成为了大美的工艺品、大智的工匠。大塑造，从现在开始。

写于 2017 年 3 月

"一分钟"与"十年功"

古人云："不积跬步，无以至千里；不积小流，无以成江海。"成功来自于坚持，来自于积累。我们用"一分钟"看到的盛况，可能是经历"十年功"的结晶。

我国唐朝诗圣杜甫，用词的精妙与寓意的深刻令人回味无穷，靠的就是他的名言"读书破万卷，下笔如有神"。孔子饱读诗书韦编三绝，造就"弟子三千贤者七十二"的盛况；司马迁网罗天下放轶旧闻，著成"史家之绝唱，无韵之离骚"的《史记》；蒲松龄多年如一日积累民间故事，赋有写鬼写妖高人一等"的《聊斋志异》。与之相反，少年天才方仲永，五岁忽啼求书具，即诗书四句，自为其名，其文理皆有可观，但却因其父唯利是图"不使学"，致使其缺乏诗书的浸润与滋养，先天才气因没有后天的补充，最终"泯然众人"，令王安石发出了"得为众人而已耶"的叹息。呜呼，悲哉！只重"一分钟"的荣耀，没有"十年功"的磨砺，根本不可能成功。

积累是一种润物于无声的宁静，如同春夜的雨，令涵养在肥沃的土地上细滋慢长，逐步形成通向成功的阶梯。书山之径，学海之舟，是由勤与苦积成的，绝非一种说说就来的灵感，积累可欲也可求，但在欲求之间，隔着"台上一分钟，台下十年功"的距离，没有捷径，不容商量。美国篮球明星科比之所以成功，"黑曼巴精神"的背后是数十年的洛杉矶的凌晨四点，当其他人在熟睡时，他便开始了艰苦的训练。"所有人都在关注着你飞得高不高，没人关心你飞得累不累"，每个微笑傲然站在山顶一览众山小的英雄，都有着为人不知的心酸与悲苦。但当把不如意积累到一定程度时，蓦然回首一定会有灯火阑珊处的喜悦，从内心迸溅，在那一刻，一千次的失败，数十年的研究都变得极为有价值。

"少走了弯路，也就错过了风景，无论如何，感谢经历。"积累失败，积累经历，令不可能变为可能。"一分钟"与"十年功"相辅相成，走向成功。

莫言曾言："梦想不是浮躁，而是沉淀和积累。"只有持续用心用力用功，才能绳锯木断、水滴石穿。没有比脚更长的路，没有比根更深的土层也便是这个道理。即使没有花香，没有树高，无人知晓，也请韬光养晦，走好那"十年功"，你所需要的，便只是等待奇伟瑰怪非常之绝的"一分钟"了。

"一分钟"与"十年功"，变的是积累，不变的是信念；变的是经历，不变的是初心。

写于 2016 年 10 月

改善困境　幸运自来

　　雪莱有一句话："冬天来了，春天还会远吗？"我想，这位海难的幸存者正是从滚滚浓烟的寒冬中盼到了夕阳下轮船轮廓的春天。

　　人生是一曲华美的交响乐，高潮与低谷交织，奏出生命最震撼的旋律。低谷是不可或缺的停顿，具有其独特的意义与价值。"盖文王拘而演周易；仲尼厄而作《春秋》；屈原放逐，乃赋《离骚》；左丘失明，厥有国语；孙子膑脚，兵法修列；不韦迁蜀，世传《吕览》；韩非囚秦，《说难》《孤愤》……"圣贤遭困，在逆境中发奋，忧愁忧思终成一家之言。无臂钢琴师刘伟，多次遭挫，屡战屡败却又屡败屡战，没有被逆境扼住咽喉，最终生出了梦想飞翔的翅膀，为天下赞。由此可见，困境如同化学反应中的催化剂，给予挑战，提供下一次机遇的预警，为我们冲到新的高峰而奠定基础。

　　"天将降大任于斯人也，必先苦其心志，劳其筋骨，饿其体肤，空乏其身，行拂乱其所为，所以动心忍性，曾益其所不能。"某些方面，困境如同弯道，既是苟且的理由，也是成功的谦辞。在困境中保持对生活的激情，似乎是被逼无奈的偶然，也会成为柳暗花明的必然。幸存者劫后余生，面对荒芜他没有立刻灰心，而是努力改善自己的生活条件；杨绛先生遭遇十年动乱，她没有含恨仇世，而是将自己调理成了水，波澜不惊；爱丽丝·门罗是一位有三个孩子的全职妈妈，在面对生活的苟且与应接不暇的家务中仍怀抱着自己的写作梦想，凌晨三点伏在洗衣机上笔耕不辍，竟在2013年获得了诺贝尔文学奖。圣人视困境为垫脚石，愚人视困境为封门锁，是故智益智，愚益愚。

人生不如意事十有八九，我们无法更改所遭遇的困窘，那为何不适应它、接受它，将它纳入生命乐章？只要拥有了面对困难的勇气和态度，并努力向好的趋向奔波，机会绝不会忽视任何一个有准备的人。无论是什么困难艰险，衣带渐宽终不悔，我们终将在蓦然回首时收获到灯火阑珊处的喜悦与欢愉。

将汗水化为幸运，让幸运成为必然。

写于 2015 年 10 月

脚踏实地　掌控全局

　　一片随波逐流的枫叶遇到了一只溯流而上的鱼。浪很急，小鱼游得艰难而疲惫，枫叶见状，大肆嘲笑鱼的愚蠢："何必那么累而放弃自在的生活？"

　　是啊，何必呢？

　　柏拉图在其著作《理想国》中曾言："那些靠别人力量而成功的人，正如那些长跑中后劲不足的运动员，只有持之以恒不畏他人者，才能真正笑到最后。"没有人生下来便是强者，所有人均在接受着灵魂的拷问。时间顺流而下，生活逆水行舟，你愿做攀援的凌霄，还是坚韧的木棉？凌霄虽美，藤却脆弱，一时自在可能是一世的挣扎与落寞；木棉虽苦，根却坚韧，一时辛苦可能是一世的美丽与风流。面对此景，玛丽选择了后者。她是个绝顶美丽的女子，却拒绝了男人的追求与一劳永逸的富家太太生活，转而进入学校，嫁给了一个化学家。在女子颇受压迫的当时，她不畏讥讽，投身实验，在数千吨矿渣中提炼出 0.1g 有着淡蓝色荧光的镭。她就是居里夫人，一树红花的木棉，与那淡蓝色荧光一起成为了跨越时空的美丽。

为什么要以劳待逸？或许龙应台在给孩子的信中给出了答案：为了拥有选择的权利。

就是这个，选择的权利。

正如开头的那个寓言故事的结尾是小鱼游到了湖泊获得了幸福，而枫叶却落入死水潭腐烂变质。选择的权利会将被动化为主动，将梦想化为现实。世界上机会很多，好事不少，有时"善假于物"也可活得很好，但却将自己的命运系于外力，如同安全隐患，平常相安无事，稍有不慎便是灭顶之灾。而真正自立的人，将苦难拆分成小小的门坎散于生命的路途，顶住压力的同时却也给了自己一份安心。靠自己，一步步坚实，就算遇见变故，选择权仍掌握在自己手中，好过树倒猢狲散，哀嚎遍野。

尼采曾言：谁将声震人间，必长久深自缄默；谁将点燃闪电，必长久如云漂泊。成功的道路上布满艰辛，掌握自己命运的权利，努力奋斗，风大人急，我自安宁。没有你的努力，幸福永远不属于你，脚踏实地看似耗费力气，却远比求人省得多，少一份心机去思考他人，多一份努力去提升自己。蓦然回首时，那些别人扶摇之上时所积累的苦难与经验俨然已成为生命中最亲切的怀恋。

我的未来，由我做主。

你的选择是什么？

写于 2016 年 4 月

跪族？ 贵族！

随着综合国力的发展，中国在国际上的声音愈加响亮，但也有些尴尬。"会移动的钱包"，法国媒体用这个词来称呼那些花钱任性的中国游客，而在文学科技方面可获得的诸多国际奖项，中国却显得颇为低调。

钱能买来一切？有钱就是贵族，就能任性？

我看不然。

罗曼·罗兰曾言：幸福是一种灵魂的香气。在我看来，贵族精神亦然。这种香气靠的不仅是金钱的衬托，更是书本的熏陶。《毛泽东文选》中提到过宋襄公，本可以在敌人排好阵型前将敌军击溃，却要等到敌军准备完毕才去攻击，最终失败，但这恰恰体现了贵族精神。只有一个真正的贵族，才能做到尊重敌方，哪怕双方实力悬殊、敌强我弱，也要踏实稳干。路易十六在被处断头刑之前不小心踩到了刽子手的脚所说的那句"对不起"，令人感慨颇多。即使他作为一个死刑犯，也仍保持着得体的言行举止。由此可见，真正的贵族精神，敢于正视德行举止，敢于规范一言一行。

"古者富贵而名摩灭，不可胜记，唯倜傥非常之人称焉。"时间顺流而下，生活逆水行舟，真正的贵族，看清了名利也看轻了名利，才能从痛苦中寻寂寥，忧伤中寻愉悦。苏轼在屡次被贬不得志时仍可在雪沫乳花中寻得清欢，这是贵族；杜甫在茅屋为秋风所破时仍可高呼"安得广厦千万间"，心系天下，这是贵族；托尔斯泰放弃偌大的家业甘愿与农民为伴，在耕种与斗争的快乐中了却此生，这更是贵族。如同杨绛译的那句"我和谁都不争，与谁争我都不屑，我爱大自然，其次是艺术"，贵族的特点在于自由却有责任感。由此可见，真正的贵族精神，敢于经过时间刻画，敢于彰显人生本质。

"腹有诗书气自华"，真正的贵族是一种清澈的气质，如同众人观黛玉"一阵天然风流态度"，毫无矫饰，不需珠玉点缀便能令人见之忘俗。若令黛玉戴珠璎宝饰之帽，腰白玉之环，天天张口闭口便是"老娘有钱"，那岂不是令贾母大呼"阿弥陀佛"，哭笑不得了？由此可见，真正的贵族精神，敢于藏入诗书涵养，敢于流露优雅气质。

当今世界"土豪跪族"无数，而真正的贵族凤毛麟角。请在浮华尘世之中保留一颗贵族心，不将就、不放弃、不屈从，在鸢飞戾天、经纶世务之际，心有猛虎，细嗅蔷薇，也是生命的"快哉"了。

写于 2016 年冬

"鸡汤""反鸡汤" 二者均重要

　　网络向来是易产生争议的地方，如今，"鸡汤"与"反鸡汤"的争论甚嚣尘上。有人乐此不疲地干了一碗又一碗"鸡汤"，也有人对此嗤之以鼻，认为只是充满粉红泡泡的幻想。对此，我的看法是：以"鸡汤"为主，"反鸡汤"为辅，或许是消除争议的最好方式。

　　善于做心理按摩的"鸡汤"，我们必不可少。若没有"为天地立心，为生民立命，为往圣继绝学，为万世开太平"的豪言壮语，又怎会激起人们胸中对于远大前程的抱负？若没有"长风破浪会有时，直挂云帆济沧海"的雄心壮志，又怎能在凄凄惨惨戚戚的现实中重获未来与希望的曙光？若没有"路上春色正好，天上太阳正晴"的美好期盼，又怎可怀揣梦想上路，一日踏遍长安花？由此可见，"鸡汤"是激发斗志的马达，使人欣然前行。

　　另外，不仅个人需要"鸡汤"，社会也需要"鸡汤"。中华民族伟大

复兴"中国梦"正是满满的一碗"鸡汤"。他告诉我们，要敢于做梦，敢于追梦，为中华崛起乃至全世界人类的发展而奋斗终生。马云说："梦想还是要有的，万一实现了呢？""鸡汤"在一定程度上等同于梦想的故乡，激励我们撸起袖子加油干，努力攀登高峰，从而在社会上弘扬昂扬向上的风气，没有老气横秋的心态，古老的国家才可焕发出新生。由此可见，"鸡汤"是弘扬正能量的旗帜，驱使我们继往开来。

当然，"鸡汤"与"反鸡汤"的关系正如梦想与现实之间的联系。"理想很丰满，现实很骨感"，多少人在追逐梦想的路上发出哀叹。"反鸡汤"则是反弹琵琶的产物，具有与众不同的意义。当统治者享受醉生梦死的欢歌时，一句"兴，百姓苦"会使他审视现实；当信陵君窃符救赵有自大之形时，门客的一席话使他认清自己；当我们直赴南墙不顾一切时，一碗"反鸡汤"能让我们冷静分析局势从而做出更理性的推断。由此可见，"反鸡汤"是认清现实的耳光，使人理智清醒。

综合分析，"鸡汤"是糖，寄托期许，使人迈开脚步；"反鸡汤"是药，针砭时弊，使人看清世事。正如糖多了会蛀齿，药多了会伤人，二者必须中和才可指挥方向。平日行路饮"鸡汤"，克服挫折，怀揣期许，失败时获得东山再起的力量；当特殊情况时，饮"反鸡汤"，破除玫瑰色的眼光，感受思想深度与洞穿世事的冷静。不是鱼和熊掌，二者是相互渗透，相辅相成。

写于 2016 年 5 月

表情包，包含了什么？

信息时代的发展已使表情包成为表情达意不可缺少的元素。面对全民娱乐的浪潮，我们不禁要问：表情包，包含了什么？

首先我们不可否认，表情包作为图片，的确具有与文字不同的优越性。汉字起源于甲骨文，也是图像，比起其他语言，汉字能直截了当地阐述表达内容。再绝妙的作家也会有无法言说的情感或无法描述的美景，"却道天凉好个秋"，才会在一卷卷墨香四溢的书法卷旁诞生出千古流名的山水人物花鸟画。表情包在功用上如同网络时代的"国画"，在聊天中使用，雅俗共赏，老少皆宜，单纯直白不做作，何乐而不为？表情包，包含了娱乐的真谛。

另一方面，表情包是现实世界与网络世界呼吸吐纳的接口。每当国际风云突变，社会事件发生，总会有别具一格的表情包出现，在一段时间内占据各大社交网络。面对南海争端，外交部的强势回复，表情包中大都是发言人义正言辞的声明，许多网友惊叹"厉害了，我的国"；傅园慧以夸张的表情火速出名，靠的就是表情包的迅速传播；同样，当韩国"萨德"，日本"阿帕"等事件出现时，网络上出现了许多科普事件与反讽日韩政府的表情包，简明易懂，激起了许多人的愤慨之情。一位诺贝尔文学奖获得者曾说："没有人是一座孤岛。"表情包的出现，传递时事热点，揭示辛辣社会，拉近人与人的距离，无意中也传递了关注热点的意识。表情包，包含了现实的关注。

我认为最重要的一点，便是表情包体现了我们年轻一代面对世界的态度。老一辈常说我们是"垮掉的一代"乃至"趴下的一代"，一方面说我们的确对老一辈一些宝贵的精神表现漠视。但另一方面，随着信息时代的到来，我们的行动中具有他们无法理解的新思维，这并不一定是错。表情包体现了年轻一代"化大事为调侃，化调侃为动力"的特点。"台独"势力在网上猖狂，许多人翻墙去驳回，用的不是老一辈的正襟危坐，而正是表情包。面对对方公然的诅咒和肮脏的词语，表情包生动有趣仍不失端庄，引来许多外国网友的围观，也体现了大陆网友的良好品质。面对挑衅，我们不以为然；面对争端，我们绝不退缩！如今，国外对表情包的喜爱程度只增不减，表情包或许会成为大陆文化输出的新方式。表情包，包含了自信的态度。

不可否认，表情包会对文字表达产生一定影响，但其并不冲突。面对全新的时代，有强大国力支持的我们，一定可以用独特的能力和品格，做新世界的弄潮儿，开辟一片全新的天地。

"对网络上的表情包你如何看"的材料作文现场写作

写于 2017 年 4 月

倾听命运的"滴答"声

　　余华曾言："为了不让成功的路上人满为患，命运让大多数人迷失方向。"的确，在这个浮躁而又虚华的时代里，大多数人在人生路上走得颇为优柔寡断。而那极少数成功的人，却能在喧嚣中创造一个世界。在这个世界内，他们能听到命运冷静而又急切的指引，听到灵魂深处传来的无尽的"滴答"声。

　　"滴答"声响在空无一人的地坛中。史铁生在最肆意的年龄废了双腿，在最前途无量时被人生狠狠地扇了一耳光。世界似乎抛弃了他，但他自己没有。在只余风与树叶合唱的地坛里，史铁生无比清醒地听到了命运的"滴答"声。他执笔，凝视古老的历史，正视无限可能的未来，在轮椅上创造了一个世界，一座敏锐刚强的思想雄碑！这是有些健全的人究其一生也无法到的境界！他死了吗？不，他还活着。

"滴答"声响在凌晨四点的洛杉矶。这个坚韧不屈的黑人男孩，既然选择了远方，便只顾风雨兼程。在只有路灯陪伴他的路上，科比清楚地听到了命运的"滴答"声。他跳跃，他运球，他知道什么自己应该做。训练带来的伤痛、别队球迷的谩骂进入不了他刚强坚毅的内心世界。终于，球场上的战绩证明了他的一切。在"科比退役"的消息刷遍各大网站时，他站在顶峰。一览众山小，回眸一笑。像他的助教所说，他没有赢得爱，但他赢得的是与其汗水等价的无上的尊重。

　　"滴答"声响在辽远空旷的罗布泊。这里，埋藏着无数不为人知的酸甜苦辣。邓稼先面对当时百废待兴的国家，隐姓埋名，勤勤恳恳，他听见了命运的"滴答"声。像他曾经的好友杨振宁的评价，他的特点就是他的真实，因为实，他不会想着投机取巧。在艰苦的条件下，在经历"十年动乱"的特殊时期中，他不改初心，一心扑在研究上。为了研究失败的原因，他曾徒手捧起放射性极强的材料；为了早日试验成功，他说动"文革"时期低迷消沉的研究人员。在罗布泊上一声轰响，蹿出一朵惊天的蘑菇云之际，邓稼先的一切付出都有了回报。燕然已勒，至今热血仍殷红。不忘初心，方得始终。

　　"天将降大任于斯人也，必先苦其心志，劳其筋骨，饿其体肤，空乏其身，行拂乱其所为，所以动心忍性，曾益其所不能。"梦想不是浮躁，而是勤奋和积累。当你失落、失望、失掉所有方向时，请再坚持一下，再坚持一下，胜败须臾之间；再坚持一下，你一定能听到褪去浮华的命运的"滴答"声。

写于 2015 年 11 月

尊严为梁　撑起人生

　　"富贵不能淫，贫贱不能移，威武不能屈。""石油大王"哈默成名前的行为与孟子咏赞君子的观念不谋而合，本质便是对"尊严"二字的敬重。

　　尊严，看似单薄却又重若千钧，渗透于生活的方方面面，也寄身于史书的漫漫长篇。屈原正道直行竭忠尽智，虽被流放却仍怀瑾握瑜，渴盼兴复大楚，是对清白的尊严；司马迁处于最下腐刑却仍受辱奋发、笔耕不辍，是对生命的尊严；陶渊明家中无储粟，生生所资未见其术，却不为五斗米折腰潇洒辞官，是对人格的尊严；苏东坡多次左迁却仍可雪沫乳花浅唱清欢，不忘发出"苟非吾之所有，虽一毫而莫取"的慎言，是对信仰的尊严……一年年一代代，时事变迁，铜币锈蚀，华服褪色，唯有尊严永垂不朽，静静站立，成为生命最强音。

　　尊严并不只限于一笔一画的静默叙述，也来自于社会中的震天涛声。

两万五千里的赤色道路，向世人证明了尊严的来处。雪山与草地的艰难跋涉，多次被"围剿"被逼得走投无路却仍绝处逢生的机智顽强，岷山千里雪三军过后尽开颜的苦中作乐，丰厚了中国人的脊梁，指明了革命前进的方向，将尊严阐释得酣畅淋漓。此外，还有亮烈的八月的那纸投降书，大洋彼岸那为解放黑人自由的震撼人心的呼喊；18世纪那不朽的启蒙史诗，都令我们欣喜地看到：因为尊严，所以坚韧；因为坚韧，所以成功。

《报任安书》中言："古者富贵而名摩灭，不可胜记，唯倜傥非常之人称焉。"尊严好似一个人骨中的钙质，能令其直立行走，撑起自己的人生。这种力量不管贫富与强弱，是一种生发自灵魂的香气，需要我们自己去培养、去探寻。有尊严做梁，撑起人生与希望，任何不可能都有可能。

道路阻且长，请以尊严为梁，跨步从此启程，路上春色正好，天上太阳正晴。

写于 2016 年 6 月

劝君莫欺少年狂

　　围棋作为全世界最难的棋类向来引人注目，而此次的争议对象却从棋盘转移到了棋手身上。面对十八岁棋手小柯"离经叛道"的举动，我们是否应加以批判？

　　在我看来，答案是"不"。

　　其一，小柯的举动彰显了青春的朝气。苏轼有句诗曰"一事能狂便少年"，说的便是少年之狂。围棋虽也有经验的影响，但更能决定胜负的是一种全局统筹和计算能力，年轻人思维敏捷，未必会输于身经百战的老将。小柯正值青春，揽奖无数，正是春风得意之时，此时不狂，更待何时？这时观察这种行为，更像是后浪摆好阵势吟啸着气势蓬勃地向前浪冲去，后生可畏，安能不喜？李白十八岁仗剑天涯云游四方，"我辈岂是蓬蒿人"，年少有能力，狂是一种豪情。小柯之狂，狂得可爱。

　　其二，小柯的举动流露出求胜的心态。女排载誉归来教练郎平接受采访时曾言："赛前的行动有两种：一种是锋芒毕露撂狠话，让对方觉得你挺能冲从而不敢轻敌；另一种是不声张，在对方麻痹睡着的时候狠狠咬下去。"大多数人可能都会选后者，这令选前者的小柯表现尤为独特。我们分析一下局势，初生小将对阵沧桑棋手，老者不免会有些轻敌，而他这话一放，一切就不一样了：对手不甘示弱，比赛全力以赴；吃瓜群众闻讯前来，令棋局更具观赏性。总之，一席话让人对其不敢小觑，获得更大的存在感，这是他的聪明之处。另一方面，小柯接受采访时直言已观察对方有一段时间，他是有理由这样说的。一方面是不服输，确有足够的把握，另一方面可能是一种战术，但更体现了他直言不讳的性格特点，表达出其自信的心态。小柯之狂，狂得可敬。

　　其三，小柯的举动体现了鲜明的个性。中国有五千年悠久历史，这有一个影响就是给予人们颇多的礼节和思想，思维中带着镣铐，无人愿谈"个性"，只知自己位于哪里该做什么，消极被动地适应社会。而就像北大学生刘媛媛所说："我们这一代不是来适应社会的，而是来改变社会的。"传统认为骄兵必败，那我就骄兵必胜一个，让世界看看我们的样子。年轻一辈对于个性的尊重和张扬，无疑令中国和世界舞台有了更亲密的接触，令创新发展成为生命中不朽的乐章。小柯之狂，狂得可喜。

　　当然，幸亏围棋不是团队竞赛，否则小柯的性格可能会使队伍变得过于松散。对长辈的尊敬与同事相处方面可能还需一定的磨合。然而随时间与年岁的增长，相信这些所谓争议都会有全新的诠释。

　　劝君莫欺少年狂，时间会给予答案。

材料作文

写于 2016 年 5 月

无阻无青春　无跨无人生

　　古语云：人生不如意常十有八九。当你的人生被重山复水包围无路，面前有九九八十一难，一步一阻，你会怎么做？

　　最近的诺奖获得者屠呦呦，因青蒿素的发现与提取成为造福疟疾病人的杰出科学家。大家都在夸赞她的卓越，却没有人注意过她在背后付出的汗与泪。试想，若她在一百九十多次试验无果后停住脚步放弃研究，那怎么能走近成功的身侧？若她在中医书中发现线索却不去细想跨越常规，那如何会有乙醚中含量高达97%的青蒿素？若她停止跨越生命的障碍，那谁又能领着我们跨上人类医学的新台阶？老人们常说"跨不过槛"，那么一个个困难何尝不是我们生命中等待跨越的"门槛"呢？屠呦呦就这样跨过自己生命中的槛，也带领我们走向智慧的彼岸。

　　王国维在《人间词话》中有言："人之做学问境界有三，一为'昨夜西风凋碧树，独上高楼，望尽天涯路'；二为'衣带渐宽终不悔，为伊消得人憔悴'；三为'众里寻他千百度，蓦然回首，那人却在灯火阑珊处'。"这三种境界，寓意着生命中的三道门槛。当你在困难面前彷徨无助时，你的阻力是迷茫的目标；当你在敌群中奋力前进时，你的阻力是尚弱的能力；当你在风雨中畅快奔跑时，你的阻力是脆弱的意志。每一个境界的提升，就代表着一步步的跨越。途中你会摔倒，会被绊住，如同游戏中的"GAME OVER"般落入深渊。但当你某天一览众山小跨越所有艰难险阻，望着脚下与身后的血与泪，一切阻碍与艰险都变成路途中亲切的怀恋。此时，才赋予了跨越更深层的意义。

龙应台在《目送》中有一句话：一件事情的结束，必定是一件事情的开启。人生路漫漫，困阻常相伴，我们极容易失去信心。因此，在成长的路上，特别是对一点小伤小痛便会哭天抢地觉得时不待我的我们来说，要做的不仅仅是向前看，更重要的是时时刻刻都不停下脚步。"正入万山圈子里，一山放过一山拦"，生命不息，跨越不止，只要不懈努力，总有一天，你会发现：山的那边，是海。

学会跨越，善于跨越，乐于跨越。纵然一步一伤心、一步一劫难，却是我们生命最美妙的滋味，是回首最优雅的风景。

上路吧！路上春色正好，天上太阳正晴。

写于 2016 年 12 月

规则于心　成就于己

　　"天下熙熙，皆为利来；天下攘攘，皆为利往。"司马迁对纷繁的世事长叹。大学"替跑"现象的盛行，便是对"金钱至上，规则弃之"的社会敲了一记警钟。

　　规则意识的树立，在于规行。基本的规则意识约束行为，避免乱象。因为规则意识，许衡面对硕果累累的梨树不为所动，"梨虽无主，我心有主"，谱写一代传奇；因为规则意识，"泰坦尼克号"上发出让女人和孩子先走的呼喊，闪耀人性光辉；因为规则意识，梅兰芳面对荣华不为所动，蓄须明志坚毅拒绝演出，终成佳话。不管是硬性的法律条文还是内心的道德准则，都如康德的星空，内心中的规则告诉我们"这个不允许"，从而理性地对待所谓的诱惑。试想，若人人心中都有这条红线，哪还有落马的贪官？若人人都能守住内心的一方净土，哪还有唯利是图的广告推广？

规则意识的树立，在于规心。高级的规则意识约束内心，勇于逆行。屈原面对满朝"偭规矩而改错""竞周容以为度"的荒谬场景，不仅管住自己不随波逐流，更不愿"屈心而抑志兮，忍尤而攘诟"，迎着巨大阻力逆流而上劝谏楚王，欲拯救衰微的国势而遭多次流放，仍发出"亦余心之所善兮，虽九死其犹未悔"的感叹。他自知举世混浊，勇于去改变现状，如同尔虞我诈社会中的清流，高尚的规则意识成为他流芳百世的标志。司马迁在《报任安书》中提到："古者富贵而名摩灭，不可胜记，唯倜傥非常之人称焉。"放之现世，却又是何等贴切。每朝每代都有"上有政策，下有对策"的"灰色地带"，而能保持初心，孤独地创造世界者，是真正的赤子。大学的学生们，能理解学校的用意、在被铜臭味侵染的校园中跑出一阵清风吗？

"云也不是自由的，因为有天空约束着它。"鲍勃·迪伦在一首歌中唱道。规则永远存在，需将其看为划定通道的标尺，而非限制自由的囚笼，这点我们必须清楚。将规则放入心中，不要"聪明"地寻找它的漏洞，你总会在万花丛过后寻到灯火阑珊处的喜悦。

"聪明"易被"聪明"误，"傻"人有"傻"福。

材料作文

写于 2016 年 4 月

学会欣赏

一株娇艳的玫瑰来到上帝面前哭诉她的不幸。上帝不解地问："你已经足够完美了，有什么不幸？"玫瑰回答："因为我没有用，我的价值抵不上菜园里那些蔬菜。"她请求上帝将自己变得有用，因此世界上出现了第一棵卷心菜。

玫瑰是悲哀的，因为她虽然美，却没有欣赏美的眼睛。

三国时期名将张飞，勇猛无敌，曾仅靠一声大喝便使敌人溃不成军，却被自己人暗算，丢了性命。为什么？因为他不会欣赏他人。试想，若张翼德能善待将士不对其无缘由辱骂，将士如何会生谋反之心？若他不因关羽之死对属下大发脾气提出过分要求，他人又怎会忍无可忍取他首级投奔敌军？战功卓著却又有勇无谋，令张飞失去了自我，自负轻视他人，从而导致了他悲惨的结局。

那么只要不蹈张飞覆辙，欣赏他人就够了？不然，我们也需欣赏自我，找到自己存在的价值和尊严。春晚小品《我骄傲》中的那位保安，在一个级别比他高的人面前不卑不亢，坚守自己的原则，将自己的工作完成得十分出色，最终得到老板器重，自豪地喊出他一直挂在嘴边的"我骄傲"。他的确值得骄傲。在其位谋其政，作为一名身份卑微的小保安，他欣赏自己，就算一群人责怪他"不通融"，也未曾将他所骄傲的东西失去一分。这是一个大写的"人"。

正如故事开头的玫瑰受魔鬼唆使一样，现实生活中有太多类似如此的"魔鬼"攫取人内心最脆弱的部分。有些人凭自己努力达到高位，被"魔鬼"偷去自我，整日飘飘然蔑视他人；有些人不懈努力，被"魔鬼"偷去自信，看着他人，自怨自艾。这导致娇美的玫瑰失去了本身的价值，变成了一棵卷心菜。可这又有什么意义？

孟子言："达则兼济天下，穷则独善其身。"欣赏也是如此。当我登山顶我为峰时，别忘了向下看，那些努力的身影值得去喝彩；当你含苞他人绽放时，别忘了向前看，找清自己的路，为自己喝彩，人生的意义或许就在于此。向下看、向前看不是妥协卑微抑或趾高气扬，更多的是一种"定乎内外之分，辩乎荣辱之境"的胆识和气魄。风大云散心亦安然。不需去刻意向下来寻求安慰，更不需刻意向上去获得自卑，我就是我，我为他人欢呼，也为自己喝彩。至少，脚下的路一直未停，我有我的生活，何必去羡慕或鄙薄？

　　周总理在联合国大会上提出国家之间要"求同存异"，那就让我们一起"求同存异"，善待他人，欣赏他人，但也别失去自我、成了菜园里那棵卷心菜。天地之间的一杆秤，千百年来此增彼减，寻求平衡，便是超然之境。

　　你，寻求到了吗？

　　社会这堂欣赏课，你，学会了吗？

写于 2015 年 4 月

勇敢在左　畏惧在右

　　听过一位消防员的演讲，其中有一句真切地打动了我："每次出任务的时候我们都特别害怕，害怕这是最后一次。"冲入火海的勇敢者也会有畏惧，这着实让一些言论为之困惑。勇气还是畏惧？这是一个问题。

　　诚然，勇气是非常重要的。他是带领我们披荆斩棘的第一步，是开拓新世界的重要条件。因为勇气，我们才可想别人之不敢想，做别人之不敢做。马云第一次思索新的购物网站的制作时，正值国内网络未曾普及之时，在一片嘘声中他愤然出击。最终，华尔街的钟声证明了他勇气的可贵。电影《美国队长3》中提到一位在歧视女性年代里仍成为了著名外交官的女性佩姬的话："就算全世界都认为你是错的，所有人挡着你的路不让你前行，只要你认为你是对的，就对所有人说'你让开'就好了。""你让开"

不仅代表着一种决绝，也是一种面对未来的勇气。

然而，相比之下，畏惧也必不可少。一个人只有心中充满畏惧，才能为自己画出道德底线。初中学过一篇课文名曰《敬畏自然》，非改造自然也非征服自然，而是反其道而行之，论述地球上每一个生命、每一片尘埃都是人类的兄弟。常常看到一些作家悲叹"中国人失去了信仰"，信仰即是灵魂深处的畏惧。古人心诚，奉儒奉道，图的是一份内心的安宁。若无此，只知一味征服放浪，那不叫勇士，叫愣头青；火中取栗，不顾个人安危，那不叫勇敢，叫愚蠢；金庸笔下的大侠个个武功高强、敢爱敢恨，若只剩武功而无心德，那不叫大侠，叫杀人机器。

我佩服面对困难无所畏惧的人，但我更佩服即使畏惧依然奋勇前行的人。都说"勇者无惧"，但在我看来，勇者未必无惧，而是其中有足乐者，淡化了心中的畏惧。勇气与畏惧是人内心正常的感受，并不只是对峙，更多时候是相辅相成、和谐共存。别让勇气支配了你，无所畏惧也无心无德；别让畏惧驾驭了你，心诚志达也畏首畏尾。所有的一切均是令我们直面惨淡人生的必备武器，而非障碍。

正如开头的消防员所言，在日常学习生活中，我们也应做到有所为而有所不为。像仁人志士般兼济天下也独善其身，也是一种人生智慧。没有人是一张平铺在桌面上的纸，大都是立体而又矛盾的。追求片面的某一情感，是对人性的忽视，也是对智者的亵渎。

勇敢在左，畏惧在右。让我们在其间开出一朵美丽的人性之花。

写于 2017 年秋

构建和谐家风　我们缺少什么？

　　某图书馆组织的一次以"家风建设"为主题的家庭文娱活动状况调查显示，现代家庭活动的状况不容乐观，理想与现实之间如同隔了一道天堑。面对此景，我们不禁要问：家风建设，我们缺少什么？

　　从现状调查中我们不难看出，虽然同在一个家庭，但家长与孩子几乎各干各的，缺乏最基本的交流。家长沉浸于自己的"朋友圈"，孩子也有自己的"小世界"，本就建立在巨大代沟上的小桥，由于双方的不情愿被生生截断，屏幕与远方的背后是黯淡消弥的家风。《傅雷家书》中，傅雷时刻不忘与儿子傅聪交流人生的感悟；现任美国总统的女儿伊万卡下班后的第一件事，就是和两个儿子"尬舞"玩耍与沟通；张晓风通过整理父亲的信件来拉近与父亲之间的距离，这都是为人父母子女为沟通所做的努力，也是建设和谐家风所必不可少的桥梁。由此可见，家风建设，我们缺少交流。

通过研究活动内容可以看出，如今的文娱活动大多是消遣性质的网络工具，缺少高雅情趣的熏陶和培养，使家风庸俗而平淡。而真正的家风应能让人点燃理想的火炬，种下抵御沉沦的基因，在人生道路上手握真章，心怀梦想，行稳致远。钱氏家族历久不衰，遵循"忠厚传家久，诗书继世长"的家训，大多后代当好中国人，一生勤恳做学问，培养出钱穆、钱三强等一代伟人；曾国藩为后代立好家风，宣扬忠孝克俭，直系五代精英辈出，书写一家传奇。家风弘扬正气，宣告着家族的久盛不衰。由此可见，家风建设，我们缺少素养。

有了交流与素养的支持，家风也不一定能完成建设。张爱玲出身官宦世家，身边能与她交流的人不少，诗书也是样样精通，但她的家庭却缺少一种很重要的东西：温情。父亲吸食鸦片，母亲留洋海外，没有人让她体会到爱，这也导致了她亲情的缺失，在笔下塑造了一个冷艳的世界，一个易受伤的梦。渴望交流但又心不在焉，温情的缺席对家风影响颇深。这绝不仅仅停留在家庭，若是在社会能提倡温情，为家庭活动提供理想与现实间的联通，多组织些音乐会与展览等活动，理想就不会只是心里想想了，社会也能温情永驻，不再是司马迁笔下描绘的"熙熙攘攘皆为利往来"了。由此可见，家风建设，我们缺少温情。

家是最小国，国是最大家。家风正，国风即正。别让家风建设沦为古今家风的追忆，从现在开始，让和谐遍布整个人间。

写于 2017 年 5 月

助力共享　共筑未来

　　"共享单车"出现在城市各地，"扫码骑车"的特点解决了公交站与目的地的"最后一公里"问题，但因此引发的负面消息引起大家热议。我认为，"共享单车"若想真正"物尽其用"，离不开社会各界的共同努力。

　　"共享单车"的推行，是对公民素质的巨大考验。偌大的城市，成千上万辆单车，既是创新之举，也是冒险尝试。乱停乱放，缺零件、贴广告，甚至是为己之利乱叠"小山"，都折射出了社会的"公德赤字"，让单车的存在显得尤为尴尬。在物联网兴起的当下，"自扫门前雪"不再是为人处世的最高准则，这要求我们必须多为他人想一步。只是一个随手的行动，就能方便自己、成全别人，何乐而不为？如同先前的无人超市与自取零钱，"无人处"的所作所为更能体现社会的道德底线。转"拥有者"为"共享者"，我们义不容辞。

就算大部分人都能按照规则正确停放，各家单车公司之间的竞争也加大了管理的难度。单车投放量远超需求量，检修与监管却又跟不上，导致资源泛滥。近期公布的一处停车场被称为"单车坟墓"，图片中各式各样的单车堆叠在一起，形成一片海洋，触目惊心。有一句话是"垃圾是放错了地方的资源"，同样，资源利用不当也只可变为垃圾，风吹日晒雨淋。单车公司是否能体察群众需求，转变营销策略，不再"熙熙攘攘皆为利"，我们拭目以待。

《礼记》中言："大道之行也，天下为公。选贤与能，讲信修睦。"这是孙中山先生渴望建立的"大同社会"。如今单车"天下为公"，政府作为服务与管理的主体，理应有所行动。除了与单车公司合作以保护城市规划外，也应弘扬"分享"的价值内涵，除了"孔融让梨"的家庭式分享，"美美与共"的社会认同也必不可少。英国的"图书漂流"获得极大成功，而中国引进的"丢书大作战"却连连遇冷。同为共享，我们的路还有很长。对新事物的引导适应与转变，任务刻不容缓。

《庄子·齐物论》中有言："天下之大莫大于秋毫之末，而泰山为小。"细微处折射出的问题，恰恰是不可被忽视的道德指标。如今共享的最大敌人不是匮乏的物资，而是心理上的不满足与不适应。面对新生事物的麻烦与问题，只要万众一心、各负其责，而非互相推诿、顾左右而言他，就有适应并发展壮大的希望。单车的"共享"也是内心世界的"共享"，人与人之间的交流可能只是因为一辆车，"一放一扫"就会感受到来自陌生人的温暖。如今共享单车已成为中国名片，这是我们共筑的明天。

追求卓越

曾在网上看到一个问题"衡水中学对你来说意味着什么？"下面有一个衡中学生的答主写下了如此答案："学会了无奈地接受很多事情；学会了每天 5:30 用两分钟时间冲下楼梯；学会了在宿舍楼与教室之间狂奔；学会了整理卷子以及把被子叠成方块；学会了课间三分钟笔不停……回首看去，衡中给了我追求卓越的习惯与坚韧无比的意志力。"衡中的"狠"可是名震全国，衡中全体师生团结一致的"狠"震颤着每个人懒散的神经末梢。"拼在高三，赢在高考"，面对仅剩的 270 天，我们该如何"狠"出水平？"狠"出实力？

第一，对时间"狠"一点。高考的脚步正逐渐逼近，而算出的时间账更令人触目惊心。此时，鲁迅先生的那句"时间就像海绵里的水，只要愿挤，总还是有的"就派上了用场。课间十分钟，饭空，下了晚自习后，可以代表玩乐与怠惰，也可以代表严谨与认真。"业精于勤荒于嬉"，时间几乎就是高考的引路者，无论你跑着、站着、趴着都会被他一视同仁地拖到高考面前，不对时间"狠"，时间就会对你"狠"，学不会把握，一切都会被它夺走湮没。

第二，对效率"狠"一点。大把时间在手中却在磨洋工，心有余而行动力不足，造成花费与所得难以对等，这是天底下最愚蠢的主意，更何况赔进去的还是我们的生命。效率低下浪费休息时间，学也不是玩也不是，疲于奔命在各个未完成的目标，碌碌无为。有些"学霸"或者说"学神"活得恣肆洒脱放飞自我，有很大一部分原因是他们极高的效率与干净利落的行动力。课堂的效率，自习的效率，占了决定每天效率的大半部分。有的时候学会"舍得"也是高三生的必修课，一道物理题磨了一个小时出不了结果，尽管最终结果或许正确，但其中因思维跑偏或直接走神而浪费的时间也有些可惜，更容易造成"你只是看上去很努力"的现象，拼搏到感动自己，却感动不了成绩。提高效率，减少行动之前的反应时间，也是我们应努力去学习的点。

第三，对细节"狠"一点。计划这东西看似不如变化大，但也可起到一定程度的引领作用。而在知识与计划中注重细节，无疑可让答卷变得更加完美。书写应追求工整，解题步骤应追求完整，零零碎碎易忽略的小知识点，在一轮复习时也应尽量囊括。有句老话叫"细节决定成败"，注重细节，全面客观，将其变成一个习惯，那么未来走上人生巅峰也是妥妥的。

第四，对目标"狠"一点。教室门外走廊目标贴了一墙，但那只是目标，如果你的"GPS"有问题经常在脑中遗忘追踪不到它，就很难 get 到长期坚持的动力，从而走上岔路。狠狠地盯住你的目标，发挥"咬定青山不放松"的精神，这期间肯定有挫败，但绝不允许沉沦。或许有人觉得自己的目标遥不可及便因此拒绝努力，那么郎平的一句话或许可予以启发："女排精神不是赢得冠军，而是有时候知道不会赢也竭尽全力，一路虽走得摇摇晃晃，但站稳后抖抖身上的尘土，眼神依旧坚定。"我们不必再提里约奥运会中国女排的"黑马"之姿，而女排精神却应内化于每个中国人心中。若为避免结束，就避免了一切开始。这本身岂不是个因噎废食的逻辑？须知：求上者居中，求中者居下，求下者不入流。高考拼搏的不是结束，而是人生崭新的开始，我们应在心中点燃理想的火焰，种下抵御沉沦的基因，才能手握真章，内心坚强，在人生道路上行稳致远。

别让命运将青春这本书装订得拙劣，请用坚定的一笔一画来书写它们，未来的你会感谢现在努力的自己。

奔跑吧！路上春色正好，天上太阳正晴。

写于 2017 年 9 月

浅谈迟到

一个时钟挂在墙上，只要分针甚至秒针轻移一下，你就可以被判定为迟到了。迟到不仅是一种简单的行为，在我看来，还折射出了一种复杂的心理状况。

其一，对时间的漠视。从商之人常挂在嘴边的"时间就是金钱"不无道理。在生产与效率的平衡中，起决定性态势的便是时间。古人闻鸡起舞、分秒必争，对时间的重视程度可见一斑。有句话说：时间就像卫生纸，看着还挺多，一用就没了。更何况我们正值年少轻狂，书生意气挥斥方遒，蕴含着无限的冲动，直到稍长时才发现，捏在自己手上的是一把无用之物，而时间存折上已经支付得所剩无几，空留"欲说还休，天凉好个秋"。"时间观念"对我们来说如同玉玺，谁拥有了它，谁就拥有了完全支配自己命运的机会。因此，对时间的漠视不仅仅是对时间的不尊重，更是对自己韶华的不尊重。

其二，对责任的轻视。对于"钟表之国"瑞士来说，若有一个人迟到五分钟那便是不可原谅，绝不值得深交，迟到看似荒芜的是时间，实则还有自己的诚信与责任。一些小的行为恰巧能折射出一个人的品行，中国人讲究"看人看眉眼"正是这个道理。无视规章制度的人，信用证明上的一笔一画足以决定他的行动范围势必要比别人狭窄得多。中国青年团的团员规定上有一条"开会迟到五次及以上取消评选优秀团员的资格"。由此可见，迟到对你在别人心中的好感度降低起了多大的"帮助"。

其三，对未雨绸缪的无视。你认为你可以在二十分钟内收拾完毕出门，但你低估了太烫的饭食；你以为你可以闹钟一响就起床，但你低估了凛冬朔气的能力；你认为你可以早早上床睡觉，但你低估了你手边杂志书报的耐看程度；你认为你可以飞快结束梳洗，但你低估了镜子对一个女生的吸引力……如同连锁反应。也许你可以很轻松地拆开其中一环从而打破最终结局，但你没有。这只能说明你对自身行动的预估能力过于草率。在成为一个大写的"人"之前，你必须面对这个挑战。

写于 2016 年 10 月

（因迟到三分钟，被罚写的检讨）

站在人生岔路口

当你站在一个岔路口，面对着生与义、金钱与道德、权力与人心，并让你做出选择时，你会如何做？

也许我们会迷茫失措，也许我们会痛苦不堪，但还是请放下贪欲，选择后者。因为，我们应坚守属于自己的底线。

底线是人格的写照。孟子曰："仰不愧于天，俯不怍于人。"大丈夫有所为有所不为，"问心无愧"四字掷地有声。因为有底线，学者许衡发出了"梨虽无主我心有主"的呐喊；因为有底线，叶军长唱出了百世流芳的《囚歌》；因为有底线，古希腊传播着"两腿直立的普通人，比屈膝下跪的名人高大"的谚语……与其相反，近年来"落马"的高官们，则是因为丧失人格底线，最终身败名裂。坚守底线，才不愧对这个大写的"人"字。

底线是民族气节的高扬。文天祥，著名爱国诗人，不为金人高官厚禄的诱惑所动，面对刑场殉国的命运，他仰天长啸："人生自古谁无死，留取丹心照汗青。"他的底线，死亡都无法逾越。清末，八国联军入侵中国，沙俄政府以武力相挟，企图强迫清政府签订出卖东北的条约。清政府任命驻俄清使杨儒与沙俄代表谈判，尽管清政府曾电令杨儒，"是否签约，可酌情自行决断"；尽管谈判桌上沙俄代表软硬兼施，逼迫杨儒签字，他却始终不屈，最终顶住了俄方压迫，拒绝签字，维护了祖国的尊严，也守住了自己的底线。

底线是真理的高呼。自古以来，这方面的名言警句数不胜数，谭嗣同因参与维新变法被令处死，他始终坚守底线，坚持真理，坦然奔赴刑场，终在"我自横刀向天笑，去留肝胆两昆仑"的义歌中从容就义。古今中外，因追求心中真理而奋不顾身的学者们用他们的鲜血换来我们现在的文明。

即使我们身处和平年代，也不代表我们能没有底线。鲁迅先生曾说过"中国人即使在发展他信力和自欺力，自信却总未先去"的言论，不过现在的人们"自信"实在太盛，不顾道德底线，相信能改变世界的人实在太多。当你在面对名利和诱惑坦然转身时，当你被人欺侮而用法律来保护自己时，当你对权势者的颐指气使淡然一笑时……你已拥有并坚守了自己的底线。

让我们回到开头：当你走到岔路口时，你会怎么做？我相信，你已经有了自己的答案。

写于 2015 年 11 月

雏鹰展翅

选 择

公元 2145 年，为了最大限度地利用人才，政府推出了"天赋仪"。这是一款可以通过检测基因与性状推断最高天赋的仪器，能准确预言此人之后最擅长的领域，从而大量节省人才培养成本，杜绝"仲永"现象。仪器一经推出，广受好评。

【纪华音】

"当时，你进入那个仪器后，仪器'叮'地响了一声，当你从出口处被推出来的时候，手背上多了一个音符标记。大家都说你以后能成为一个音乐家。你一定不要辜负使命啊孩子……哎哎，小音你在听吗？"

"吃饱了！"我把饭碗使劲往桌上一蹾，抓起手边的琴箱夺门而去。魔音又在身后响起："哎呀！小音路上注意安全呀，老师说你表现不错，一定不要偷懒……"

"嘭"，我如释重负。家里的门隔音效果很好，手中的琴箱也轻快了许多。

表现不错，聂霜同学，也有几把刷子嘛。

【聂霜】

如你所见，我的名字看不出我的天赋。

因为我没天赋。

从那扇门中出来时，父母发现我的手上空无一物。他们去后台看了详细数据，发现我所有的项目数据均为零。也就是说，我无一擅长。

在这个时代，科技决定一切。没用的话不多说，没用的事不去做，没用的人不存在，仿佛成了这个世界约定俗成的通行法则。我是一个尴尬的符点。因此，我对自己被抛弃的身世十分适应，毕竟聂欣乐给了我这个家，将我拉扯到了十六岁。但她却对我的学习欲望强烈遏制，这是我一直困惑的事情。

我很喜欢音乐，因为阿乐的小提琴拉得极好。她的手上有个音符纹印，与我不同，这点我很早就清楚。我开心地触碰琴弦，从上面寻求阿乐的指纹，还用自己存的钱偷偷买了一把小提琴，藏在房间里，偷偷"锯木头"。

极冬区的风景日复一日演绎着茫茫的白色单调。已经很晚了，阿乐还没回来，我只好自己下楼觅食。在浓得化不开的黑夜，戴双无指手套，没人能看出我的与众不同。

楼下有个小店卖麻辣烫。我在仪器上输入菜品，找了张桌子，缓缓坐下。

"哎呀，你说妈妈是不是特别讨厌！"一个扎着高马尾的姑娘举着手机"噔噔"跑进小店。

一阵风灌进来，我打了个寒颤。只见叛逆少女面对雪景朝风大吼着什么，风太大我听不清，只觉得自己快被冻傻了。

"您能不能关一下门？"我朝门口大吼，吼不过北风。

"低于最低温度，大门关闭。"冷冰冰的女声。叛逆少女被猛地一下推进屋里。她微愣盯着手机，注意到我在看她，一个飞扑扑到我面前，抖了我一身冰碴子。

"你刚才听见我说什么了？"少女的声音很冷。

"没……"我正准备回答，却被她摘下口罩的动作吓到脊骨发寒。

和我一样的脸，一模一样。

"你愣什么啊！在屋里你为什么不摘口罩啊？"我听到那个"我"在咆哮，顺便一把把我的口罩扫了下来。之后她也愣住了。

这就很尴尬了。

空气凝固了几分钟后，那个"我"竟然开始笑，而且是大笑不止，吓得我以为她犯病了，脑中冷静地想着电视上某精神病院的电话号码。

她笑完了，捂着肚子拍拍我的肩："喂，我叫纪华音。"

"聂霜。"我哆哆嗦嗦地报上名字。

【纪华音】

遇见聂霜简直让我笑疯了。母亲一定会觉得我不淑女。

真的一模一样！什么都一模一样！

看着她正哧溜吸着粉丝，我才想起来自己还没吃饭。"哎，这玩意儿是什么？"

她一脸"惊恐"："麻辣烫啊，你不会没吃过吧？"

"马拉……什么？啊，我没吃过。"第一次离家出走。非常没有经验的我老实地回答。

她叹了口气，无奈地把碗推给我。"你是干什么的？"

"和你一样，音乐。"我看见她好像不自在地颤了一下，"所有人都说我是目前最有天赋的小提琴手，可我一点也不喜欢音乐。我从小到大身边就全是音符，黑白的音符。"想起刚和妈妈吵的那一架，我的声音略有哽咽。

"你啊……从小就没人在意我。我喜欢音乐，特别喜欢，但……"她欲言又止，抬头看天花板。

一个念头从我心中一闪，很快便攫住了我的心。

"我们交换吧。"

【聂霜】

在我坦白身份后，纪华音虽然震惊了一小会儿，但仍然不依不饶，我就这样接受了纪大小姐的计划。我先和她苦练一周曲子，之后便每每跟她在一个地方碰头，模仿她的言谈举止。阿乐不知为何整夜整夜地不回家，这反倒方便了我旁若无人地练习。

我终于意识到我有多么喜欢音乐，喜爱到我愿将它融进生命。我昼夜不停，只为赶上"天赋"二字。

老师欣慰地鼓掌："虽然感觉跟以前相比你的天赋弱了不少，但是心态有了，这样没问题的。"

我鞠躬，眼泪差点落下来——我终于有用了。手背上的音符图案似乎更加迷人，尽管那是纪大小姐刚花了四个小时描出来的。

"你喜欢画画？"看着她长达三个小时保持一个姿势兴致勃勃地抹着我的手背，我试探地问她。

纪华音眼睛都亮了起来："超喜欢的！色彩可以让我放弃所有东西！可每次妈妈看见我买的画册，都会把我训一顿。说什么你买画册别人正在练琴，你浪费那么多时间，考试又不考买画册。"

我思索了一下。"阿乐仿佛并不在意我干什么。她只希望我活着。"

纪华音猛得抓住了我的手，我吓得一颤。

"交换吧，我们。"

我仿佛看见一只神兽咆哮着"签订契约成为魔法少女吧"向我奔来。完全交换？拥有家世、父母、机会？然而我犹豫了。

"等，等下吧。"我叹口气不敢对上纪华音的眼睛。

我舍不得阿乐。

【纪华音】

已经一周了。在我提出邀约已经一周了。

聂霜完全没消息。

极夏区的秦英理在三个月后终于又联系了我，仿佛什么也没发生。全息影像中的少年笑得一脸灿烂，问我心情好点了没。我差点忘了三个月前那次歇斯底里。

我战战兢兢地问："所以你没听见我最后说的几句话吧？"

"没，风太大我听不清。"看到他的回复，我吁了口气。太好了。

男孩发来了一张图片，是一幅向日葵，饱满恣肆的笔风，张扬着青春的绚丽。一时我竟找不出什么形容词来形容我的震撼感。

图片下突然出现了一个画框："糟了！我妈妈来了！她要看见我没在算题一定会没收我手机的！这幅画是梵高画的，就是我的偶像。然后……我也喜欢你！"信号断了。

梵高……等等！最后一句！

"所以风大你也听见了啊！是不是？"我捂着发烫的脸。

那天和妈妈因为偷买的画册大吵一架后我跑了很久，正好他发来消息，我一阵牢骚越说越委屈，大吼顺便表了个白。然后遇见了聂霜。

心脏不受控制地"怦怦"地跳。我望见窗台上随风摇曳的风信子，一朵一朵絮语花的故事。

"我的心里有一团火，周围的人只看到烟。"梵高说。

【聂霜】

回家，开灯，玄关处是阿乐的手袋，里面露出了几份文件，好像是处理的什么遗物。看样子阿乐忙完回来了。

转身我看见她僵硬地坐在沙发上。手边放着的是那把小提琴。我感觉到不受控制的战栗。

"聂霜。"聂欣乐的面部微微抽动，似在压抑着极大的怒火，"你是一个无赋者，对社会来说你的存在等于浪费资源，这点你自己心里清楚。对你来说平安活着比什么都重要。所以别费事了，你赶不上的。"

我难以置信地抬起头，她正在躲避我的目光。"我没天分，但是我有毅力啊！让我试一下，行吗？"我几乎是哀求着。她握紧扶手，沉默良久，给了我一句"不行"。我感觉脑子"轰"地一下，疯了似的去抢她手边的琴。她咬咬牙，握紧琴把向地上一摔。

我看到了两个月的努力被火灼烧着。"没意义的……"她呆呆地看着碎片，"你在浪费时间……"

我眼前是一片混沌的梦魇。

我不知道之后发生了什么。一觉醒来手边多了一张飞机票，目的地是位于赤道的极夏区。此外，便是一张字条，聂欣乐的笔迹。

"咱们搬家吧。"

【纪华音】

"今天，十八岁的纪华音，作为有史以来天赋最高的小提琴手，将在极冬区举行演奏会。本台记者，持续报道。"

我微笑着看着激动的父亲，两年后的他似乎略有憔悴，但却更加自信。

"开始了！纪华音着一袭淡紫色的长裙，向全体观众致意，举起小提琴，准备开始演奏。"

庄雅流畅的音乐流出了琴身。不可描述的绝美，如同那朵绽放的向日葵。

"立冬，极冬区是极夜，在满目的繁星中，纪华音完成了最后一个音符。"全场鸦雀无声，但和我想的一样，随即铺天盖地的叫好声与掌声扑面而来。

"下面，请纪小姐致辞！"

朱唇微启。

"纪华音，我知道你在看。你过得开心吗？"女子笑得眼睛眯成了一条缝。

我愣住了。同样愣住的还有旁边的聂欣乐。

电视中传来一阵骚动。聂霜轻轻呼了一口气。

"现在重新介绍一下我自己。我叫聂霜，是个无赋者。"她褪下手套，露出自己无标示的手背。"如你们所见，我与纪华音小姐长得相似。一次机缘巧合我们相遇，交换了身份，我凭勤奋走到今天。我想向天下所有无赋者证明，我们也能活得很好。"

"聂霜你……"我说不出话，只感觉心中翻江倒海。

"那个傻子！"聂欣乐忽然失控，抓住我的肩，力道大得令我闷哼了一声。"应该……不要紧的吧。"我试图让她平静下来，"聂霜很完美地完成了演奏会，说不定社会对基因的认识会改写呢。"

沉默。良久，聂欣乐进了房间，一阵窸窣之后，递给我一个本子。她的声音喑哑："是我弟弟的。"

本子上记得很满。"为何一句最适合就能抵过所有的最喜欢呢？我想做自己喜欢的事情，没有理由。"

我翻到最后一页。那是一段书摘：

"人就是这样，总会活在某个时限内，那里的世界也许是几年之后连自己也无法理解，但这又是我们无法突破的。为你，千千万万遍，就算是遍体鳞伤还是会义无反顾，也许这就是人生，人生不是只做值得的事情。——卡勒德·胡赛尼《追风筝的人》。"

我不知道该说什么，只是忽然很害怕，蝉声愈演愈烈，向我压过来。

"无法突破的，呵。"阿乐盯着正向下滴水的拖把，仿佛那是个沙漏，一滴一滴满是光影。"当年我收养聂霜，就是希望她别重蹈覆辙。要是我反对我弟弟进行尊重无赋者的运动，他也不会……"

我脊背发寒："他怎么了？"

"以破坏社会秩序为由被送进了电疗所，然后……这是他的遗物。"

"啪"的一声绽放在夏夜。我木然低头，看见刚刚在我手中的玻璃杯在地板上闪闪发光，锐利明亮。

【秦英理】

此刻我正在医院座位上不安地搓着手指，终于听见皮鞋的响声，由远及近地漫过来。教授递给我两张纸，是一对同卵双胞胎的分析资料，其中一个表现出极高的音乐天赋，另一个基因受损，是个无赋者。

那个无赋者名字叫纪华音，我的女友。两年前她来到极夏区与我相遇，无视天赋，专注绘画。在最大逆不道的生活面前，我们选择了沉默，但这却不是聂霜的选择。脚步重若千钧，但我必须告诉纪华音。

【纪华音】

我收到了来自聂霜的消息。

"姐姐，我记得分别的那天晚上，我们坐在台阶上听音乐，里面有一句是'你在南方的艳阳里大雪纷飞，我在北方的寒夜里四季如春。'我现在就是这种感觉。我不怕，与其一辈子苟且，不如有一刻站到舞台上感受音乐的律动。"

我的眼睛已经看不清屏幕，默默在心口划了一个十字架。

【聂霜】

我始终记得那个夜晚。

我死死攥着机票，拼命忍着泪，约在老地方见面。极冬区的雪第一次下得那么留恋。我们聊得很开心，我只能拼命憋着那句话，生怕一提，便是花开两朵，天各一方。

终于我们都沉默了。我把那张机票给她看，说明了缘由。她开始给我讲故事，言谈里尽是极夏区的那灿烂微笑的向日葵。我觉得没有必要再犹豫了。昏黄的灯光下，她扑过来抱住我。棉衣太厚，我感觉不到她的温度。

直到一些热热的东西洒到我脸上。

【尾声】

最近的天气预报一直播报有雨。街景与灯光融成了一片泻到地上，漫无目的的黄。

聂欣乐紧了紧身上的大衣，将所有的心绪收束起来，默默地看着窗外。出租车寂寞地疾驰在雨夜，暖色的灯光照出冰冷的触感。窗外的雨像蜘蛛网般滑稽地笼罩在建筑物上。

"结束了。"她想。结局还是一样。

"我能和您聊聊吗？"她试探地直起身子。

出租车司机猛然听见这句话吓了一跳，郑重地答："不行。"

"为什么？"

"没意义。"

"没意义啊……"聂欣乐喃喃道。司机听得发毛，狐疑地瞟了她一眼，却发现她正盯着自己的脚尖，不知道在想什么。

街口一个红灯。司机娴熟地刹了车，手背上的方向盘标识清晰可见。他看了一眼手表，7点40分，距离他下班还有20分钟。等他载着这个奇怪女人到了目的地，他就要收起车换身干净衣服回家了。政府新推出的"配偶仪"今天早晨为他找到了结婚对象，通过基因图，简单明了。8点30分的婚礼，他可不想迟到。雨刷毫无意义地摆动着，红光淌在他的前玻璃上。

雨声陡然变得清晰。司机惊愕地发现，那个裹着大衣的奇怪女人，突然开门冲进了雨里。他回想起在接收乘客信息时，显示这个女人姓聂，弟弟和女儿已死亡，而且女儿的死亡是两天前，这也是她在殡仪馆门口上车的原因。司机对自己的推理很满意。

前方出现了绿色光点。他从手机上退了女子付的钱的一半，踩下了油门。女子很快隐没在黑暗里。"看样子能早十分钟到礼堂了"，他想。

聂欣乐站在雨中，仰头向天。雨滴漫无目的地砸下来，与大地连成一片。她抬手，看着那个音符在雨水地冲刷下逐渐斑驳漫灭，直至无形——就像是她刚被抱出机器时的手背，弟弟的手背，聂霜的手背。

那一刻，聂欣乐觉得自己仿佛从未活过。

熬夜人

　　深秋的黄昏来的特别有味道。街道旁的槭树显现出渐变的颜色，绿意与红艳由黄调和，地上是铺的厚厚的黄叶。学生们放了学，整齐划一的校服里有着与众不同的想法，书本上是从校园中捎带着舞下的银杏叶，明亮的黄。车子从街上飞过，将半枯的爬山虎暂时遮住。静谧中带着点躁动，像是刚涌上岸正准备铺平的浪，均匀地呼吸着。

　　他慢慢地从屋中拖出东西来。这时候的时令，令他不得不一次比一次早地做准备。墙上的时钟静静地看着他小心翼翼地取出整个白天积攒下的热量和那颗炽热的火球（那是在几个小时前刚回到他手中的），将它们投入炉灶，架上锅子，慢慢地等待。这个过程是吸热的，他需要等。

　　白色的天空变得稀薄透明起来，路边亮起了暗黄的街灯。此时，他闻到一阵好闻的香气，如同米汤。之后，他希冀的颜色终于慢慢出现，黑无杂质的纯粹的黑。那黑在慢慢地与白色糅合，很快便侵占了一小部分，黑白交界的地方透出一丝淡色的红，并在不断推进。带着些柔白的云也被同化，成了暧昧不清的灰褐色，黑色的疆域，点点延展铺平，终于布满了整个天空。

他的工作正式开始了。

他将身后的抽屉打开，犹疑了一下还是没有选择雾霾，抓了一把星星撒在上面。他喜欢这种银闪闪的小东西。之后，他从身旁拎起一根细细的小棒，开始从容地搅拌那一片浓重的黑。黑色在他的搅拌下溶解逐渐变大，一层层渗入天的底部，整个锅子都变得黢黑，这样，人们所称的"夜"便正式初具雏形，接下来便是累人的活了。他俯身看了一眼火，还算旺，一点一点吸食着锅子里的热量。不一会儿，整个夜就方方正正、清清爽爽地躺在锅里了，像块流动的仙草冻，他不能让夜凝固冻住，便加快了搅拌速度，等待它安静地随着他的棒子追逐，小臂上的肌肉紧紧地。一锅夜就这样慢慢地熬着，飘着些淡淡的清凉的香气，似一点风油精。他的动作幅度虽然大却一点也不粗疏，毕竟是干了多年的人了，像昨天刚来的小伙子，毛毛躁躁的搅得太急，云都支离破碎，也赶跑了前几天他放的几大匙雾霾。年轻人就是性急，他想。

夜似乎都是与静联系在一起的，至少他一直守着这个想法。小时候他便喜欢晚上，站在山头抬头望着天，感受那种浓浓的凉意与微醺的触感。

他喜欢不带任何杂质的夜的黑漆漆的样子，神秘而又透明，含蓄却又澄清，每当他跑下山时，他都会因为家中那朵晕黄的光而欣喜莫名。一个喜欢暗夜的人，在时光的深处与灵魂的光明相遇，并沉迷。

他停止了搅拌，收手看着夜的褶皱。人们都喜欢他熬的夜，因为有一丝冰凉的沁出的清甜。他从来看不腻夜，他熬的夜也从未甜腻，对别人来说百无一用的黑，却是他心中百品不爽的明，一点一点勾勒出梦的影子。

他从前就是个喜欢做梦的人。他梦见野兽从夜的缝隙里钻出来，亮墨的皮毛具有独特的质感。兽的脚步轻盈，如一只黑猫，墨绿色的大眼睛，身旁围拢着的是翻飞的蝶，在兽的脚印后翩跹，舞过千家万户，银白色的翅膀撒下鳞粉，令其堕入花蕊，伴随花香的呼吸声进入的睡意。他想起以前窗户前摆的那盆夜来香，于是愈发觉得夜晚可爱。梦，梦，湿漉漉的灵魂，委身在世界的一隅，眨着眼的影子。

他记得那就是一个夜晚，月明星稀，乌鹊南飞的夜晚。他独自站在大院里，身旁是破落的颓废与消失的豪情。白天太喧嚣了，他不喜欢，他记得自己试图闭上眼睛忘记白日洪水般的呼啸声，一片无声的寂静中几百张扭曲的脸以及自己酸痛的脖子和腿，身旁是一片片的"牛鬼蛇神"，他记得自己不断地在发抖，将黑暗中的微光紧紧攥在手里，哪怕被愠怒的棱角刺得鲜血淋漓。他累了，真的累了，他听得见自己心跳的犹疑迟缓。于是他踱向附近泛着波光的湖，深吸一口气。

他生平第一次也是最后一次全身心地感受黑夜的灵动窒息的美，视线中浮动慌乱的波涛不断拍打着他的黑，一瞬之间的月光，洒遍他的全身，然后便是无穷尽的黯然，"黑暗让光明更有意义"，沉睡前他在心中呢喃，感受着湖水冰凉的吻。

然后他就醒了，到了这里，成了熬夜人，他此生终与黑夜做伴，却也向往清澈的光明，黑色的流动的夜铺满了他毫无意义的时间。

时间差不多了，他负责地把自己从回忆中醒过来，熄掉了火。余温与其他人的精力仍会滋润爽滑的夜，他不必再操心。依然有几处泛着红色，几处崭亮的人造光如刺刀般穿过浓厚的夜色，他微皱了下眉，尽管他知道现代化的脚步将或多或少地侵蚀黑夜，但他还是喜欢纯净的时间。那时，公路上的汽车像划不着的火柴，在夜的边缘不断擦过，忽明忽暗、似真似幻，静谧与新鲜感，他喜欢。

他的工作完成了。他缓缓站起，活动了一下筋骨，将光球投入锅子，之后便是令其吸热重获纯白的时间。他走出院子，一条蛇咬着自己的尾巴，他盯着看了一会儿，轻松地一笑，寻到自己的床，躺进去。临睡前他想起自己幽暗昏惑的梦魇，不放心地睁眼——视线一片澄明。他知道光球马上便要出现，那是不需他存在的时间。于是他安心地闭上眼睛，该是朦胧缥缈的黑，裹挟着他、安抚着他，伴随他找寻时空尽头那抹不确定的心灵起点，沉睡。

新的一天。

守 望

夏日的晌午燥热得可怕，树上嘶叫着的蝉奏出一首此起彼伏的欢歌，听得心思烦乱；眼前的土地似乎也被榨干了最后一丝水分，蔫蔫的黄着脸，似乎有蒸腾的白汽。麦子是快熟了，一片片极嫩的鹅黄，被偶尔经过的风一拂，舞出一道令人心悸的波纹，露出了田垄上穿行的身影，一大一小，隐隐约约。他们无所谓从哪儿来，无所谓到哪儿去，只是抱紧手中的家什，匆匆地赶路。

汗又顺着鼻尖淌下来，似乎要攒成一道细细的水流，清和急不可耐地抹了一把脸。身上的勉强还能称作衣服的破布被汗水浸渍出了盐碱，痒痒的，他又皱着眉头扭了扭身子，长的痱子沙沙的疼。师傅回过头来冷冷地盯了他一眼，古铜色的皮肤紧紧贴在精瘦的身体上，吓得清和不敢再动，只是又回头看了看他背上那个突兀的大家伙。

那叫渔鼓，清和的饭碗。

自从十岁开始随着师傅学艺，清和已经经过了六个夏天。他每日随着师傅穿行于一片片麦浪之中，寻到小村子的一个空地，便坐定，吃喝一番再开唱，那实是一个盛景：农忙时节的傍晚，师傅把马扎放在麦场上，坐着吃喝起来。原本死寂的村庄从山的皱褶中苏醒，一扇扇门打开，人像豆子一样撒出来。青壮年站在外端，媳妇们说着闲呱，小孩左突右挤蹦到内圈，被老人拉住。师傅拍拍细长的筒子试试音，拿出黑色的石夹板，打板便唱。清和站在一旁细细地听。从《武二郎》唱到《两头忙》，村民如痴如醉，师傅乐在其中。唱罢，清和便拿个碗怯怯地站在外头，收着一枚两枚的铜板，跟在师傅后面，像个尾巴。因为他们，小村子变得更加热闹，黄昏不再是疲惫的代名词。

清和很佩服师傅。他不识字，却能将上下五千年的故事编曲，唱得铿锵圆润，时不时还因时所需自创几段，让人们多给点钱。清和记得娘的话："守住门技艺，就饿不着你。"他吃苦，和师傅学，瞧着前路，暗想着自己被众人簇拥的样子，偷笑几声。

麦子依然漫无目的地延展着。清和想象着有一天他走在前头，身后跟着一个小不点，畏畏缩缩、战战兢兢地看着他的背，跟他走过一片片麦浪，唱过一段段曲子，然后，长大。

清和喜欢渔鼓那带有沧桑的清亮声，带着回忆与传承的绵长。

清和慌了。世道变了。

　　也不知从什么时候起，一种能放出影的大机器下了乡。众人晚上围着面白墙，听着炮轰声，看着鬼子兵，笑着闹着，没人注意到兀自唱的清和，也没有人愿意再做他的徒弟。清和依然穿行于麦浪中，背后少了敬畏崇拜的目光，无所谓从哪儿来，无所谓到哪儿去，只是抱紧手中的家什，匆匆地赶路。

　　清和木然地走在路上，眼看着电线一条条架起来，电灯一盏盏亮起来，衣服一点点新起来，年轻人一个个跑了出去，到城里，日日在机器的轰鸣声中憧憬着未来。渔鼓只有越来越少的追随者和越来越沙哑的嗓音，伴随着村庄的脉搏衰弱下去。

　　"世道变了啊。"麦客们说，"清和们"说，大家都说。于是清和回到了家。他用拿板的灵巧的手紧握着犁耙，娶妻成家。他还是爱渔鼓，拼了命地爱，常常情不自禁取出渔鼓唱几曲，他以沉默抵抗浮世的喧嚣，以渔鼓忘却世间烦恼，却因此和老婆发生口角："你听你那破筒的声音，'穷穷穷'，难怪咱家那么穷！"清和说不上什么，只是日日抱紧渔鼓，望着墙上的破洞。

　　清和七十大寿，儿女回家陪他。

　　回家却又是一场争执。老太太又控诉起老头的不是，嫌他天天敲个破筒乱死个人。老头回了一句，竟引起了老太太的哭骂，众人劝得手忙脚乱，好不容易把老太太安顿下来，"罪魁祸首"却不见了踪影。

清和抱着渔鼓跑到了山头。深秋，叶子铺落一地，田里尽是些乱茬。一阵风来，树上卷曲薄脆的叶子发出有质感的声响。清和觉得自己很孤独。

身后传来脚步声响。清和回头，是孙女。他想起十六岁的自己，又怔怔地望着十六岁的孙女，突然来了一句："妮儿，学渔鼓吧？"

沉默代替回答。风的嘶吼声响彻天际，孙女的发梢被风撩起。

孙女清楚，爷爷知道自己老了，开始害怕了；她明白，眼前这个背微微佝偻、古铜色肌肤的老人到底在追寻什么，她觉得，自己像在观看一个垂死挣扎、苟延残喘的病人，残忍却无可奈何。

清和无力地垂下头，眼眶中溢满了浑浊的泪。

会有答案的吧，有答案的。孙女想。

她开始跟清和一起，凝望着渐暗的天。

注：清和是孩子爷爷，现家住山东省泰安市岱岳区祝阳镇，
是泰安市非物质文化遗产传承人。

高考之外

前尘

他怔怔地望着那面墙，疯狂寻找那在心中被默念了千万遍的两个字，一直看到最末朱红的印。"不可能，不可能……"他在汹涌挤来的人浪中喃喃，如风雨中浮沉的萍。"哈！我中了！"耳畔喧哗声此起彼伏，他直觉灵魂出窍，余留真空，眼珠自欺欺人地转动着、搜寻着，从"张晋""刘继"中埋头翻捡，直到人潮退去。夕阳西下，枯藤寒鸦，闲人归家，以及伏于榜前的断肠人，心在天涯。

去哪儿？还能去哪儿？本想着鲜衣怒马踏遍长安花，现在却是蓬头垢面泪洒金榜下。他晃到了码头，麻木地飘上船，抓过一壶酒，瘫在乌篷内，目送如血的残阳，船夫惊诧这青年为何如此颓废。月明星稀，乌鹊南飞，清风徐来，水波不兴，捣衣声渐歇，大地沉入寂静。他如同做贼般溜出来，

伏在船舷上，灌入愁肠的酒也终于从眼眶中涌出来。一片霜洒在江上，洒在船上，洒在船头的"枫桥"上。枫叶轻摇，二月花般的霜叶与渔火呼应交辉，晃晃悠悠勾勒出金榜上的朱印，忽倏又不见。他叹了口气，将抬至半空的手收回，斜倚在船帮上，与静谧的夜对峙。水波无言，一片片波痕闪着光将他的倒影打散打乱。击空明，溯流光，惟见江心秋月白。

"当——当——"，沉寂忽被打破，一阵钟声响起，想必来自寒山寺，庄雅肃穆如同父言。他望向岸边——已是姑苏城外了。归去来兮！他呆呆地凝视着远方，有些恍惚，似不再认识自己。空气中蔓延的水汽与低沉的钟声似在提醒他什么。是什么？他拼命寻找着。环顾四周，他忽被一种攫心的美震撼到，静谧带着一种莫名的凄美冲向他，令一切的一切相同却又不同。他忘情地拿出纸笔，脑中火花般的方块字一个又一个闪现。终于，二十八个字整齐排列在纸上。他擦拭额头的汗，犹豫了一下，在最后郑重而又小心地写下那金榜上没有的两个字：张继。

那年的状元是谁？不知道；那年大雁塔风光如何？不知道。我们只知道，一个落榜的考生在那年失眠了一个晚上。从此，唐诗中有了传诵千古的《枫桥夜泊》。那面曾经题写中举状元的墙，成了《枫桥夜泊》镌刻的地方。

昨夜

一句怒气冲冲的话撞击着严瑾的耳膜："以后别来了！"她抬头想说

什么，却只看见一片白花花的纸向她扑来，重若千钧，砸碎了她的自信与自尊。她用手理了一下鬓角的乱发，视野慢慢模糊。不顾旁人的嗤笑，她冲出大楼，撞开自己小小的出租屋，如一只受了惊的蜗牛。

暮色渐沉，窗外车水马龙仍是不休。严瑾赌气地将头埋进双膝。"这就是名牌大学毕业生，工作效率和水平还没我高。""那人天天和别人欠她钱一样。"一句句冷嘲热讽过耳更过心，不断在她脑内循环。半边窗开着，一朵朵霓虹绽开，汇成一片灯的海洋。所谓的"指路明灯"在她看来却添了几分迷茫。她"噌"地站起身，想将嘈杂和纷乱一起拒之窗外，留她一人舔舐伤口，却又愣住：半边窗——如她的世界。

严瑾回想起她的从前。齐耳短发、黑框眼镜、寡言少语，终年装在套子一样的校服里的她，却在高考发榜那天成了全市的焦点。她的脸被白纸黑字侵蚀得呆滞，心中的半边窗"社交"被她毫不犹豫地关上，才换来了用一张张试卷叠起的"状元"王座。她连买东西都不会与售货员交谈，可那又如何？"只要学习好，没朋友也行"这句话自上学第一天母亲就叮咛，她一直践行，从未错漏，如同她的名字。

大学毕业后，严瑾惊恐地发现自己的前途淹没在氤氲的雾气中。本以为也可如学习生涯般一帆风顺，却发现学校学到的、占据自己全部的理论知识远不是生活的全部。人际关系的处理令她应接不暇，就业时因 S 大毕业生的身份顺利被聘用的她，却因为乖僻的性格令同事对她的好感支离破碎。这一天的到来，对她来说，是意料之外，又是情理之中。

颓丧地望着从未属于她的喧嚣，严瑾叹了口气，本来将窗关闭的手换了个方向，将另一边窗打开，露出半空黄澄澄的月。她有些感慨："当年的她拼了命，只为了未来的一个许诺，'只要考上一流大学，人生的一切都会好的'。"现在看来，这个许诺，总是无法兑现的。高考之外，还有另一片天空。

"也许是时候把另半边窗打开了。"望着窗外的一轮明月，严瑾在心中默念。

此刻

放下笔吁口气，看着自古以来一个个人物、一幕幕场景，我在走我的路。高考是一个关卡，却也仅仅是一个关卡，无论结果如何，总是青春岁月里一笔宝贵的财富。身旁的风景很美，我不会抛下主路，也不会舍弃四周。世界是完整的，要闯独木桥也好，要走阳关道也罢，路与景相连，才能叫一场厮杀。

手边是《五年高考三年模拟》，我看向窗外，看向高考之外。

今晚月色很美。

归 来

梦里谁在呼唤，
远方的孩子归来。
无论经过多少沧桑，
家是你永远的港湾。
——题记

春·桃花笑

"姐姐！姐姐！快看！"前方的小女孩一脸欣喜地蹦跳着。我微笑着将院门关闭，随着她指的方向看去，一片又一片绯红的轻云勾勒出幻梦的模样。芳草鲜美，落英缤纷，映着女孩盈盈的笑脸，如同九天玄女飞舞的天庭。我随手折了一枝桃花，三转两折编为花冠，俯下身，揉揉她软软的发，将花冠戴到她的头上，对她说："我们婉婉最漂亮了。"她更开心了，咯咯笑个不停，围着一棵桃树转着圈，伸展小手小脚编着属于自己的歌谣。

桃花笑。

……

我黯然推开桃花院的门，照样是美得令人窒息的云霞，照样是落英缤纷的花畔，只是少了那个花下嬉笑的女孩。春还在，人已天涯。

人面不知何处去，桃花依旧笑春风。

夏·荷花吟

已是子时。我俯下身注视着女孩的侧脸。她的眼睛紧闭，眼皮肿得像桃子，小手紧紧抓着我的衣襟，面目苍白，没有一丝血色。我有些心疼，轻轻帮她披好被角，思忖着让她好好睡一觉。

婉婉出去玩迷路了。"姐姐以后会告诉婉婉回家的路，你要答应姐姐，出去玩可以，但一定别忘了回家。""姐姐会陪着你长大，变得更漂亮！"她把头抬起来，注视着我的眼睛："那我们拉钩！姐姐答应我，不管婉婉以后变多丑，姐姐都不嫌弃我！"——终究还是个孩子啊！我与她的手勾起，她破涕为笑。裙袂不经意沾了荷香，水波微动与笑声渐行渐远。

荷花吟。

……

梦境凄凉，心事微凉，流年匆忙，对错何妨？荷花只留残黄，如同干枯的鸡的脚爪。我用手点一下水，立即泛起一池涟漪。昔日那个池边哭泣的女孩，与相思一起缺席。

秋·菊花残

凄风。苦雨。天昏。地暗。

又一阵不适袭来，我剧烈地咳嗽着，似乎要将肺震破，流出那颗破碎的心。身后，女孩正一脸担忧地望着我，手中的帕子越攥越紧。我苦笑。

果然还是我错了。我不该将家门关闭，那群西方蛮夷的发展我一概不知；我不该接受英吉利先生送来的礼物，现在我的身体如同一只老旧的风箱，苟延残喘；我不该高估自己的强壮，那群蛮夷最终将刀架在我的脖子上。来抢财宝的人中多是从前崇拜我的西方面孔，令我不得不感叹世风日下、繁华不再。而如今我也只能卧在榻上任人宰割。

议和的结果令人绝望，一群穿着皮靴的强盗终于踏进了我的寝房。"你们想怎么样就怎么样吧。要杀要剐悉听尊便，但不能欺凌我妹妹。"身为弱者，我不愿与其过多言语。我身上的刀伤似乎在嘲讽我，终究守不住。我合上双目。他们互相对视，随即烧伤抢掠，哭喊声响作一片。我眉心紧锁，却已知这是定局。

忽然，我觉得一阵风从身旁掠过，不禁心中一颤，猛地转头，婉婉已被多人擒住，动弹不得，正在往门口拖。"姐姐！姐姐救命！我不想走！我不想走！"她不住地哭喊，额头已有血渗出。我的泪终究还是漫了上来，用尽全力拉住那群人的裤脚，却被一脚踢开。当我从剧痛中清醒时，只看

见婉婉的脸在门边闪了一下，随即消失。我不住地咳着，泪水模糊了视线，口中甜腥味漫上喉头，伏在冰凉狼藉的土地上。身旁是一盆被摔碎的菊花，在昏暗的室内唯一的亮色、破碎的白瓷片划破了我的衣裙。菊花的花瓣萎落，如同我孱弱的身体。窗外秋雨仍下个不停。而对着满屋的颓废与残破，我终于抽泣了起来。

菊花残。

……

将最后一本书放入书橱，我叹了口气。荷花池畔的笑容已然泛黄。房间即使尽力按照原来的模样摆设，却也已是物是人非事事休。昔日那个被拉走的女孩的一颦一笑，那么遥远、那么温柔，而又那么肯定地一去不复返。

冬·梅花怅

这个冬天特别冷，一场大风撕裂了过往。我全身一片银白，在万家灯火的欢笑中胡乱翻着相册，泪也一滴滴溅在照片上。阿香跑过来，见我一人坐在院子里，一脸无奈："阿姐，你身子还没好利索，在这里干什么啊！快回屋吃饭啦！"我扑扑身上的雪，走到门口又不自觉地瞄了一眼信箱——依旧空空如也。"阿姐，你也真是的，她会给你寄信才有鬼啦，你写的信她能扫几眼就不错了。"阿香站在身后，毫不掩饰不解的神色。我摇摇头走进屋子。阿澳见我不死心地抱着相册，放下盛汤圆的碗，将我的手轻轻掰开，把相册放在小桌上，正对着相框内那个带花冠笑得乱颤的女孩。笑颜太灿烂，击中我滂沱的泪眼。"啊啊……阿姐你也真是的！"阿香很烦躁地抓抓头发。"好了好了，总之吃饭吧。"阿澳看着她的样子连忙打圆场，转移话题。

停杯，投箸。阿澳的蛋挞真是越来越好吃了。桌上的菜已基本被消灭干净，但桌子东南侧空着的椅子前的那碗汤圆依旧袅袅冒着热气。我有些疲惫地将头拗过去，望着窗外的一株腊梅。

窗外的腊梅寂寞地憔悴。我拿起酒杯，将酒一饮而尽。时间总是流逝，旧迹也慢慢被洗涤，在微漠的悲哀与淡红的血色中永存微笑的和蔼的旧影，真奇怪啊。无论阿香多么叛逆多么不听管教，无论婉婉多么过分、多么不愿回来，可我仍是坚信，我们是拆不散的一家人。

冬天来了，春天还会远吗？也许，待到山花烂漫时，我能再次看到记忆中在"丛中笑"的她吧。

眼泪顺着鬓角落到枕头上。

窗外，梅花怅，风又起。

写于 2015 年 10 月 高一

除 夕

　　"先祖父、先父、先叔……"爷爷一面念叨着，一面将用黄表纸胡乱写成的牌位放在水泥地上，再加上昨晚用一百元人民币量过的黄表纸，堆了好多堆，用不规整的石块压住。路上人很少，大多带着黑帽裹着棉服躬着腰，如同不知所云的故事中并没有什么用的逗号。路野叉兜站在巷子里，默默看着大爷和爸爸将长长的鞭炮排成一条长龙。

　　现在是大年初一下午两点。路家已经准备送家堂了。

　　路野回头看看姐姐，大她五岁的路明正专心致志地玩着"贪吃蛇"，弟弟路豪百无聊赖地摔着炮仗。她又抬头看着混沌的天，干冷的空气黏稠地粘住了流动的时间，仿佛将冷漠一滴一滴地凝在空气中，慢慢漾开。

　　没有人说话，爷爷的念叨声也早已消散，路野凝视着灰黄的土墙，忽然有些怀念用空白和空虚复制、粘贴的时间。

路野记忆里的年不是这样的。

那时她好像是八岁，最喜欢回家，因为家里有姐姐。姐姐学习很好，很喜欢和她玩，年很热闹。

应该还有细节吧，可是路野懒得去想。

经过一片大红大绿喜庆的店牌后，车拐出土灰色的巷子，路旁黑褐的泥土，干枯的枝丫，远方一棵树上黑而参差的鸟窝，以及天空中飞机拉过的线，似乎都在奠定这一路的感情基调。路野和路明坐在车后座各占一个窗户细细地看，路野在脑海中飞速搜索着可用的词汇，却发现实在少得可怜，又想也许父母现在更希望自己脑子里装着满满当当的物理，拽文反而不恰当，就又闭了嘴。诡异的沉默随着路的边缘一抖一抖。

真是一个敷衍的年啊，和我的成绩一样，她默默想。

静默中，路野的思绪忍不住被拉回刚刚的场景，如同纽扣般一个个环节在她脑中严丝合缝，直至她与回忆中的"年"成功相遇。

路家的除夕向来都能用一个字概括：闹。

从请家堂开始便是一场大戏：爷爷奶奶的两个儿子一回家，看见院子没扫、对联没贴、菜米鱼肉什么都没准备，便会着急上火、问候各路亲戚。两个老的争辩几句，奶奶索性开始蹲在地上大哭。这会儿妯娌闻声出动，劝的劝、扶的扶、乱成一团。男孩子早出去疯跑，女孩子躲在西屋玩着从来不会玩腻的过家家。之后经过一番紧张忙碌，堂屋的八仙桌上摆满供品：

一个微笑着的大猪头、一只盘好的白条大公鸡、一条含着青菜叶的大鲤鱼、一方顶着芫荽叶的豆腐、一碗圆圆的肉丸子，还有各种水果、点心，摆上烟酒、茶具，放上十几双新筷子，满满当当。在桌子后面的墙上挂好"家堂轴子"，拿糨糊在每个门上贴好春联、挂上用柏树枝绑成的香塔。爷爷用簸箕托着路野爸爸手写的牌位走到大街上，点着一根香，喊一声："老少爷儿们，回家过年了"，烧一叠黄表纸（调侃是送给已故老人们来的司机的车钱），放完一挂鞭炮，祖宗先人们就跟着回来了。接着每个门口都要横上一根木棍。桌上满酒、敬茶，让祖宗先人们开始享用。

活人的饭菜更讲究，要十六个或者十八个大菜，摆在桌上再放上九副碗筷。全家人不急着吃，在大门口点起篝火，待其即将燃尽再跨过去。篝火是芝麻秸绑成的，取"节节高"之意。待大家笑着，摸摸烤得热乎乎的棉袄，用锄头和铲子将烧尽的灰绕着大门围成一个弧。忙完这一切，才洗洗手吃年夜饭。电视常开着，但基本没人去看，声音调到最大仍不显嘈杂，大爷和爸爸带着调侃意味的互怼已足够振奋人心。爷爷奶奶也难得地笑着。照样是聊：多来孩子，多升职加薪，奶奶总会酸酸地念叨爸爸还没有儿子，搞得路野也难受，仿佛没有儿子是她的错一样，小摩小擦，爷爷总会过来安慰性地拍拍路野的肩。冯巩的"我想死你们啦"被高声喧哗压了下去。男人们开始打牌，妈妈和大娘说着、聊着、花痴着电视里深情高歌的韩国欧巴。路野和姐姐弟弟打斗地主，输了的喝水，夜里要跑好几趟厕所。吃完了饭餐桌不收拾，十七八个菜九个人实是吃不消，好在有初一、初二，可以热热继续吃，路明曾笑道每年吃完一顿大餐后都要连吃好几天剩饭。吃完饭三个孩子冲出家门去看礼花，在震耳欲聋的响声中一朵朵球形光点散开，三人叫得好像神经病。

十点多大家擦擦手去厨房包饺子，奶奶去解开狗身上的绳子，爷爷焦急地唤着两只"猫花子"回家吃饭。十一点，大娘召唤着弟弟睡下，将炉子再添些炭。十二点，伴随着倒计时，小院里开始敬天。院子当中烧纸，香灰扑进人的喉肺，热乎乎的，呛得难受却也快乐。烧完照样磕头，规规矩矩双手合十许愿，所有的希冀随香灰飘到天上带给天上的神仙。之后是一串又一串炮仗，飞一般地冲撞着鼓膜，片刻寂静耳朵嗡嗡地响，去吃芫荽（谐音"延岁"）馅的饺子，里面包着硬币。所有人都盼望着能吃到一锅里仅有的几个硬币，代表着一年的福气。闹腾到一点多，各回各屋，安睡，等着明天被一早来拜年的人吵醒。

路野虽然隐隐有这个年过不好的预感，但也心甘情愿地被以上的感觉俘虏，因此十分期待。她换上了平常绝对不会穿的鲜红的羽绒服，对着镜子认认真真地梳着头发。戴着帽子的母亲从身后经过，冷笑一声："精力不在学习上，全在头发上。"她愣了愣，默默把梳子放下，随便扎个马尾，几绺边缘的头发赌气地散着。她觉得这个年肯定过不好了，眼眶慢慢变得湿润。

下楼，路野父亲路爱民刚把车子发动。纯黑的、边缘光滑的车身，一看价格不菲，肯定不是自家的车。路野默默瞥了眼自家宝石蓝的北京现代，想了想还是钻进了车。

路野母亲趁父亲去扔垃圾，又絮絮叨叨说起成绩，听得路野心里一股无名火。"物理这么简单的东西你都学不会，成绩排倒数，那么没出息的玩意儿要你干嘛！"路野终于吼了回去，很丢人地带了哭腔，母亲总算闭了嘴。她一直很奇怪女儿初中成绩那么好，高中怎么成这样了，就像路野一直在纳闷，一个物理考二十分读了文科、上了大专的大人，哪有什么资格颐指气使指责她的理科学习和人生的？路爱民倒完垃圾回来，看着女儿红红的眼眶选择沉默，然而女人继续絮叨借的公司的车不还时却忽然发火："吊活不干就知道惹气！"空气恢复了尴尬的宁静。路野一方面觉得父亲的确不该开这种车，另一方面又碍于训斥母亲的快感无法开口。路野忽然想笑，觉得自己不该穿红羽绒服出门，黑色明明更衬现在这气氛。

在狗急切的叫声中下车，三人一齐露出了外交式笑容，将东西提溜回家，路野再次完美地被奶奶忽略。她觉得冷——往昔翻天覆地的家里一片死寂的静。姐姐沉默地坐在床上，屋里黑漆漆一片。她没有说话，毕竟谁家经历这种事心情总是够呛。

"大爷呢？"

"和路怡她妈出去了。"姐姐闷闷地答。

炉子上的壶开始发出尖锐的声响，路明穿着大黑袄将壶提下来，又舀进一堆炭。火温温的亮着，显暖和些。路野环视四周，拉起姐姐的手："走，出去逛逛。"

由于路爱党在大年二十九已经烧好了菜避免了争端，家里明显更和气了些，但这却让路野更想逃离。她觉得这不是她的家，走到院门口，一辆纯白的车拐进了院子，路明猛地跑了几步，路野忙跟上，往院里瞥了一眼，一个年轻女子抱着一个两岁的孩子下了车。远处的田垄，正一如既往地敞开着它宽阔的怀抱。邻家的叔叔进了门笑嘻嘻地问路爱民怎么换了车，然后一阵咋呼声后，灰溜溜地走了，神情疑惑。路野忽然有些理解路明心中发出的怨恶感，毫不犹豫地向田垄跑去。

路明今年上大四，在本市一所学院内。她从小到大一直是路野羡慕的对象，因为她总是拥有路野这个年龄段没有的东西。路明化妆技术很高超，每次化完妆出门总是会被人搭讪，大人们对此嗤之以鼻，觉得女孩素面朝天才正统，花枝招展反倒不像个正经人，对此路野很不认同。如今的路明穿着奶奶的花裤和黑袄，减少了许多槽点，路野感到一丝矫情的悲哀。

四周很静，太阳快下山了，几处地方落出许多鸟，黑色的，飞在淡蓝、白、淡粉交互的天空。"以前我觉得这里特别大，结果现在一走就到头了。"路明盯着土中的断秸秆淡淡地说。再向前走是一条臭水沟以及一道墙，灰白的障壁后是另一个城市的村庄。小村庄三面环山，如同陷落在坑里，这堵墙算是低地的终点。路明经常对路野说那条小溪以前特别清，她还在里面游过泳，可惜路野从来没信过。

什么都不一样了。

夕阳西下，路明、路野回了家。穿着花袄的新大娘迎出来关切地问了路野几句，路野偷瞟姐姐脸色，敷衍了几声。家里热闹起来，在隔壁疯玩的路豪被拽了回来，十二岁，一米六，一百二十斤，胖墩墩的。两岁的路怡穿着能出声的鞋"哒哒"到处走，路爱民和路爱党在厨房大吵，整个屋子里顿时有了人声。路明躲进西屋开始玩手机，路野也闲，群里红包不断，一秒被抢完，老家网不好，她也懒得去抢。东屋父母住，路野敲开了门，妈妈戴着帽子在里面看《史记》，她从书包中拿出刚买的《无声告白》看了几页，就听妈妈叹了口气。

"怎么了？"路野明白在家里年三十母亲肯定不会怼她。

"愁你那个大娘。"她说。

以前的大娘和大爷算是过着偶像剧般的生活：一见钟情，双双私奔，迁至东北，生下幼子。早夭，后又回到山东生了路明和路豪，两个孩子相差十岁，然而岁月忽已晚，流年催人老，大爷有了新欢，她不守不挂，毅然离了婚，自力更生。路野没觉得大娘有什么不对。

"你大娘要是坚持一点，守着家守着孩子就不离和他们耗下去，最后胜利的肯定是她，哪轮得到这个人进来。"母亲攥紧被子，大红的被单罩着喜气，裹着浓浓的乡土气息。路野把眼睛移向翠绿色的窗帘，晕黄的光正逐渐亮起来。她不明白为什么一定要耗上自己的青春和忍耐来等着一个压根就不再爱你的男人，她不相信有什么浪子回头。

"就是女人，耗也要耗死。"母亲意犹未尽地补了一句。

路野提着书拽开了十分难开的木门，天色已接近全黑，院里的节能灯冷冷地亮起来。路野下了台阶，电视已经打开，屋内有喧嚣的人声，不断有人走进走出。路野看着他们觉得自己好像处于另一个世界。她转身向堂屋走去，才发现在院子牌位旁一直静立的路怡。小孩子有小而精致的脸蛋，红而尖的棉帽，明黄色的小衣裳，静静地注视着大瓷盆里一个用于祭祀的猪头。白亮的灯，不足一米的小人，瓷盆中半闭着眼睛的猪头，路野觉得这些诡异的构图元素有些瘆人。堂屋门开了，路明喊路野把小妹妹抱来吃饭，路野俯下身做出询问的样子，小家伙的鞋叫了两声，随后便把所有的力量交给了她。上台阶的时候，路野注意到路怡仍盯着猪头的方向，临进门还回头露了个正脸，低低"啊"了一声。

碗筷摆放完毕，芝麻秸秆燃了起来，一家人终于能笑着喊着烤烤火了。路野和路明拉着手转着圈，路野的脑子里立刻出现了重组质粒，也不知是从哪开的脑洞，新大娘似乎没见过这个习俗，玩得很开心，爷爷也不甘示弱跳了几趟火，空气似点燃般快活。大家都很开心或说假装很开心，暂时忘了自己的烦恼。

　　回到屋里开始吃饭，照例是春晚当背景音聊些有的没的，相比起来也只是在拼命绕开"雷区"，那些"小三"、离异类话题。路豪很快吃完两个馒头，跳到一边打起了《王者荣耀》，说着粗话骂着队友；路怡忽然哭起来，怎么哄也哄不住，路野猜想她可能是和猪头的灵魂交流还没完成心有不甘。路明被路爱民扯住，关切地问起公务员考试的问题来，"女孩子一定得找稳定的事业单位"，"马上大学毕业不能没有方向"，如此重大的人生抉择，路野懒得想也不敢去想。至于她自己，高二，还剩一年半的时间来努力，可对她来说，丝毫没有努力的意愿，一切好像只是为其他人在努力，我自己想干什么？都好吧——她听见她自己说。路野觉得自己很危险，骨髓里浸着散漫，不希望也不失望，缺少必要的拼。此刻她乖乖地吃着饭，把自己缩在一角，这让她觉得很安全。

　　时间毫无意义却也仿佛有用地跑着，每拿起手机看一次时间，小时上的数字就换一次。路豪坐在路野边上打游戏，声音大到她听不见电视的声音。她很想问要不要来斗地主，但明显其他两人均是兴味索然。今年的春晚异常无聊，QQ上发了红包，路野很没出息地抢了起来。

　　"冯巩都不想我了，谁还会想我！"路野听见自己心里在咆哮。

　　草草磕了头，吃了饺子，路野终于看够了猪头睡下，折腾到了一点多，面对那个全民一起的倒计时，大家却没有什么紧张激动的气氛暗示，路野只是群发了一条新年快乐，等着四个0的时候点了发送键，草率地迎新年。

捱过一阵如同机关枪般密集的炮仗声，路明和路野很快进了西屋，外面的香灰呛得人无法呼吸。两人很快地把棉袄解开铺好，钻进三层被子做成的筒子，感觉如同被压在五指山下。

"睡了吗？"一会儿路明忽然问。

路野正处于半昏迷状态，经她一问却醒了大半，回了个"没"。

"我说……如果我是弯的，你会怎么样？"

路野瞬间全醒，转头看路明大大的眼睛、质询的神情：这到底是什么情况啊？

"我在语C里认识一个妹子，那个妹子找我组CP，然后她告诉我，她是弯的，她喜欢我，然后……我不知道。"

"你喜欢就好啊！"

"好感动啊妹妹，你那么支持我。其实我感觉我是一个很奇怪的人，我不会对什么东西产生特别的欲望。况且我爸这事让我对有些事情十分怀疑。我觉得如果真要嫁人，我可能会选一个我不怎么爱的人过一辈子，平平淡淡的，其实什么都不重要，家里人同不同意也不重要，但是……好像少点什么。"

路野在失去意识之前，听到姐姐的最后一句话是："我一定得快点找个男朋友。"

在梦里，路野变成了一朵云，无所谓从哪儿来，无所谓到哪儿去，念

天地之悠悠，独悠然而远行，背景音乐是一首日文歌，似带着哭腔的温柔的男声，她感到很安全。

路野看到过一条微博，说不是年味变淡了，是我们长大了。她并不清楚这种"笑渐不闻声渐悄"是否是一种正常现象。漫长的夹道树过后，车子终于拐上了大路。车前座的母亲忽然笑着说："这次家堂送得真快，估计祖宗都得说我们敷衍。"大家都开心地说了几句附和的话，觉得仿佛真的对不起一年只来一回的祖先。

路野看着窗外的风景又想到那个话题，作为一个独生子女，她能意识到父母想要二胎的想法有多么迫切。或许因为她是女孩，或许因为她太让父母失望，或许却也是单纯只是想再要一个证明他们还年轻，对于她来说却总是一种不明就里的惆怅。或许明年就会有个新人来到家里，或许她应该做些什么，可她实在不喜欢。她不讨厌小孩子，却也不明白自己的抗拒从何而来。

也许，一切都是不确定夹带失望与惆怅的，像是路怡的哭闹、前大娘的抗争，姐姐不明的性取向，她违背自己意愿的选科。自己的满足永远是他人的话柄，他人的称赞无法换来自己内心的满足，但却只能选后者，路野羡慕敢于不顾流俗而可做出自己选择的人，甚至到了羡慕小说中那个可以因做不出完美自己而自杀的莉媞娅的程度，可她明白她不能，她所可做的只是像地球一样绕着热闹的太阳转，而对自己的"月亮"不闻不问。嫁人不要太晚，生孩子不要太晚，女孩子不能太有自己的事业……这就是应该熬过的属于女人的一生，比三层被子还厚的负载。

"明年把父母接到城里过年吧。"爸爸说。

一切都结束了。

写于 2017 年 2 月

武陵春

那一场繁花盛景，终于在最后一朵落花的哀叹中消歇。一地的落寞，铺满了无人经过的小巷。微风已为时光停驻。已被零落成泥碾作尘的落红，倔强地散发着无人欣赏的如故香气，仿佛还在枝头，却已然飘零。我木然地望着铜镜中那憔悴的面容，却无心修瑕梳洗，就这样令容颜老去，兰心如花般飘零在雨中。时光瘦了满怀心事，竭尽全力去触到那曾经，却发现已不是当年的那份浅唱的清欢。女为悦己者容。悦己者已去，又有何可依挂？房中物品依旧静静伫立在原地，一切似乎像花的香气般没有任何分别，恍然之间，仿佛又回到了当年。那日，我们凭栏远眺；那日，我们对饮品茗；那日，我们评诗论对……而如今，一切依旧，但都诡异的缠缠绕绕、牵牵绊绊存住了一处空白。我知道——那是你。我发疯一样捕攫风中你的气息，仿佛前日你宠溺的笑就在我身后荡漾。我猝然回头，多么希望能看到你——可我没有。多次在梦中惊醒，嘴唇翕动，全身颤抖，却发不出任何声音。只有腮边两行浑浊的泪回答我梦的轨迹。于是彻夜难眠，一闭眼仿佛就能看到你在对我笑，鲜衣怒马，踏遍长安花。几步之遥，却是一生的距离，风愈静，而心不息，来不及也等不及。只好在子夜只影凭栏，将一壶绝望倒空，月下对影成三人。慢慢地将相思灌入喉，凄寒透过骨，穿了肠。不知，我们在两个世界，是否可以望一轮月光？

　　不是不想振作面对生活，只是无法面对没有你的未来。多次听说双溪的春依旧，繁华如织，如同当年的你与我。一切都在不断重演，就像一个又一个翻过去的日子，春尚好又如何？无可奈何花落去，似曾相识燕归来。明年春更好，可我会如何？四季轮回，花开花落，变的是易老的容颜，不变是荏苒的时光。一叶小舟，划破水面，那轻如一片芭蕉叶的小舟，又如何能承载一个女人对夫君的思念？此情无计可消除，才下眉头，却上心头，折磨着我数百个日日夜夜。

　　一水之隔的双溪，会有一个秾华媚艳的春吗？一季之隔的秋，又应令我如何应对流蓝的岁月？

写于 2017 年 6 月

骊 歌

"我可能得离开一段日子。"他说。

我没有回话，自小被卖至乐府，见惯了离别，尝尽了悲欢。我曾因唱不出调子而被师傅毒打，也看见过青楼花魁万众荣华。身处红尘深处，钿头银篦击节碎，血色罗裙翻酒污，成了我每天不变的风景，欢笑、华服、纸醉金迷，转烛于璐珠或酒色，一颗冷心。我觉得自己的人生仿佛看到了尽头，每日低吟浅唱，欢笑年年，老大嫁为人妇，孤独终老。身为一个歌妓，我只是虚假的陪衬。

直至，遇见了他。

那是个初春，院楼外春光旖旎，我只觉天气渐热，有点烦躁。忽有一白衣郎卷帘而入，春风十里。我觉他像普通客人来了又走，敷衍地唱了一曲。可他并未离去，专注地凝视着我的眼睛。他的眼睛中有深深的潭水，我的花钿是水面上飘荡的桃花。

"你很寂寞吧。"一曲终了，他与我耳语。我觉得内心被闪电激起，泫然欲泣。从此，我视他为知己，形影不离，因为他，一颗冰冷的心再次有了温度。

他始终淡淡地笑着，风流儒雅、才华四溢。他屡试不中自称奉旨填词，潇洒不羁。他说我们是同类，冷心观红尘，日日欢歌，便有一首首佳句流泻。

他眼中的潭水深不可测，可我爱上了这份危险。

眼前的他紧锁着眉头，避着我的目光，举起酒杯轻轻晃荡。暖融融玉醅白冷冷似水，长亭微雨，清秋渐至。忽然觉得这段邂逅宛若一朵花，春日出苞，喧嚣热闹、轰轰烈烈地开过了整个夏季，然后终于到了秋季。

"你也要走了吗？那也好，君子之交淡若水。"我敛了心绪，默默斟了一杯。

"爷，该启程了。"小厮搓着手进了长亭，满脸的为难。

"你先出去。"他打破了沉静，复又看向我。我战战兢兢与他对视，生怕他一眼便击垮了我苦苦筑守的防线。我以为我已经足够冷静，可在他面前这片目光中，我才知道自己有多么不堪一击。我飞快流转目光，端起酒杯笑道："玉烟敬公子一杯。"他没言语，也没举杯，忽然一把抓住我的手。我一惊，酒樽落地，酒泼出来溅满了襦裙。我惊慌地看向他，却被一双含泪的眼揪住了心。

"玉烟，"他久久哽咽，"我舍不得你。"

我忽然被一阵洪流激荡得左摇右摇，霎时我惊觉一直以来的隐忍和强颜欢笑都如此没有意义。防线顷刻被击破，刹那间泪水如雨落下。外面蚀骨之寒与内心无尽的长思化为滔滔江水泻出眼眶，一向清冷的我竟泣不成声。

他最终还是走了，站在船头远远望去，直至变成水天相接处的一点。我不知站了多久，只觉自己的内核仿佛被抽空。

他不会再回来的，我知道。尽管他许诺，尽管我相信。所以我笑了，和泪一起漾在浅浅的涟漪中。

2017 年 3 月

写给"天宫二号"的信

亲爱的"天宫二号":

　　展信佳。

　　听嫦娥和玉兔说,你要在大家觉得最幸福的时候来到我身边。我想,我应该做些自我介绍,告诉你一些地球人不会告诉你的事情。

　　我存在于太空已经上亿年,一直是孤独而又安静地围着地球,似乎要找一个永远也追不上的梦,生活浸润在漫无目的的旋转中。有一天,我忽然觉得有些不太对劲,时空中仿佛有了追随我的目光。我循着那种感觉,对上了一双亮晶晶的眼睛。那是一个人。我们彼此好奇地对视,最终,他扭头,向龟甲上刻了一个字,然后举起来对我说:"看,你的名字。"

　　那片龟甲上写着"月"。

　　从此,我的转动忽然就有了意义。每个夜晚在我的注视下,数万双眼

· 337 ·

睛也在注视着我。他们叫我白玉盘，说我弯如钩。盈虚亏损，悲欢离合。在岁月的长河中，在广阔的宇宙里，我的肥瘦、我的一颦一笑，都成了他们热议的话题。我曾经见过一位白衣诗人，并与他成为挚友。他思念家乡时，我以一地清辉做伴；他高歌欢唱时，我以几缕彩云唱和；他举杯邀我时，我将他的影子投在地上，就像在他身边。我从未能与他说一句话，但他激昂的欢笑告诉我：他明白。尽管最终我再也不曾见过他，但我相信，他还活着，活在一些长短句里，身后有定格微笑的我。

时光永是流逝，旧物不断被洗涤，在微茫的月光中残留着曾存在的光影。不久，热切看我的人们都低下头散去了，一幢幢高楼矗立，在亮如白昼的霓虹灯间，人们低着头欢笑，低着头谈话，低着头喝酒，低着头赶路。一朵朵灯亮起来，一束束目光散去。有些怪东西在我身旁环绕后，我看见了自己在屏幕中的模样：灰白的、坑洼不平的、黯淡的模样。大家对我说："你真丑啊！"然后又低下头各忙各的。

我不能再守护任何思乡的灵魂了吗？不能再点缀任何美景了吗？

我默默看着地球被雾一样的大幕笼罩，他们看不清我，我也看不清他们。一切又回到最初的起点。他们眼中，只有漫无边际的黑灰及钢筋水泥的森林，还有被割成一块一块的天空，没有我的天空。他们目光迷离地奔在前进的道路上。仰望星空？哪有这个时间。人们像被鞭子抽打着一样疯狂地冲、冲、冲……

这个世界怎么了？为什么所有人都那么疲惫，却仍不断奔跑？我觉得人们离我越来越近，也离我越来越远。我看不透，读不懂，那种冷漠的目光。

我像以前一样安分地工作，沉浸于无可奈何的孤独。直到有一天，一台大机器向我奔来。"我叫嫦娥一号，"她说，"我来陪你。"看见她，我不禁问道："在人们眼里，我是什么样子？"

她笑了，从数据库中调出大量信息。"床前明月光，疑是地上霜。举头望明月，低头思故乡。""可怜九月初三夜，露似珍珠月似弓。""海上生明月，天涯共此时。"我出现于山巅，出现于海边，出现于林荫道，在一个又一个汉字中，我寻到了定格在他们眼中的我的模样：温润的，光明的，富有感情的。"你在古代人眼里不只是一个星体，更是一种融于骨髓的象征意识。你的一举一动，都在他们饱含情感墨香温存的一笔一画中保鲜。你装点了他们的窗子与梦。"她轻声说。一双双热切的眼睛，失意的眼睛，沉思的眼睛，我熟悉的眼睛，顷刻将我包围。

我从诗中找到了原来的我，却再找不回那群喜欢我的人了。

所以，"天宫二号"，我希望你能不只把我作为研究对象，我希望因为你，能将我的意思传达到你那冷冰冰的显示屏中，人们能接收到我寂寞的目光，能抬起头看看我——这个守候了他们几亿年的月亮，就像几千年前他们的祖先那样。

我希望有一天大雾散开时，能看见千百年前热切美丽的眼睛，看见那位潇洒的白衣诗人还在你们中间，不知疲倦地微笑。

我希望他们快快乐乐地活下去，陪着我，陪着诗中的我，也陪着现在的我。

预祝工作顺利。

月亮

地球日 2016 年 9 月 15 日（中秋）

醉翁亭记

滁州，滁州。

我望着那层层叠叠的山峦，心中莫名平静。数了数背篓里的柴火，心中盘算着够用几天的了，便向山上走去。穿过翠绿幽深的竹林，便听到了潺潺水声，仿佛丝竹之乐。溪水一泻千里犹如鸣佩环。山谷间泻出的一股清泉，从高处坠下，砸到怪石上，大珠小珠落玉盘。我欣然一笑，蹲下身将一些水泼在脸上，凉沁沁的，好不惬意。

"当啷"一声，一个物体好像从高处坠下。我忙跑过去捡拾起来，是一个酒壶，想必定是太守大人在亭上喝酒吧。这大人也真奇怪，年岁颇高，却酷爱饮酒，而又不喜奢靡，很少一点便能让他"衣冠不整下堂来"。我与他不算很熟，但却像故人一般，每次见面都很尽兴。这样想着，便拿起酒壶，向山上走去。他正背对着我，一袭白袍，昏昏欲睡颓然坐在石凳上，

手里却还拿着酒杯,口中嘟囔着什么,这样看来,活像个喝醉下凡的老神仙。

"大人",我轻唤。他转过头来,脸色通红,好像没认出我来。一会儿才一拍头:"瞧我这记性!智仙啊,我刚想起来!这亭子,叫它'醉翁亭'如何?吾一老翁,天天像个癫狂者一样待在这里,不如叫'醉翁'罢了!""这样自是好的。"我其实很感谢太守,他让整个深山在寂静中有了一种灵气,虽有时不免让人感觉有些喧闹,但这有什么关系呢?

我曾不止一次地看见他置办酒席招待宾客,下棋的,投壶的,大笑的人群中没有他;喧闹的,杂乱的,可笑的场景中也没有他。他只是坐着,微微笑着望着嬉闹的人群,时而探出头看看滁州人的欢乐胜景。不知为何,我竟在他身上读出了一种寂寥和苍凉。人都有孤独,再繁华的热闹,都有一种冷心观红尘。想必,他也是孤独的吧。也是,被贬滁州,从声名显赫到默默无闻,谁知道他的心中有多少悲愤与愁闷!他喜欢热闹,也许只是害怕孤独;他打趣自己"醉翁之意不在酒",但我认为也不在山水,而在心情。有这种苦中作乐的心,也无法排解迷惘吗?我的法号叫智仙,但在太守心境面前,我竟愚钝得要命。身在红尘,心却在更远境界的人,可否有那更高远、更宁静的感悟?

转眼间,寺庙已在眼前。我回头望了望那踉踉跄跄准备下山的太守。时光终究会汹涌而过,不带感情,不留任何痕迹地将众人湮没。而太守一定不会,他的豁达与乐观定会影响后人。也许,在后世中,那醉翁亭也会成为一个鲜亮的坐标呢!

嘴角漾起一抹笑,回过头关上了房门,耳畔传来低声吟唱:"人知从太守游而乐,而不知太守之乐其乐也……"

写于 2014 年 9 月

关于项羽

多少人哀叹垓下一战英雄末路，多少人期望青年才俊卷土重来，而在我看来，项羽的结局，命中注定。

"成王败寇"向来是历史的主题。刘邦是最后的赢家，自然是青史留名，万代功勋。可我们绕到背后看他的出身，不过是乡野凡夫，而项羽则是将门虎子，自小便可享受千万称赞与众多追随。俗话说"三岁看大，七岁看老"，在古代这是很有道理的，两人不同的生活环境和家庭背景，在不知不觉中奠定了他们的性格，也就隐约决定了他们的命运。

前几天看杂志时有这样一句话，我感到与此事很贴切：秩序性，项羽深知其道，刘邦却不以为然。《毛泽东文选》中记载的有"蠢猪似的仁义"的宋襄公，他那非要等敌人摆完阵才开始战斗的举动，无疑体现了这一点。同样的场景放于项羽，因为他深知"秩序性"，尊重可往或无路的抉择，才会选择自杀，不愿渡江。对遵守规则、有底线的他来说，成功就是成功，失败就是失败，没有重来，重来宛若悔棋，就像耍赖，君子不齿。而刘邦则不会有这种觉悟，他早年向书生帽子内撒尿，几乎是一个标准的地痞流氓形象，居山东及入关，判若两人，有法就用，有计就使，把敌人追死，不择手段，这也很好解释为何鉴定"二分天下"后，项羽放松地回了自己的地盘，他的字典里压根没有"反悔"二字，而刘邦所做在道义上显然不妥，但为求胜却是毫无底线。历史常常开这种玩笑。没文化的草莽匹夫靠狠招夺来江山，洗牌后重新建立自己的规章制度，等下一个毛头小子推翻，建立新王朝，周而复始。

　　另一方面，项羽的起点太高，且不说他的出身，光看他凭出色的才能轻而易举完成的几十场战役，就能看出他绝对是一个被命运宠坏的人，命运甚至都没给过他失败的机会。最近朋友疯转的北京四中初二女生写的作文中的那一句"愿你走出半生，归来仍是少年"，怕是最能贴切地描述项羽。他对生活怀着赤诚的热情，凡事以自我为中心，在绝境中还不忘那一点点开心，"一事能狂便少年"。这也造成了他颇高的心性，生活对他来说永远是独角戏，作战是团队合作，他不会用人；胜败乃兵家常事，不适合称王。而对于刘邦，他的地基是由他自己一点点打起来的，在社会中摸爬滚打多年的他，深谙用人与处世之道，对项羽来说少走了弯路，却也错过了风景。刘邦无惧失败，拥有被打击多次后强大而成熟的心态。课文中"老

者诈项羽"一节，被解释为百姓希望快点结束战争，但在我看来或许也有刘邦的个人魅力作用。他出身卑贱，自然知道百姓渴求什么、想要什么，他们需要的不是道义而是安居乐业，就像美国大选中特朗普胜出，不是他有多适合当总统，而是他能迎合几乎大部分人的心理，给他带来了转机。项羽高高在上如白居易，一直可隐约体会底层辛劳，但自然不如曾身处底层的刘邦知晓何为民心。从某些方面来说，刘邦要的与百姓要的是一致的。

在我们眼中，生命和面子哪个重要？孟子说过鱼和熊掌、生与义，对刘邦来说这可能没什么问题——肯定生啊对不对？留得青山在不怕没柴烧！如此这般，更显出项羽的可爱，尊严高于生命，即便无人问责，也不能对不起自己的良心。这让我想到韩国前总统卢武铉，由于家人受贿自杀的事件，王开岭评价他为"蝴蝶一样的男人"，他那尊严高于生死的特性在政坛令人赞叹。成功者固然令人赞叹，但直到最后一次也不忘初心拼搏到最后一息的失败者，却更令人敬佩。

项羽是争霸的失败者，却是道义的成功者，他的成功与刘邦的成功相比，似乎更为久远珍贵。

司马迁的忍辱，屈原的坦荡，康有为的出逃，谭嗣同的就义，在无意间将这两者划为两个派别，如同现实唯物主义与浪漫唯心主义的挣扎与沉浮。两种生活方式不同的人有不同的选择，项羽和刘邦藏在每个人的血液里，无法互相苟且迁就，默默指导着人们前进的方向、选择死亡的方式、考虑死亡的意义。

写于 2016 年 10 月

无 题

　　已是子时。本应平静如水的兵营，此时却搅起了千层浪。这一刻搅起大浪的石头，便是被押解着跪在地上的军师。前一刻还在告诫我，要我收拾行李准备撤退的他，这时却如此狼狈不堪。我在吵嚷的人群中静静地望着他，看着他紧锁眉头，又望望旁边愠怒的丞相，恍然大悟：杨修啊杨修，你真是"聪明一世，糊涂一时"啊！

　　我，夏侯惇，同丞相生死相随多年。丞相是极爱才的。他的《短歌行》中"周公吐哺，天下归心"可见。可杨兄却未曾悟到，丞相爱才的同时也有着强烈的嫉妒之心，耍耍小聪明也算是常有的事，可杨兄偏偏不领情地全部戳穿。从"一合酥"到"阔"再到"丞相在梦中"，明眼人一看就明白了这个姓曹的想炫炫自己的本事，我们也都不予理会，似懂非懂随他去，可杨修偏偏不识相，每次都恰巧拆了丞相的西洋镜。可他也太糊涂了。当他说出"一人一口"的时候，当他指挥人把门拆了的时候，当他叹息那被丞相错杀的仆人的时候，他都未注意，丞相的脸上虽挂着笑，但眉头却总是会皱几下。唉，杨兄啊，你真可悲！

单是要耍小聪明还不至于落此地步，这杨修的另一大忌是参与了立嗣之事。谁都清楚，曹植和曹丕是注定要有一争的，可曹植却如明珠般耀眼，倒衬得兄长曹丕平庸。不光丞相，连我夏某也颇看好曹植，这当然离不开他的功劳，他是曹植的导师，博学多识，身旁又有这一慧根，难怪曹丕会惊慌失措。可杨兄却忘了，这世子之争绝非想象中那么简单，选择支持一方的同时，就相当于踏进了一滩搅不清的浑水，成王败寇，怎么可能有好结果！唉，杨兄啊，你真可叹！

"鸡肋"一事，让这个人才彻底地完了。当我进入他的营房询问的时候，我就已经明白了，"食之无味，弃之可惜"的不是这场战役，而是他的命。以前积累的老账丞相还记着，这一"扰乱军心"的大罪，便是压垮这军师的最后一根稻草。唉，杨兄啊，你真可泣！

回想起杨兄的经历，他一生仿佛未出过什么错，一切都处理得极为完美，不论教书育人还是破解谜题。可他未想过，这便是他最大的错处。在错误的时间、错误的地点办了几件正确的事——为错误的人物。一切的一切，归根在"恃才"上啊。那我夏侯惇的命，能好到哪儿去呢？

我不由得打了个寒战。为他，更为我。此时，我看到他的眉头重又舒展，望了一眼丞相，带着一声苦笑垂下了头。他自是明白了——可惜为时已晚。

刀斧落下的声音。

血溅四处的声音。

头颅滚动的声音。

写于 2016 年 12 月

南京　南京

恍然间，我慢慢睁开了眼睛。

眼前是一片黑暗，光与影匆匆变幻，我仿佛置身于太虚幻境。耳畔有喧嚣的风声掠过，我猛然想起了我在哪里——

这里……是南京。

我忆起了我的相貌：一个黄皮肤的汉子，生长在一片五千多年历史的土地上。我始终坚信这是一片有灵气的土地，这是中华民族千百年来生生不息的力量源泉，这是"龙首！""龙首！"可我未想到，日寇的铁蹄会在此碾压嚣张！

那是一个冬日。宁急急地跑进家门，踉跄一下，倒在地上。我慌忙去拉她起来，她仰头，瞳孔紧缩，双眉紧锁，两腮挂着依稀的泪。

"哥！咱们……败了！整个上海都没了！我刚看到隔壁家的阿恒哥，

参军的那个，满身血污，走都不能走……他说蒋委员长将陪都迁往了重庆，南京怕是……怕是保不住了！"我脑中一片空白。那天云彩多得遮住了整片天宇，铺展成一片绚烂的红。寒风仍然无止息地吹刮着。我茫然地扛着行李随着家人迁往安全区。突然，远方传来了一阵呼啸，伴随着螺旋桨的运作声由远及近，人群明显地骚动起来。在拥挤的人群中，我艰难地转过身去攥住宁的手以防她走丢。一声炸响突如其来震耳欲聋，无数的瓦砾、砖块扑在我脸上。视线再次清晰时，离我们最近的一栋小楼唯剩断壁残垣。飞机诡笑着离开了。紧紧拥着怀里泣不成声的宁，我想骂，但没骂出来。

炮火先是试探着一点点逼近，随即便猖狂地占领此地，恶魔终于降临。伤员被抬往这里，哭喊与呻吟声不绝于耳，很快便挤成了一片。修女们窃窃私语，心疼地看着死去的年轻的士兵，双手举于额前，眼角渗着点点的泪。厚厚的血一层又一层地叠加起来令我不能呼吸。"不能再这样下去了，绝不能。"我想，"应该出去拼一把，哪怕鹿死马亡。"宁毕竟只有十岁，瘦弱得如同一根豆芽，却仍然坚持不用我照顾，还对我装作轻松地笑，说让我放心去，等我的好消息。那天，随手拿起几把伤痕累累的锈枪，响应了几个弟兄，走至门口，宁站在铁门后死死地扒着门，我转身，只听见她崩溃似的嚎哭。我双拳紧握，努力地固定住脖子不愿移动，眼泪在眼眶里打转硬是不愿令其落下来。我想喊，但没喊出来。

我失败了。一根粗壮的绳子如同黑色的蟒蛇令我不可动弹。我被绑了起来——与九万兄弟一起。我们被一群穿着黄色军衣高喊着"鸟语"的鬼子带往一片平地。枪声响起，身旁前方无数兄弟倒下，我艰难地转过身，看到了无数尸体堆积起的小山上猎猎作响的一面旗。无数的仇恨、无数的屈辱如浪般迭起，凄风苦雨中一片颓圮，带着宁那纯真的笑一起葬入葱郁的往昔。那片血红狰狞地印在旗上，也烙在心底。我终于吼了出来，不顾一切地挣扎着，恨不得冲上前将火炮口一下掰断。有人低低地骂了一声。

上膛的声音。我只觉身体被攫住——那是一枚子弹。剧痛之下，身体好似能活动。我艰难地站起身，向那炮弹密集的地方冲去——好像撞到了什么东西。

时光流逝。

抬起头，视线赫然明晰。一列黑色的石碑刺痛了我的眼睛。慢慢向后退步寻找了许久，我终于在石碑上找到了自己与宁的名字。群蚁排衙般的小字从这头排向那头，墨香温存的一笔一画中满含着淡红色的微笑、和蔼的旧影。三十万！三十万！！

耳畔有庄严的号声响起。我愕然转身，看到了蔚蓝苍穹下处于旗杆一半的五星红旗！耳边传来近乎于嘶吼的歌声，脚下是无数的蜡烛，身旁，一群僧人正低头诵经，还有一群红着眼睛低着头的群众，他们都低低地唱着挽歌。我泫然欲泣。

这里是 2015 年 12 月 13 日的南京！

再次注视着黑色僵立的石碑，宁不知何时来到了我的身边，含泪向我吐吐舌头。我对她微笑，轻轻握住她的手，重新转过身来，望着七十多年前那片满目疮痍的土地。路边的杜鹃花灿烂如天边的云霞，无数的高楼拔地而起，耳边是孩子们朗朗的读书声。远处，似传来一声悠长的龙吟。

我到家了。

真好。

写于 2015 年国家公祭日

到世界去

　　"来，啊——把嘴巴张开——"妈妈用柔和的语调将一勺饭送入他嘴中，他一开始只是低着头，可勺子碰触他嘴唇的那一刻，他却忽得惊恐起来，身体猛得向右仰，手下意识地向前乱抓，然后松开，头结结实实地磕了一下，耳边传来"当啷"一声。他直起身，摸摸头，然后继续低眉。

　　妈妈默默地将撒得满地的饭和勺子的碎片扫进垃圾桶，走回厨房，久久地凝视着餐具盒内二十多种勺子，叹了口气。

　　垃圾桶内是满满的瓷片与塑料勺，空洞地映着光。他依然低着头，似乎从未来过这个世界，羞涩与愧疚在他的神情中无处可寻。

　　他坐在地上，回想着刚刚拿东西冰凉的触感与他把东西掷出去后发出的响声，有些不知所措。因为那个东西，他忽然想起了什么。

　　白色的，嗯……有一些蓝色的花纹，贴在脸上凉凉的，和刚才那个东西的形状差不多，但在凹陷处可以摸到一些小凸起，似乎是某些字符。这是他最好的朋友，和他一样从不说话从不笑，从好多年前被一个人塞到他手上起，他们就是朋友了。他们每天都会见面，他会很乖地让朋友进入他的口腔，待朋友离开时，他会舔舔它以作告别。这时候他口中通常有一些东西，它会下意识地嚼两下然后咽下去。

朋友去哪了呢？它已经两次没出现了。

脚步声影响了他的思绪。一双白色的拖鞋出现在他的视线，随即是弯曲的膝盖，毫不起眼的灰色家居服，然后是一张脸，他很熟悉但永远不知道是谁的一张脸。那张脸的嘴在动，他微微抬头与她的眼睛对视。"真好看。"他想，"里面有一些珠子在滚动，和珍珠一样。"

珠子滚了出来，顺着那张脸以一种特殊优雅的姿势汇成两条小溪，在下巴处集聚，"啪嗒啪嗒"地落到地板上，成为一个个小小的湖。

他又低下头，默默看着小湖们汇成一片大海。

妈妈将门推开一个小缝，看着蜷在小床上的他睡得正香，便又悄悄把门带上，黑暗中她尽力不让自己发出任何声音，回到了自己的房间。

一盏小灯孤独地渗透着黄色的光。妈妈的指尖靠近手机又弯曲，往复几回，终于狠下心一把抓过手机，从通讯录中寻找那个人的电话。电话通了，疲惫而沙哑的男声中透露着不耐烦。妈妈只是沉默，在对方以为信号不通、马上要挂掉电话时，她忽然开口："孩子两岁时买的那把勺子是从哪买的？"对方长久没有回答，不知在思索还是在干什么，回了一句："不记得了，怎么了？"

妈妈蓦地握紧手机，指节泛白，如同她的脸色："他没了那把勺子就不吃饭了……这已经两次了……我该怎么办？"她用手掩住嘴，腰弯下去，泪又一次抑制不住地在被单上晕开。男人沉默了一会儿，说"我再找找"便挂了电话，留她一人将枕头洇浸。

灯依旧亮着，对面楼已是一片漆黑，妈妈不知不觉睡了过去，眉心三道沟怎么也抚不平。

身体里有一个东西在拼命地挣扎，把他弄得像一个被掏空的破布娃娃。他再没有兴致去探索他的世界，眼前似乎只有阵阵迷雾，他蜷在一角，呆呆地望着未知的领域。拖鞋向他走来走远，他已经没有力气去挣扎反抗来者的入侵，但他依然在被塞入一口食物后坚定而虚弱地吐出来。

他在等他的朋友。没有朋友，他不会做那种事情。

世界中充满了虚浮的白，他看不清，只能隐约望见像他朋友的碎片。怎么了呢？他很疑惑。他不知道拖鞋想干什么，只觉没来由的虚弱和恐惧，他开始放声大哭。你们都去哪了？到我的世界来呀，我很害怕。

医生面色凝重地将门带上。"这种情况必须尽快解决，营养液治标不治本，总有一天他会晕过去。"妈妈拘谨地点头谢过医生。

"自闭症，又名儿童孤独症，会使幼儿丧失沟通交流能力。"妈妈记的那年她拿到写有以上字迹的病历后，眼前一黑的感觉和现在很相似。

写于 2016 年 7 月

唯一·永恒

我很孤独。

我一直在向前走，不能回头。我必须踩踏过所有建筑，不能有丝毫犹豫。我看见过无数生离死别，悲欢离合，也品味过不为人知的哀伤与心酸。我是幸运的——我是永恒、是不灭的象征；我是不幸的——我一直很孤独，这场旅途没有人陪伴，只能孑然一身苍凉而执拗地向前走。我是公平的——每个人都拥有我；我也是不公平的——偶尔我会将一两个人踢到列车站，让他们坐着直达坟墓的列车迈向永恒，然后木然地看着一部分人哭天抢地，一部分人喜笑颜开，将一切都抛开。所有的一切，一个人最珍重的回忆、喧嚣尘世，对我来说不过是过眼云烟，耳畔呼呼掠过的风声，带着风随缘去。缘来缘去，缘生缘灭，一个人自以为重若千钧的记忆，对我来说不过一只蝼蚁。我走过的路，叫作历史；我前面的路，叫作未来。

没错，我的名字叫时间。

我曾亲眼见历阿房宫的辉煌，也是我亲手将它毁掉；我曾参与过霸王的庆功，也是我亲手将他推进深渊；我曾一笔笔描绘蒙娜丽莎的端庄，也是我将她本人从风华正茂的少女变成踽踽独行的老人；我曾谱写过动人的交响曲乐章，也是我亲手将它们撕碎焚毁……我不动声色地做着一切，但并不高明，总会留下些蛛丝马迹，不能如静水般波澜不惊——我的心在滴血，可我不能有任何明显反应。没有一个人不怕我，我是真正的世界霸主。

可有一样东西，我无法毁灭。

它能令人无惧死亡，笑着应对我的刑场；它能令人心念他人，为回忆增添美妙的旋律；它能令人不顾一切，只为一次完美的邂逅……我开始恐惧，我试着破坏它、消灭它，却总是做不到。我试着杀死每一个拥有它的人，却无法抹去他们心灵的追念；我竭力抹去一个时代的它的痕迹，却发现它仍在文学作品中不肯离去；我费尽心机撕毁了所有关于它的东西，可它却依然如寄生虫般逗留在青年男女的脑海……我拼尽全力将它赶尽杀绝，可它却在历史中越来越明显。于是，我看到了虞姬的眼泪、陈阿娇的冷宫、元宵节隐在柳梢头的月亮、罗密欧的梦想、杰克的唯一愿望、毛利兰数十年如一日的守候与思念……当我精疲力竭时，我看到它站在我面前，向我伸出手：

"让我们一起走吧。"

于是，它变成了我唯一无法毁灭的东西，我在一路创造一路破坏，而它却在一路微笑一路播撒。因为我们的同行，有了这样一句话"两情若是久长时，又岂在朝朝暮暮"。

没错，它的名字叫爱情。

写于 2014 年 4 月

窗

　　窗，历来是文人墨客佳作中的常客。从古诗词中信手拈来，杜甫的"窗含西岭千秋雪"，毛滂的"破窗月寻人"；看现当代，郁达夫的窗是浓绿的颜料口，仿佛无数生机盎然的翠绿植物，都从此泻进来了；张抗抗的窗是洋槐树的画框，整棵洋槐都被完美的镶在了里边；欧·亨利的窗则代表着一种绝望和希望，当病魔来临时，窗外摇摇欲坠的最后一片叶子与风雨后仍然挺立的叶子，何尝不是一种喜悦与希望。

　　我的窗，没有如此华丽的装饰，但因地处六楼这一绝佳位置而凸显出它的优势。北窗外，举世闻名的泰山以"君子有眼不识泰山"的谦虚姿态近在眼前，老妈整天美其名曰，"一幅巨大的真实山水风景画免费挂于我家窗前"。南窗，即我的书桌，一扇很普通安着防盗栏的窗。我不理解，小偷是蜘蛛侠吗？老妈说，不是防小偷，是防备三岁的我不知危险爬六楼的窗户玩耍掉下去。每当夜已很深，作业还未做完时，抬头看到窗外的铁栅栏，会有一种寒窗苦读的悲壮感和遥遥无期的囚徒感。

窗下即是小院，很多儿童在这里玩耍嬉闹，每次想起我也曾是他们中的一员就无比惆怅。听到他们玩游戏时发出的银铃般的笑声，真想跑下去和他们一起玩。但看到左侧那一摞书时，我总会与它们深情凝望一段时间，最后还是不忍抛下我亲爱的作业兄而默默坐回去陪它们。哎，成长的烦恼啊！每当听见他们意气风发的长啸声和讲笑话的大笑声让我觉得难以平衡时，我就想，他们终究最后也要变成我这样，然后继续心理平衡的与那永远无穷无尽的作业兄约会。但是，下面的喧闹在每晚七点左右停止——孩子们回家吃饭了。

夜深了，整个小楼便已无声。这时，我会眺望窗外，看那依稀亮着灯的窗户，便知道有些战友还在奋斗。革命尚未成功，同志仍需努力！我会在心中行注目礼，为他们，也为我自己——致敬！

窗，有可能代表闭塞，有可能带给你欢乐，有可能让你愁闷，但又有可能让你会心一笑。风景的不同，环境的不同，情感的不同，也可能是心态的不同。擦亮眼睛去寻找吧，总有一天，你能找到比这更大更美的窗，通向一片更灿烂的视野的窗。

写于 2014 年 10 月

笑

前方是波涛汹涌的乌江，后方是紧追不舍的汉军。士兵们都已疲累到了极点，都用最后的力量支撑着。前方的大将身着铁甲战袍，豪气自上而下溢出，此时却苦笑着、凝望着滚滚波涛，一双锐利的眼睛却充满柔情。

是想起他的乌骓了吧！那匹战马是他的心爱之物，他的生命。他最爱的事情就是驾着它东奔西走、驰骋沙场，杀敌千千万，如箭般飞快。那时的他总会豪气地大笑，伸手拍拍乌骓的背，那马儿通常会极配合地叫一声，带着喜悦与欢乐……可惜，这时运对他不利，乌骓再也跑不起来了。

是想起他的虞姬了吧！那个绝美的女子，在任何时候都伴着他、靠着他，不带任何虚情假意。他最爱看她舞剑，一招一式精准仔细，既有倔强也有女子的柔美，真是极佳的剑法。可就在三天前，她看他愁眉不展，便走向剑囊，拔出宝剑，希望得到他的那抹微笑，可他没有。他实在笑不出来，大敌当前，军情不容乐观，他身上的担子越来越重，眉头越锁越紧，她像往常一样，脸上挂着一抹笑意，剑尖在四周游走，身姿被剑影包裹，越舞越快，越舞越快，最终以他料不到也无法阻止的速度将剑指向自己胸口，并毫不留情地刺破皮肉扎了下去……他慌了，眼睁睁地看着她像一朵飘离枝头的花儿般倒下，连忙扑过去接住她。她的脸上全是泪，唇边残留着鲜红的血液，给了他一个笑——一个一脸释然而又充满决绝的笑后，香消玉殒……他怔了很久，久到他反应过来时，他发现自己的眼角有他常不屑的东西涌出，并以一发不可收拾之势占领了他的心，他的眼睛。眼前，一朵娇艳欲滴的虞美人正慢慢枯萎……

已经没可依靠的东西了，他想。他的身心，他的灵魂已经尽数飘走，杳无音讯。他忽然想到什么，回头看看正在慢慢逼近的汉军，仰天大笑。

全体将士都感到不可思议，怔怔地望着他。

他猛地抽出宝剑，仔细端详着。他看到了向他奔来的乌骓，看到了浴血拼杀的将士，看到了正在舞剑的虞姬。他毫不犹豫地将剑放在脖子上，用力一抹……

他缓缓倒下，留下一抹笑——清澈而美丽，忧郁而苍凉，如同虞姬。

他不知道的是，几百年后，一位女词人缓缓翻开这段历史，投以会心的一笑，玉齿皓腕，提起笔，深情地用清新的小篆写下了一首《夏日绝句》：

生当作人杰，死亦为鬼雄。至今思项羽，不肯过江东。

写于 2017 年 3 月

书圣是怎样练成的

又是一年盛夏，窗外蝉鸣不休，美人蕉镶嵌在窗棂中透出舒活的绿。我热得满头大汗，头发贴在脖子上仿佛要贴心地为我收集空气中所有的暑气。但我仍得一笔一画地照着字帖认真临写。院子里的鹅仰头欢歌，吵得我越来越烦躁。碾墨的手飞快地移动着，汗腻腻地覆在手上，我甚至拿不稳石头。

"啊啊啊，写不下去了！再写一个我就绝对不动笔了。"我赌气地想着，把自己所有的力量汇聚于指尖。横一撇一捺，好了！我迫不及待地将笔涮净甩至笔山，细细地端详起这个"大"字来。

我仔细看了几眼我的杰作，仿佛要为自己的才华倾倒。撇、捺不肥不瘦恰到好处，横平整间架构毫无挑剔。简直……简直能赶上我爹了！实在按捺不住激动的心情，我一把抄起纸冲出房间，直向我爹的书房奔去，全不理身后魏妈的招呼。

"爹！爹！你看我刚写的字！"我踏进书房激动地大嚷。可我爹似乎没听到，依旧眉头微皱笔走龙蛇，全身上下没有汗水一般，我瞬间感觉自己现在的模样十分滑稽。书房里的空气仿佛冷了不少，可我仍不死心地在一边等候。终于，他放下笔，我绕过他的几案在他提笔前扯了扯他的衣袖。

他如梦初醒般低头："献儿？你在这儿做什么？脸怎么这样红？"我碰了碰自己发烫的面颊，注视着鼻尖凝成的汗珠，踮高脚把自己的那个"大"字平铺在他几案上。纸的边缘已被汗濡湿，我局促地在自己的袍子上抹抹手。"爹，孩儿刚练字，认为此字极妙，来请您过目。还有……您不热吗？"他凝神看了一会儿，仍旧是眉心微锁，提笔加了一点，"大"变成了"太"。随后递给我，轻身说："献儿，心静自然凉。这字我不做评价，你拿去给你娘瞧瞧。"我似懂非懂，点了点头，见他又拿起笔凝神，便不敢再打扰。

踱至娘的屋子，她正在读书，手边青瓷茶碗中盛着微凉的酸梅汁，两色搭配有种别样的况味。这次我不敢再嚷，只悄悄走至母亲身边行一礼。她也是入了神，我只好呆呆站着，想让她注意到我。约莫一炷香，她抬起头，用帕子抹了一下下巴上聚着的汗："献儿？你何时来的？"我一句话也不敢说，唯恐坏了"心静"，只把那纸墨递至她手上。她浅笑，放下纸，把我招呼到跟前，用帕子轻抚着我的脸，替我擦去汗水。"献儿练字有长进了。但这'太'的前三笔都太过浮躁，尽管结构不错，可火气太足，只有这最后一点沉郁苍劲，清新飘逸，像你爹的手写出来的字。"我一听只觉懊丧，一把抓过纸把它撕碎，却被娘拦下。"看你这样也写不好，先别练了，把茶碗里的酸梅汁饮尽再说吧。"

我端起茶碗一饮而尽，感受着液体流过嗓子的快感，一边不自觉地抱怨起来："娘，我真是不明白，那么大的太阳，那么热的天，爹不让仆人动扇子，是要热死人吗！还有，爹是怎么做到不急不躁的？他和我讲'心静自然凉'，那是什么理？"

娘小呷一口，沉思一阵，忽没来由地问我："你觉得你爹字写得好吗？"

我毫不迟疑："当然了！每次我偷翻他的字都要被震好一会儿呢。"

"那你知道他怎么练字的么？"

"就是……站好，磨墨，然后写呗。"

"你说的对也不对。其实练字重点是练心，字不净，心先病。你爹少时"窃"读字帖常入迷，有一次边读边吃，吃了一嘴墨。他每次练字都是超脱于物外的，外界条件如何对他毫无影响，他是真正地扎进了帖里，一点点剖析描摹，勾勒出骨架填充血肉。对他来说，每个字都是一个他应珍视的生命，无专注无可成大业。你还小，不懂什么叫静，正是血气方刚的时候。因此，一定要沉下来，以中有足乐者。"

"可有时候爹也不认真啊……他养那么一群鹅，帮老奶奶画扇子，有时候还不顾礼节……前几日他去兰亭，醉得时候写了那些字不也很美吗？这也不合规矩呀。"我极力反驳。

娘笑了："那是另一种感觉。你想潇洒也是得等你有足够的积累。只有潜心研究为之衣带渐宽，才能在一定情况下打破规矩的条框。书法不是浮躁，而是沉淀与积累。屋后方塘的水积到一定程度才能涌出塘子，就是这个理。人生亦动亦静才可回归本真，一种潜心的孤独才能创造整个世界。"

我轻轻放下手中的碗，望向屋后的方塘。天光云影在其内徘徊，爹养的鹅正欢快地在塘边嬉闹。我不语，忽想到屋前的墨池。那便是爹沉心潜研的证明吧。这样想着，我顿觉凉爽许多。娘侧头看我，嘴角露出一抹笑。"世上无难事，只怕有心人。不用扇子是想练你的心静。这下好受多了吧。"

"好似有些明白。"我闷声回答，一边将"太"字折好放进袖里。

"献儿，聊什么呢？"窗外，爹过来给鹅喂食，袒胸露腹，一脸好奇。刚才那沉静之感荡然无存，这反差搞得我有点想笑。白鹅们扑进水塘，"嘎嘎"乱叫成一团，爹跟着手忙脚乱。看到这我竟有些敬仰亦动亦静的父亲大人了。

走回书房，我提起笔，一阵风吹过，吹走了几丝暑气。窗外不休的树叶轻笑声，蝉和鹅的合奏曲子倒给我别样的舒心。用镇纸压好新纸，我重落一横，墨香填满了我的鼻腔。

静下来，静下来。我对自己说。

写于 2016 年 5 月

带着回忆出发

窗外，我望了最后一眼。

无数的生活垃圾，土黄的大漠一望无际，填满了我的眼睛。各种电池
电子材料，都成了泛着泡沫的黑沼泽地，与各类工业废水混在一起，中间
还有好多变异的鱼，张着大嘴，疙瘩满身，尖利的牙齿在如毒气般的雾霾
中若隐若现，空气中的污秽仿佛能看清，这一切让人有说不出的悲凉与恶
心。我叹了一口气，将头转向窗内——有什么可留恋的呢？是时候离开这
个烂摊子了。

如今，环境污染已经恶化到非常严重的程度，地球不堪重负。也许会
无奈，可没办法。

"博士，请再检查一下飞船性能，我们即将启程。"助手走过来。我
点了点头，开始调试一个个按钮，思绪却不经意间飘往回忆的方向……

这艘飞船的建成，实属无奈之举。地球的地心火不断剧烈燃烧，随时都有爆炸的危险。而人们由于不断繁衍而衰老减速，已达500亿，实在不堪重负，北极和南极也住满了人。由于填海造陆，海洋的面积大大减少，仅占陆地的十分之一。为此，我们只得赶工建成了"方舟二号"飞船，希望能找到一些好的星球安家。自从在几天前发现了那颗X星后，全地球的人们都沸腾了——它的性能，并不亚于我们的地球。可我实在担心，如果到了那个星球后我们继续这样胡作非为，结果将和这个地球一样，甚至会更坏——我不敢再往下想。

"准备发射！五，四，三，二，一！"火箭飞了出去，我的灵魂也飞了出去。

若来到X星，一定是个新起点，我们一定不能把它变成第二个地球！我攥紧了拳头。

这时，飞船一阵轻微地震动。我知道，地球没了。我打开工作笔记，在上面写道："4114年3月12日，地球，这个曾经的生命摇篮，这个生我们养我们的母亲，在一刹那灰飞烟灭。"

写于 2014 年 10 月 27 日

快 乐

　　我叫吱吱。没错，我是一只老鼠，一只非常可爱的小老鼠。我们一家住在王老三家的土房子里。以前，他家的猫特别勇猛，我的太爷爷、太奶奶全部葬身猫口。可现在不同了，你问我为什么这样说，那我先从每天的日程讲起。

　　每天早晨，我们全家都醒了，就开始大摇大摆地出洞找食了。我们不用理那只猫，因为他睡得可沉了。今时不同往日，以前王老三家每年难得吃上一回肉，那猫分不到油水，自然自力更生。但现在，农村富了，王老三靠拉货发了，天天西装笔挺，大鱼大肉自然是少不了，有时还会给那只猫带点城里的猫粮。它和王老三一起越长越胖，最后到了懒得动的程度。王老三看到他这样哈哈大笑，说："这才是我的猫。"王老三的鱼肉也让我们开心极了，可以放肆地大吃特吃。我们也不用担心有没有人，因为王老三在城里买了幢房子，把他们一家全部接过去了，就剩两个老眼昏花的老人，一个常年卧病在床，另一个老人因为我们的大吃特吃多次去过电话，而王老三也只是说"不久带粘鼠板回去"。其实，他们已经三年没回来了。吃完饭我们想干嘛干嘛，也没人管我们。晚上，我们会出去溜一圈。不要认为有猫头鹰什么的会来。去年来了个"野味饭店"，里面那个老板可有意思啦！不仅把猫头鹰啊、蛇啊等我们的天敌都给捕了，还经常杀一些猫啊狗啊当做牛肉羊肉。看着那些人们吃得津津有味，我们可开心了。

都说"老鼠过街，人人喊打"，可现在不同了。村子里面只有几个年迈的老人和几个小女孩，男孩子都被带进城里学习了，我们又少了一层危害。不过，据说城里人都住高楼，也不养猫，那他们的生活有什么意思啊！现在我们什么事情也没有，一身轻松得有点无聊，就开始揪大笨猫的胡子，都揪了一把了，他也不醒，有点无趣。现在，我们有了新的爱好，就是跟王老三的娘出门散步。她每次都会在村口，望着大路叹息……

——快乐的我已经长大，现在也懂事了，倒也知道了些许道理。总有一天，这里不会再有人居住了，我们的幸福生活就要更加多姿多彩啦！

· 375 ·

写于 2011 年 5 月

噪音是怎样形成的

当今世界，音乐已成为百姓茶余饭后休闲的"利器"，可有一些声音，来自自然，来自人工，通向人们传递着"乱"的讯号。于是乎为了"保耳"，为了新中国、为了全世界，现特向大家说明三种寻常的"妖怪"，请注意观察，加紧预防。

一、叫声怪

可能我们在城市中很少见到此类妖怪，但在乡村，这种小东西存在于每时每刻每分每秒中。前几天我回奶奶家住了一阵，真是体验够了此类妖怪的杀伤力。早晨六点左右，一阵又一阵撕心裂肺的羊叫声响彻云霄，让我深切地领悟到羊叫是比海豚音还高一个音阶且能到破音境界的一种音乐……这还不算，从中午开始，一只狗带领所有狗进行汪星人大合唱，从一尺来长的小狗到站起来比人还高的大狗全部参与，那叫一个"悦耳动听"

啊！除了"呜~汪！"还有"嗷呜""嗯""汪汪""嗷嗷"等和声，一家狗叫全村狗汪，我已经找不到什么词可以形容此类盛会了（那真是比"云南的歌会"还要吓人）。下午，每棵树上的蝉开始一天的练嗓，用它们那连贯且富有磁性的喉咙吸引了一众虫观众，于是下午变成了昆虫们的专场；到了夜深人静时一种高音大师"凯特·喵"登上舞台。有别于平常温顺的叫声，夜半时的猫已经不满足中音对它们的束缚。"喵~嗷——""咪~呜——""嗷~嗷——"等任何动物都驾驭不了的高且连贯的嗓音如同我国古代一种古老的仪式——叫魂。我有点明白为什么猫在恐怖片中占位颇多了。在"告德·咩""道格·汪""斯瑞特·吱""凯特·喵"等一众音乐家的带领下，叫声怪悄然前行中……

二、噪声怪

此类怪物通常存在于建筑工地上。前几天楼下二楼装修，各类噪声都带着不留情面的穿透力呼啸涌入我家窗口。也许对懂音乐的人来说，这是一种很享受的打击乐的一个分支，但我实在忍不了！"噔噔 × 几""咣当 × 几"。是可忍，孰不可忍！令人遗憾的是在我终于决定向二楼找茬时，人家却没给我这个机会，提前一天结束了工程。噪声怪也在我下决心时悄悄溜走，杳无音讯。

三、音乐怪

"你是我的小呀小苹果儿""血和眼泪在一起滑落""想你做的蛋炒

饭，很有味道""这个 feel 倍爽""爱情不是你想买，想买就能买""今天是星期五哈星期五哈星期五""坐上火车去拉萨""辣妹子辣""小背篓，晃悠悠"……也许你觉得这根本不算什么，但当你从电动功率为特大的音箱内放出单曲循环五遍的几首歌后，你就会由上到下、由内而外地散发一种"给我把锤子让我把音箱砸了"的怨气。而且试着不去理会这种东西时，一群大妈总会在不合时宜的时间与地点冲入你的视线，闯入你正在专心做某件事的大脑，最后完成了占领。真是让人烦它没理由，爱也没理由。当你被音乐怪整得神经衰弱时，请试着去交涉一下吧。

写于 2015 年 4 月

身边的"运动"

看完这个题目，您可能会认为我要写一篇说明文。其实不然，"第31届奥运会"已经开幕，并且正在"轰轰烈烈"地进行中。不信？请随我来……

足球

"嘿，这儿！小心点，别踢偏了！""传球！传球！"孩子们正在公园小径上你追我赶，脚下有一个已经破破烂烂的易拉罐。他们在草坪上踢、跳、嬉、闹，旁边的一个标志牌却被踢歪，上面的"请勿踩踏草坪"似乎格外的"引人注目"。这时，一个男孩凌空一跃飞起一脚，却把易拉罐踢到了河里，"没劲、没劲！"孩子们只好"各回各家，各找各妈"。河里已经有好多"球"了，谁知道是不是都是以这种方法"光荣殉职"的！

拳击

在一个小角落里，有一个很不起眼的水果摊。有一天，一群人来到了摊主面前，二话不说就开始抢水果。摊主急忙拦挡，却遭到一巴掌，随后就是一阵又一阵的拳打脚踢。不一会儿，就上演了一场盛大的"拳击"比赛。摊主不敌他们，已经头破血流，角落里一个五岁左右的小女孩已经哭成了泪人，嘴里还喃喃自语："别打我爸爸、别打我爸爸……"一会儿，一群人扬长而去，车上的"城管"二字像星星一样越来越不起眼，似乎隐隐约约变成了"强盗"二字。

跨栏

川流不息的大马路上，一道栏杆阻隔了两边，一群小学生走在人行道上，烈日酷暑早已使他们汗流浃背，前面还有大约 100 米才能到对面去。"哎呦，再走下去我就受不了了！"一个小孩终于开始抱怨，几个小伙伴商量后，穿过车群，开始攀爬栏杆，远远望去好像是栏杆上的一块块破布，分外扎眼，小伙伴们看了看人，便说说笑笑地走到对面去了。对他们来说，他们的行为既节省了时间，又节省了体力，何乐而不为呢？

公德比赛，今天起，正式开赛！

写于 2012 年 4 月

迟了一分钟

　　诸葛壳，一个专业的车间工作人员，因为扎实肯干，工作严谨，他很快成了一个优秀的车间主任。可自从他当上"优秀"后，无论做事还是做人都变得轻飘飘的，仿佛线被拽断了一样。同事们开始对他颇有微词，可他不在意，整天笑容挂在脸上，腰板挺得老直，口头禅也变成了"不着急"和"慢慢来"。

　　那天，一个客商来到了诸葛壳的厂，说要生产一批零件。所有车间工人立马忙碌起来，唯有诸葛壳满脸轻松，丝毫没有急于告诉他的部下。他的好朋友周俞劝他："你怎么还优哉游哉的呢！赶紧回去干活呀！你……"诸葛壳满脸轻松地打断了他："别着急别着急，我们车间工作效率很快的！不是明天下午三点交工吗？放心好了！"周俞听着有什么不对，赶紧挡住了他："你听错了吧！不是……"可他一抬头，诸葛壳早已迈着小方步溜进了办公室，周俞还想追上他，却被同事拉走了。

时间像长了腿一样飞快地跑着，转眼间到了下午两点。诸葛壳仍安逸地跷着二郎腿浏览着各种网页，忽然发现邮箱中有一封新发的邮件，他打开看了看，忽然觉得全身的血液都凝固了——上面正是客户要求生产零件的文件，交货时间是：今天下午三点。"今天下午三点……"他喃喃地咀嚼着这句话，宛如一个晴天霹雳，连滚带爬地跑进了他的车间……

原来，诸葛壳开会时迟到了一分钟，对交货时间只听到一个尾巴，也没有再向别人确认。他忙了好久，最后拿了一半空壳子充数，才"完成"了任务。

不久，东窗事发。因零件以次充好，酿成大事故。诸葛壳自然逃不了干系，锒铛入狱。据说他啥也没说，只是一直在嘟囔一句话："明明只迟到了一分钟……"

写于 2016 年 8 月

雨淋漓

　　冷空气匆匆南下，带走了最后的热量与烈阳，换成无休无止的云与雨，秋意弥漫，染黄了路边的梧桐，青黄相接的叶色如同一丛青丝中的白发，被橘黄色的路灯照映生发出金属般冷艳的彩，昭示着无可奈何的现实。外面依旧是雨，打在不锈钢窗上叮叮咚咚又滑下，仿佛外面便是条溪流。雨丝像蜘蛛网般密密斜织，笼罩在对面灰色的建筑物上，原本黛色的群山销声匿迹。她看着玻璃上缓缓滑下的雨滴，出了神。

　　"怎么处理这把扇子？"这个问题她想了许久。扇柄的木刺不少，她却不知一样紧紧握着，摩挲着新亮的扇骨。她闭上眼想了下扇子的扇面和题诗，印象中那抹红刺痛她的神经，令她忙睁开眼睛，眼眶炙烤般烫。

　　"还是不好忘掉。"她想。

　　"我给你画幅扇子吧？你喜欢什么花？"她躲在高高的松树后探出头，

一脸期待。面前的男孩子略微偏了偏头，眼中漾着笑，又故作严肃："那就……葱花吧！"

白了他一眼后她还是认真的画了花，与之前的凌霄、昙花都不同，她画了牡丹，用国画颜料中浓得化不开的红，多一分是溢出来的骄傲与幸福。扇子是从校门口小卖部买的空白扇，4元一把，她一口气买了许多，但怎么也不好意思问他，尽管他在她买扇子时填满了她的每一个细微的神经末梢。画好后她拿给同桌看，扇子绽开一朵微醺的牡丹，同桌拿起了扇，端详着花说好看，随即玩味地看她一眼："给那谁的？"她点了点头，耳朵微微有些发红，偷偷侧头，男生的侧脸一如既往的帅。

扇子递给他了。他单挑了一侧眉接过，瞟了她一眼，果然是一脸期待，他也莫名地期待起来，心中却又有小小的恶作剧，故意板着脸向外走，她却不知，心一沉，急急跑上前拦住他："不喜欢？"

"嗯。"

"那你喜欢什么？"她有些不甘心。

"我喜欢你！"他转头，笑得一脸灿烂。

那天她在日记里写下："今天被男神撩啦。"

想到这她又有些难受，想再看一眼牡丹却又没有勇气展开，仿佛那个男孩子还在那里，她还能看见那么灿烂的笑容。盛夏的折扇带来快活的风，热闹得一生仿佛就这样热气腾腾地结束也不会后悔。看着每片叶子小心地托载着满满将溢的阳光，叶脉透亮，叶与叶之间的罅隙流着金光，正如手心的温度，是非同立毛肌收缩的热传导，有他常用的洗发水的味道。可如今她的手冰凉，海军蓝色的卫衣下是她畏寒的颓丧。窗外风雨大作。风时走时停，叶子半睡半醒，发出的哈欠声被阻隔于一方冰冷的玻璃。她从裤兜里掏出红色的打火机，用手感受它的每一处棱角。

炽热仿佛是一个梦，终是人走茶凉，笑渐不闻声渐悄。

窗外有车经过，车灯闪过寒冷的红光，在她高度散光的眼中留下暧昧朦胧的一团残影。

正在写作业的同桌忍无可忍状一拍桌子："你能不能别唱分手情歌了！"

她站起来扯扯自己的衣角："出去走走好不好？"

晚上的校园静谧安详，远处的嬉闹宛若浮在水中，听不真切却又无处不在。两人并肩行走，恰到好处地掌控着沉默的温度。同桌瞟了她一眼："今天上午其实是发生了什么的吧？"

"嗯，我去把扇子要回来了。"

她凭着残存的印象与勇气描述了她走向一个多月没说过话的林身边的场景，莫名地冷静。林只瞥了她一眼仍做着他的俯卧撑，脸偏向一侧，弄得她反倒有些想笑。她自顾自地说下去。

"你看天凉了也不需要扇子了，还给我吧。我给你个信封你从窗子里递过来，反正我就坐在窗边上。"

沉默。没人回答。她最后盯了一眼他的后脑勺转身走了，赌气似的没回一次头。扇子还是从窗边来了，掉落时"啪唧"一声。她摸着信封的凹凸，惆怅许久。

天凉好个秋啊，林。

打火机是红色的。她在拿的时候仿佛不经意但心中却有点刻意。天凉了点个火取取暖——这是她最终打定的主意。眼下满目皆雨，升腾起的心火也被浇灭。回到房间她小心地插上门闩，盯着橘黄的火焰看了好一会儿，热气灼得她大拇指一颤。她小心地一点点展开扇子，把他的笑、他的怒、他的强撩、他的撒娇都撕碎抹在扇子上，眼前的红糊成一片反倒看不真切，那一瞬间她却有些后悔：干嘛要要回，让其就这样放成记忆有何不可？虽然她明白这早就是她虚妄的梦。

就这样燃烧吧，烧掉她的一片真心，烧掉她的骄傲与小心，烧掉她的胡思乱想与一年来的幻梦般的日子，烧掉他眼中的柔情与笑意。就这样畅快地下吧，下到天地一片淋漓大地真干净，下到行人被驱散，记忆被冲刷，消弭她心中那暧昧的朱砂样牡丹。她静静看着火焰仿佛自己已经不复存在。有字的纸张被火舌舔得翻卷，一个字一个字被黑暗吞噬，最终飞起来带着倔强的点点红边，像随风飘逝的黑蝴蝶，无助却又带着落叶的哀怨。以后这种事还多着呢，人、事、风景，在记忆中斑驳漫灭不知其源，像金鱼的鳍缓缓扇动，给人以震撼但却又无奈，是不属于这个世界的必然。

最后一点火光不见。她独自坐在黑暗中盯着眼前的纸屑，手中依然握着那把扇子。最终也只是忍心让信封创造温暖，扇子的木骨让她有些怯意，那种实打实的触感。最后她闭上眼，打火机重新出现火焰。窗外的雨已从她紧皱的眉头间渗出点点，她的两颊被雨浸得发痛。两只手交会的一刻，她的内心异常平静。

再见了。

"妈，我走了！"她欢快地蹦跳着出了门。

妈妈微笑着与她作别。她敏感地看见了她微肿的眼却仍是什么也没有过问。阴郁了一整晚的天总算是晴了，就是地上的积水还在倔强地证明那是一场怎样的瓢泼，一阵撕裂过往的狂风。

妈妈走进她的房间，从垃圾桶中找到了一把焦黑的扇骨。女儿在做什么她无从知道，但她看着那碳黑与亮黄交替出现的木头，莫名地感到释然。

她将扇子又重新放回垃圾桶里，轻轻带上了门。

写于 2017 年 11 月

后记

我眼中的作者

山东省泰安二中教师

周爱梅

作为倪凯源的班主任和语文老师，我见证了她的成长进步，感受了她的优良素质，看到了她的组织能力，欣赏到了她的文学才华。她是老师的好帮手，家长的好孩子，同学的好朋友，品学兼优的好学生。

她热情阳光，思维敏捷，善于沟通表达，组织协调能力强。从小学开始，担任班长、团支部书记、学校少先大队大队长、学生会主席，是山东省第六次少代会代表、山东省少工委委员、山东省红领巾理事会理事，多次参加演讲比赛并获一等奖。

她学习刻苦，成绩优异，喜欢国学，热爱文学创作。是泰安市作家协会会员、山东省青年作家协会会员，经常在《文学教育》《大众日报》《泰安日报》《泰山文艺》等报刊发表文章；获得第二届中华之星国学大赛全国一等奖，第五届全国中小学生语文素养大赛全国总决赛高中组金奖，第十八届、第十九届语文报杯全国中学生作文大赛一等奖，叶圣陶杯全国创新作文大赛决赛一等奖，第八届、第十届全国青少年冰心文学大赛金奖，第十一届全国中小学创新作文大赛山东赛区二等奖（山东省一等奖）、全国总决赛（北大举行）三等奖，山东省国学达人挑战赛优秀奖，全国基础知识与创新能力大赛省一等奖，山东省第二届"爱书人杯"中小学生经典诵读和比赛决赛一等奖，第十二届全国中小学生创新作文大赛初赛一等奖。

她勤学善思，爱好广泛，学科融合能力强，富有创新意识。高中学业考试综合评价 10 科全 A；获得国家实用新型专利 2 项、外观专利 1 项；全国创新英语大赛一等奖，山东省高中数学竞赛一等奖，山东省青少年机器人竞赛一等奖，全国高中化学奥林匹克竞赛山东省二等奖，山东省中小学电脑制作活动创意制造二等奖、泰安市一等奖，第八届全国中学生数理化学科能力解题技能展示活动山东省化学二等奖，第九届全国中学生数理化学科能力展示活动复试暨建模论文和实验报告山东省数学二等奖，泰安市"争当小实验家"比赛物理组金奖，CCTV 中国读书少年泰安赛区特等奖。自小学习钢琴、书法、舞蹈，参加泰安市"迎奥运、手牵手"大型公益演出、泰安市春节联欢晚会等大型演出，获得书法报全国少儿书法大赛山东赛区金奖、中韩书法邀请赛银奖，被评为中国少年科学院小院士。

她诚实善良，热衷公益，关注弱势群体，有强烈的社会责任感。是山东省注册志愿者，A-LEVEL"弯腰捡垃圾，泰山更美丽"志愿活动负责人，经常参加扶贫救助献爱心、泰山助游、文明城市创建、捐款赈灾、敬老助残、环境保护等志愿服务，被国际女性领导力组织 2012 国际青年应对气候变化领导力峰会授予"国际青少年气候大使"，2014 年国际青少年气候变化夏令营授予"2014 年国际青少年气候大使"。

"我家洗砚池边树，朵朵花开淡墨痕。"倪凯源的《花开淡墨》，把她的考场作文、获奖作文、随笔感想、文学创作等收录成书，豆蔻蕴蕾，情窦生花，成长积累跃然纸上。慧眼独具，视角横今纵古；热爱生活，笔法细腻甘醇。似工笔摹画，语言精准细致而疏弛有度；如写意状物，文字委婉且灵妙无失。文学创作如沙漠孤旅，路遥折笔可堪其苦。然而，倪凯源同学，成长背负着快乐，创作承载着喜悦，时而对话，时而穿越，时而欢欣，时而发泄，天马行空，涉猎极广，字里行间遣词厚重也略显稚气，评讽比兴文辞练达却不失老辣。虽然有的文章难免青涩，但记忆青春，抒发自我，很有意义。衷心祝愿倪凯源在文学道路上留下华美印记，在人生旅途上书写锦绣篇章。